UNE SIMPLE APPARITION

DU MÊME AUTEUR

Rencontres avec Charles Juliet. La Passe du Vent, 2000.
Charles Juliet en son parcours. Flohic, 2002.
Entre les rounds. La Passe du Vent, 2008. (rééd. Finitude, 2016)
Devenir Carver. Finitude, 2014.
Honorer la fureur. Finitude, 2019.
Une lune tatouée sur la main gauche. Finitude, 2022.

Rodolphe Barry

UNE SIMPLE APPARITION

FINITUDE

Vignette de couverture : © toricheks / Adobe Stock

ISBN 978-2-36339-240-4

à la famille Mosca-Frigeri
à Delphine B.

Je me suis fait à l'idée d'être
une simple apparition.

S.T. Coleridge

I

C'est lui !

Près d'une heure maintenant que je l'observe en coin jusqu'à en épuiser les contours, les détails. Que je le sonde, concentré jusqu'à voir à travers sa peau. Il se tient là, indifférent, assis au bar du Gran Caffè Cavour, en plein centre historique de Parme, Italie. À moins de cinq mètres de la table que j'occupe en terrasse. Je n'ai pas pour habitude de me raconter des histoires. De chercher à faire naître l'aventure, le frisson quand en apparence il ne se passe rien. Ce rien me suffit. D'abord amusé de ma trouvaille, puis troublé par une telle ressemblance, l'idée répandue qui voudrait que chacun de nous compte entre un et sept sosies me revient. Une théorie à la con. Son seul but étant d'inciter des gogos à s'inscrire sur des sites qui promettent de trouver ses *alien twins*, parfois appelés *Dopplegängers*, terme fumeux tiré des mythologies germaniques histoire d'ajouter une pincée de mystère. Les recherches sérieuses sur le sujet sont claires, la probabilité que deux personnes partagent les mêmes traits de visage est inférieure à un trillion. Autrement dit, dénicher une paire de sosies véritables tient du miracle. Pourtant, un bourdon s'excite dans ma poitrine, le type au comptoir n'est pas un mirage.

S'installer au Cavour est un rituel qui marque mon arrivée à Parme depuis combien, trente-cinq, quarante ans ? Ce genre de rendez-vous invite à dresser le bilan de ce qui s'est passé dans votre vie depuis la fois précédente. Des proches ont disparu, des serments ont été rompus, de nouveaux visages sont apparus. Tu crois que ça ne t'arrivera jamais, que tu es la seule personne à qui ces événements n'arriveront jamais, et ils te tombent dessus comme à tout le monde. Ce à quoi on croyait dur comme fer nous semble aussi douteux que la chemise qui habillait nos certitudes. Une année a engouffré l'autre et une autre, chacune emportant son lot de défaites et de petites victoires. L'effet Cavour. Certains épisodes vécus ici m'apparaissent comme des pans de fiction, est-ce que j'ai vraiment vécu ceci, j'ai fait ça ? Un picotement agréable court sous ma peau comme si des cellules de mon corps se réveillaient après un long sommeil. Cette fois encore, la ville exerce son sortilège.

Dix-sept heures trente. Dans la pleine effervescence d'après travail, la lumière vire à l'orangé, fauteuils et banquettes d'osier sont prisés. Le cadre art déco invite à la détente. Ici l'Aperol des frères Barbieri n'est pas noyé sous les glaçons. Les glaces sont faites maison. Je vois, j'entends ce qui se passe alentour. Jean-Sébastien Bach parlait du style français, et du goût italien. On y est. Les gens assis là devant leur Spritz, plus fringants, semblant mener une existence moins somnambulique qu'ailleurs. Une illusion, sans doute. L'ombre gagne la terrasse. Ambiance de soirs d'été. Les conversations se chevauchent, les journaux passent de main en main. Ce type au bar aurait pu ressembler comme deux gouttes d'eau à celui à qui je pense, un certain Nick, et afficher quinze ou vingt ans de moins, mais non. Après un rapide calcul, leur âge coïncide, soixante-dix ans. Je dégaine mon carnet de notes pour me livrer au jeu des sept erreurs, c'est une liste de similitudes qui s'impose. Mêmes yeux. Et plus fort encore, même nuance de bleu délavé. Mêmes paupières tombantes de celui qui s'est protégé des jus détox à la mode, des couchers tôt. Nez en tout point similaire. Ainsi que la bouche et le dessin des lèvres. Cheveux du même châtain, implantation et coupe identiques. La taille, la corpulence, la silhouette correspondent. Je cherche le grain de beauté, la fossette, la phalange manquante, le hic qui me ferait reprendre le cours de ma vie. Alors peut-être que j'irais trouver ce type et rire avec lui de la situation. Ciao ! Sais-tu à qui tu ressembles ? En vain. Une copie conforme qui jouerait le personnage à fond ? Après tout, des « Hemingway » de pacotille ont continué à hanter les bars de La Havane après la mort de l'écrivain. Un frère jumeau jamais évoqué ? Ce fameux Nick a été si discret et rusé, qui sait ? Aucune information sur sa vie privée n'a jamais filtré. Les biographies répertoriées, succinctes, reposent sur des éléments qu'il a lui-même distillés avec à l'esprit ce mot de William Faulkner à Ben Wasson : « Pour la biographie, ne dis rien aux emmerdeurs ! Ou bien dis-leur que je suis né d'un alligator et d'une esclave noire à la conférence de Genève il y a deux ans. » Les légendes qui s'écrivent sur lui depuis des décennies, et qu'il a pris soin d'entretenir, l'ont toujours fait marrer.

Qui est ce type qui commande un café ? Alors que son accent renseigne sur sa connaissance du dialecte parmesan, le timbre de sa voix me plonge dans une tout autre humeur. J'ai écouté les enregistrements de *spoken word*, les interviews radio et télé de ce Nick, comme l'ADN ou l'empreinte digitale, chaque fréquence vocale est unique. Or le logiciel d'analyse spectrographique de la voix qui fait surchauffer mon cerveau est catégorique, accent traînant, râle à la Bogart : c'est comme si c'était lui, le teint hâlé, en bien meilleure forme que ne l'ont laissé entendre les dernières nouvelles rapportées à son sujet – amaigri, affaibli, spectral, prêt pour le grand saut ! La plupart des journalistes rencontrés à cette période peaufinaient sa nécrologie.

Le trouble est à la fois exaltant et perturbant. Une vraie rampe de lancement pour l'imagination. L'histoire a son charme, mais un petit rire narquois m'échappe. — Ça recommence ! À dire vrai, cette propension à voir ce qu'on aimerait voir ou redoute de voir m'a déjà joué des tours. Persuadé d'avoir reconnu le mythique David Sylvian, je l'ai un jour suivi dans les rues de Paris, aussi excité que le capitaine Achab prêt à harponner sa baleine blanche. Après une parodie de filature, j'ai pu l'approcher, il grattait un Morpion dans un PMU de Barbès. Le gars ne ressemblait plus tant à Sylvian qu'à un travelo après une nuit difficile. Fin de l'illusion. On me l'a expliqué, la paréidolie est un processus survenant sous l'effet de stimuli visuels ou auditifs portant à reconnaître une forme familière dans un visage, un paysage, un nuage, de la fumée, etc. N'importe quel psychiatre à cent euros de l'heure pourrait régler ce problème, mais je n'y tiens pas tant que ça.

N'empêche que ce type au comptoir a une classe peu commune qui en rappelle étrangement une autre. Une façon de ne pas peser, libérée des lourdeurs, des attentes. Là et pas là. Insoupçonnable. Le genre de type qui n'entame jamais la conversation pour ne pas avoir à écouter en retour. Je ne suis sans doute pas le premier à qui il fait cet effet. Costume de lin bleu nuit froissé à la perfection. Chemise blanche de coton égyptien, col pointu, ouverte au deuxième bouton. Sur une poche de la veste, les initiales DB brodées luisent par instants. Aux pieds, des mocassins de peau marron glacé à la semelle reconnaissable de la maison Testoni. Rien d'ostentatoire dans sa tenue, mais une coupe, une ligne qui vibre dans le décor aussi nettement qu'un trait de fusain sur une toile. Le type dégage une impression d'assurance sans prétention. Le contraire de la frime. Pour en revenir aux initiales DB, ce sont celles d'un tailleur local à la fois confidentiel et renommé depuis ses créations pour Visconti, Mastroianni ou encore Frigeri, qui ne satisfait qu'un nombre limité de clients. Le *sarto* aurait refusé d'habiller Silvio Berlusconi ou encore Roberto Benigni jugés trop vulgaires. Se voir ainsi choisi par Dino B., qui se trouve être le frère aîné du cinéaste Bernardo Bertolucci, autre célèbre Parmesan, est plus difficile, dit-on, que d'entrer dans une société secrète. Je me souviens alors que ce Nick, à qui on demandait en qui il aimerait se voir réincarner, après avoir persiflé ne jamais rêver d'être quelqu'un d'autre, avait fini par lâcher : Marcello Mastroianni.

Un détail encore me frappe, le type n'use pas de téléphone portable. Je vérifie alentour, il est le seul. Là-dessus, même affolement ici qu'ailleurs. Curieux, l'art qu'ont les hommes de se forger des chaînes, d'échapper à la liberté. La vision de ces esclaves renforce sa distinction. Lui, on l'imagine aisément être appelé à l'antique point-phone de la salle du bar en cas de nécessité. Son credo : être non géolocalisable. Intraçable. Insaisissable. Passer de la vigueur et du charisme à une transparence éthérée. Aux yeux de tous, il n'est qu'un client parmi d'autres.

Je revois cette série de photos où mon modèle original est assis sur un banc de Reade St, son quartier new-yorkais, gobelet de café de chez Dunkin' Donuts à la main et clope au bec, à contempler le ciel bleu matinal. Les similitudes sont flagrantes. Même visage émacié, même lassitude désabusée. Même façon de se tenir immobile, retiré en lui-même. Même injonction tatouée sur les rétines face à l'appareil : « Ôte-toi de mon soleil ! » Même indolence trompeuse du fauve tapi dans l'ombre de la charmille. Prêt à bondir, à se sauver, à tuer, qui sait ? À lâcher la foudre de saillies dont il a le secret. « Apprendre à lire ce que l'amour silencieux a écrit, se courber sous la force du vent, c'est vivre. » Ou bien, selon l'humeur, « Que Dieu te garde, et que ta femme me suce la bite ! » Et sans se sentir tenu de s'excuser encore. La notion de bien et de mal, de vérité et de mensonge, de sacré et de profane n'a depuis longtemps plus de sens pour lui. *Fuck the Living / Fuck the Dead*, sa série de poèmes lus et enregistrés en public, est bien plus qu'un simple titre de CD.

Je me tourne un moment vers la rue histoire de reprendre mes esprits. Ce petit jeu pressant devient inquiétant. Le type devant moi serait-il un clone au même goût inné pour l'élégance à la coule, aurait-il aussi une passion pour le café italien, le grec ancien et les belles gambettes ? Tu parles d'une affaire ! J'accroche le regard du serveur qui m'apporte un autre verre de Prosecco extra-dry. Le vin italien est meilleur ici. Selon les anciens, traverser les Alpes ne lui réussit pas. Je pense à ce roman de Charles Bukowski dans lequel un détective privé se voit chargé de mettre la main sur Louis-Ferdinand Céline qui aurait été aperçu dans une librairie de Los Angeles à la fin du siècle dernier.

« C'est Céline que je veux !

— Mais il est mort !

— À d'autres, vous devez me le trouver ! »

Est-ce que les sosies sont censés avoir la même concentration de mélanine dans les yeux ? Les mêmes cuticules sous les ongles ? La même silhouette fracassée d'entraîneur de boxe, les mêmes paupières et joues tombantes ? La même prestance de gentleman-vampire sorti tout droit de *L'Allée des cauchemars* ? Une chance sur un trillion.

Ou bien se tiendrait devant moi un zombie ?

Un revenant aux veines gonflées de vif-argent ?

Bientôt, je n'entends plus que la pression du sang dans mes artères.

L'arrivée

Au départ de l'est de la France, via Paris et Milan, le voyage n'est pas de tout repos, hormis les cinquante-cinq minutes d'un vol qui offre une vue sur les Alpes enneigées et l'eau verte des Grands Lacs avant une piquée de rapace sur la plaine lombarde. Le trajet en train depuis *Milano Centrale* se fait dans l'excitation alors que défile la campagne de l'Émilie-Romagne. Un type contrôlé sans billet s'en sort en échange d'un paquet de Lucky Strike, clin d'œil du contrôleur, je fais comme si tout était normal. *Piacenza*, dernier arrêt avant destination. J'observe mon attente. J'observe mon impatience. Pour la première fois, je viens ici avec un projet en tête. Je traîne une valise bourrée de documents, de quoi me lancer sur les traces d'un pianiste devenu fou après avoir joué le troisième concerto de Rachmaninov. Une des partitions considérées comme les plus difficiles du répertoire, au point que Josef Hofmann à qui l'œuvre était dédiée refusa de la jouer. L'interprète fut interné à sa sortie de scène, comme si mouvement après mouvement, chaque nouvelle note l'avait précipité dans l'antre de la folie. Référence indépassable, sa prestation enregistrée au Royal Albert Hall réclamait un sacrifice. Le matin même, il avait noté dans son journal intime : « Rach. 3 / Ultime récital ». Depuis, plus personne ne s'est assis devant son Steinway. De quoi susciter ma curiosité. Afin de parer à toute éventualité, j'ai apporté aussi une trentaine de feuillets qui détaillent la longue déchéance de Tom Kromer, mort en reclus tuberculeux après avoir craché un seul livre, diamant noir d'une époque, dont la dédicace ne ment pas : « Pour Jolene, qui a fermé le gaz ». Plutôt loin des sujets qui font les livres en vogue. La trajectoire d'un musicien dont le cerveau se désintègre au cours d'un concerto mené à la vitesse de la lumière a de quoi faire peur ou paraître futile. Mais se rapprocher de ce qui effraie le plus, traquer quelques aperçus menaçants de sa part d'ombre ne se commande pas. Qui risque quoi ? Personne !

J'avais besoin de changement. De mouvements naturels. Quitter la table de la cuisine, le bureau familier. Besoin de me fondre dans un nouveau décor. De me laisser envahir par d'autres clairs-obscurs. On se rouille si vite. On n'est pas toujours vivant. Pas assez vivant. Sans compter qu'à l'heure de la parution d'un livre, il est préférable d'être occupé, de ne pas suivre ce qui s'écrit dans la presse, et plus sûrement ce qui ne s'écrira pas. Mieux vaut renoncer à ce genre de tourments. Céder à l'illusion que le voyage et l'absence mettent hors d'atteinte. Sur place, on n'entendra plus le reste. On ne pensera plus au reste. On trouvera matière à réflexion, on sera pris d'illuminations. Là-bas les forces reviendront, la faim, la lumière.

À l'entrée en gare, PARMA apparaît en lettres de faïence bleu marine.

Le train s'immobilise.

Je me ferai du sang neuf ici.

Sur le quai, une petite poussée de trac avant de filer en direction du *Vicolo del Medio*. Le studio mis à ma disposition est blotti au fond d'une cour ombragée, à un jet de pierre du centre historique. La fenêtre qui donne sur la cathédrale m'indique où installer mon poste d'observation et de travail, ce que je fais avant même d'ouvrir mes bagages. L'appartement, un grand studio doté d'un coin cuisine, d'une salle de bains, d'un espace chambre avec son crucifix sombre cloué au-dessus d'un lit étroit me convient tout à fait. Allongé un instant, les yeux fermés, je pense chambre de travail, cellule monacale, je pense exercice spirituel. Il y a un certain plaisir à faire ce dont on ne se sentait pas ou plus capable. Puis j'explore le frigo et tombe nez à nez avec un Tupperware rempli de tortellini, un morceau de *Reggiano*, et une bouteille de Lambrusco à laquelle on a scotché un mot de bienvenue signé Elena. De quoi survivre. Je ne suis pas tout à fait seul ici.

Après une douche rapide, je fonce jusqu'au milieu du *Ponte di Mezzo* pour regarder, respirer, me mettre au diapason. Chaleur, couleurs, odeurs, la transfusion est rapide. J'entre dans le tableau. Seize heures trente, à la mi-septembre, le soleil vous tient en joue, le niveau du fleuve est au plus bas. Sur les balcons d'immeubles décrépis, des magnolias encore en fleur. Rive droite, je repère l'antique bâtisse repeinte en ocre et jaune Sienne, c'est là, au rez-de-chaussée, que Lino Ventura a passé son enfance. Sa mère l'appelait Angiolino, et il aimait jouer au foot avec ses copains sur la place Ghiaia où se tient aujourd'hui encore le marché hebdomadaire. Ils buvaient à la fontaine et pissaient en chœur sous l'escalier du pont. Je perpétue la tradition.

En chemin vers le centre, sous les arches qui bordent l'avenue commerçante, difficile de ne pas baver devant les vitrines des épiceries fines qui recèlent des trésors qu'on stocke dans des coffres-forts sitôt le rideau baissé. Regarder me suffit. Le budget est serré. Étirer la durée du séjour est tout ce qui m'importe. Il s'agit de vivre ces semaines avec une attention redoublée. Rencontres, signaux, plaisirs, sommeil, rêves... Je n'ai pas réservé de billet de retour.

Planté devant le *battistero*, passage obligé, l'émerveillement est intact. Je me souviens d'une soirée passée assis sur les marches de la cathédrale qui lui fait face, de sa présence dans la nuit d'août. Sa forme octogonale, la rigueur de son élévation adoucie par le jeu de la lumière sur l'alternance des marbres blancs et roses de Vérone. Ses proportions sont harmonieuses, l'énergie qui s'en dégage est tout humaine. Le bâtiment, dû à un certain Benedetto Antelami, date du XIIIe siècle. « L'octogone désigne le premier jour de la nouvelle semaine après les six jours et le sabbat de la création du Seigneur. Selon Jean l'évangéliste, ce jour correspond à la résurrection, à la nouvelle création initiée par le Christ ressuscité. » Le prospectus du syndicat d'initiative est détaillé. Le mieux est d'y entrer, de se laisser emporter par la spirale de fresques colorées. Cinq minutes suffisent pour en sortir revigoré.

Entre la Piazza Garibaldi et celle du Dôme, les passants flottent, portés par ce pur concentré d'architecture. Ici, pas de parcours culturel fléché, pas plus que de touristes photographiant ces beautés pour ne surtout pas les voir. Devant un verre de blanc pétillant, je suis le ballet des Italiennes qui chevauchent leur vélo rétro, lunettes de soleil et espadrilles à talons compensés assorties. Rechargé. Réorienté. Je suis chez moi.

Le cercle rouge

Ce type au comptoir, portrait craché de quelqu'un qui, d'une certaine façon, m'est familier, n'en finit pas de m'intriguer. Outre la ressemblance physique, le plus déconcertant est ce qui se dégage de sa personne alors qu'il boit son café, battements de cœur calme, libre et dans sa plénitude. Difficile de rendre compte du silence, du vide qu'il traîne dans son regard. Il faut imaginer un dandy aux airs mafieux, un fils de Rital émigré de troisième génération de retour au pays des splendeurs. Un crooner usé aux yeux de faucon blessé qui a valsé plus d'une fois avec le diable. Mix de l'Italie du Sud et de l'île d'Émeraude. Qu'il sirote nonchalamment ristretto sur ristretto, grille plus d'une cigarette sous le large panneau qui l'interdit comme s'il était invisible ou qu'il jouissait d'une immunité, procure une certaine jubilation. *Menefreghismo* – rien à foutre! Et *Lontananza* – à la fois éloignement et absence à ce qui entoure – les termes dont Nick, l'écrivain à qui il ressemble, s'est servi pour décrire la façon d'être de Dean Martin semblent avoir été choisis pour lui.

Aller faire un tour aux toilettes est un moyen de l'approcher. À sa hauteur, j'hésite à le regarder dans les yeux, une indifférence feinte est toujours grossière mais la vision d'un félin défiant toute autre créature de croiser son regard, instant fatal, me retient. Mes rétines enregistrent le détail des deux bagues qu'il porte à la main droite. De retour à ma table, je convoque et grossis ces images jusqu'à distinguer deux anneaux d'or serti, l'un d'une hématite sombre, l'autre de jaspe léopard. Je consigne ces indices. Je n'ai jamais ouvert un livre de Graham Greene, un auteur que Sam Shepard m'avait pourtant recommandé à l'occasion d'une soirée mémorable, mais j'ai alors l'impression de me retrouver dans un de ses romans tels que je les imagine.

Inspirer et expirer profondément ainsi qu'une prof de hatha yoga me l'a appris dans le but de faire circuler le souffle et l'énergie, de chasser les attaques de pensées parasites, ne m'est d'aucun secours. Pas question que cette doublure occulte le décor, change l'ambiance, et me prive d'être là. Une passante m'envoie un coup d'œil furtif avant de fixer ses sandales. Un flux d'images passe dans son sillage. C'est bon d'être seul, comme ça, dans cet endroit qui agit à la fois comme antalgique et stimulant. Ici, un pas, un léger mouvement de la tête, rien de grandiose, et tout est grandiose.

J'établis l'emploi du temps des jours à venir. Lever tôt. Petit-déjeuner léger. Sport avant la forte chaleur. Travail. Déjeuner. Travail de nouveau jusqu'en fin d'après-midi. Sortir prendre un verre. Marcher sans suivre de plan. Ne rien chercher. Ne rien attendre. Avant toute chose, gonfler les pneus du vélo mis à ma disposition. Faire des provisions. Vérifier les horaires des marchés. Acheter des tickets de bus. Établir une connexion Internet. Aller saluer ceux qui ont rendu ce séjour possible. J'allonge la liste histoire de repousser la présence du spectre qui, assis au bar, fait passer un courant de haut voltage sur mes nerfs. À tel point que je me prépare à aller le trouver pour tirer cette affaire au clair. D'abord, je réfléchis à une formule que seul le véritable Nick serait à même de comprendre. J'opte pour « Et le mal devient mon bien », énoncé obscur dont il s'est longtemps servi pour intriguer et séduire les femmes. Je me fous de passer pour un dingue, je saurai. Une voix railleuse m'interpelle : ces histoires de pianiste et d'écrivain dévorés par on ne sait quels démons ne t'auraient-elles pas rendu vulnérable ? Sans compter la fatigue du voyage, la chaleur, le vin, l'euphorie de te trouver là ? Les dernières semaines t'ont usé les nerfs. Ressaisis-toi !

Sauf que devant moi, la réplique de Nick tient un sans-faute.

J'ouvre la *Gazzetta di Parma*. J'écarte les pages « Actualités internationales » pleines des trahisons et obscénités de la veille pour me pencher sur la vie de la province. Foire à la *torta fritta* de Langhirano. Inauguration d'un centre commercial par une ancienne star de la télé à Salsomaggiore. Cérémonie en mémoire de Guiseppe Verdi cent vingt ans après sa mort et qui s'est achevée sur les notes de *Va, pensiero*... Ces événements n'ont rien de surnaturel. Au fil de ma lecture, je me vois pédaler sous la chaleur vibrante de la campagne, longer les vastes champs de tomates et d'oignons, traverser ces villages, et boire à l'eau des fontaines avant de poursuivre une virée cadencée par le troisième concerto de Rachmaninov.

Levant les yeux du journal, je laisse de nouveau mon regard errer sur la rue, et me prépare à régler l'addition quand un seau à glace accompagné d'un plat de charcuterie atterrissent sur ma table. Le serveur doit faire erreur, c'est un malentendu. Il insiste. — De la part du Monsieur, là-bas ! Après une volte-face, il m'indique un bar désert. Léger haussement d'épaules, le garçon marque à peine la surprise. C'est encaissé ! Bon appétit ! Il ouvre la bouteille de Franciacorta tout en me vantant la finesse du *culatello* de San Secondo et remplit mon verre avant de s'éclipser. Le genre de malentendu qui nous projette dans un monde de malentendus. Je rêve ? Non, ma main serre la nappe beige. Après trois secondes de vertige, je reprends pied. Est-ce qu'on observe ma réaction ? Je me contorsionne un moment puis bondis vers le comptoir histoire d'épingler le barman. Qui est ce type qui a passé l'après-midi à boire des cafés ? Oui, celui qui se trouvait là, précisément ? Le garçon ne comprend pas, adopte les mimiques d'usage. Après deux secondes de réflexion, il voit vaguement de qui il s'agit, mais ne peut rien en dire. Je le presse, ce type est-il un habitué du lieu ? Est-il du coin ? Italien ? Américain ? Quel est son nom ? Donnez-moi juste son nom ! Je n'apprendrai rien. Autant laisser tomber. Tout ça est trop énorme. Serait-il allé aux toilettes ? Je descends pour vérifier. Personne. Dans le miroir, cette expression sur mon visage.

Je devais prendre le pouls de la ville, me voilà hébété dans un Cavour changé en cabinet alchimique, en salon de spiritisme. Le bar sous mes yeux devient de plus en plus étrange, le café tout entier de plus en plus suprasensible. Je regrette de ne pas avoir pris de photo. Qu'aurait révélé l'image ? Un beau vieux buvant son café accoudé au comptoir d'un bar ?

Un tabouret inoccupé ? Une flamme noire ? Et si j'avais vu ce que personne d'autre ne pouvait voir ? Je n'invente rien. Je ne m'excite pas. Pas venu ici pour ça. Je n'ai pas besoin de ça. Mon esprit émet des hypothèses. Je repousse les idées, les mots mêmes qui me viennent.

Faire preuve de sang-froid.

Contrôler ma respiration.

Murmurer pour moi-même que tout va bien se passer.

Mais bordel, ce type n'avait rien d'un hologramme !

Bouddha. Je cherche une citation de Bouddha. Le champagne italien me monte à la tête, je n'en retrouve que des bribes. J'ai besoin de cette phrase maintenant comme si elle pouvait me sortir de ce guet-apens. « Quand deux hommes... deux hommes qui s'ignorent... », ça m'échappe. J'envoie un message à une amie, c'est urgent. La réponse fuse. « Quand des hommes, même s'ils s'ignorent, doivent se retrouver un jour, tout peut arriver à chacun d'entre eux, et ils peuvent suivre des chemins divergents, au jour dit, inexorablement, ils seront réunis dans le cercle rouge. » Deux hommes. Le jour dit. Le cercle rouge. Je pousse le délire jusqu'au bout : lui et moi. Aujourd'hui. Gran Caffè Cavour de Parme. Quelle logique nous aurait permis de graviter l'un vers l'autre ? Quelles étapes l'auraient conduit ici, dans cette ville du Nord ? Je détiendrais alors un scoop mondial. Une découverte qui dépasserait l'entendement. À mes risques et périls.

Et personne n'a la moindre idée de ce qui se trame ici !

Le premier à saisir

La fenêtre de la chambre est restée ouverte, mon lit est baigné de lumière quand j'ouvre un œil. La coupole de la cathédrale se découpe dans l'air transparent, j'ai la gorge sèche. Une légère gueule de bois me ramène aux événements de la veille. Aux recherches frénétiques effectuées sur Internet. Aux pages de notes qui jonchent le plancher. À la bouteille de Lambrusco descendue à mesure que je menais l'enquête, comme ça, pour jouer. J'attrape un feuillet, il y est question des propriétés du jaspe léopard. « Symbole de renaissance », il purifierait et renforcerait l'aura. Pierre d'ancrage, elle aiderait à vivre chaque instant. « Renaissance » et « aura » ont été soulignées. Quant à l'hématite noire, elle transmettrait une puissante capacité de matérialisation et régulerait l'apport de sang dans l'organisme. La lithothérapie et ses débilités New Age. Je me souviens avoir scruté des dizaines et des dizaines de photos de mon fantôme dans l'espoir d'apercevoir ses bagues. Pour jouer ?

Troisième expresso. Je fixe le ciel bleu, en quête d'une issue. Toujours ce sentiment fautif d'avoir provoqué malgré moi une situation qui me dépasse. Raconter cette histoire à une connaissance me ferait peut-être du bien. À quelqu'un qui ne me jugera pas et cherchera à comprendre.

« J'ai aperçu un homme qui ressemblait comme deux gouttes d'eau à un type que je connais.

— Ouais... Et alors ?

— Qui lui ressemblait au point de me demander si ce n'était pas *réellement* mon type en question.

— Hum... Figure-toi qu'il m'est arrivé de croiser mon ex-femme sur la muraille de Chine ! Ce qui, en termes de probabilité, semble plutôt...

— ... Plus je l'observais, plus c'était lui !

— Tu n'es pas allé le trouver ?

— Je n'ai pas osé...

— Pour quelle raison ?

— Pour la simple raison que... Que ça ne pouvait pas être lui. Impossible !

— Des trucs improbables se passent à chaque seconde à

tous les coins de rue. C'est juste une question d'attention ! Je peux te demander de qui il s'agissait ? »

J'ai prononcé le nom d'une voix aussi détachée que possible. Après un rire gêné, un blanc s'est étiré jusqu'à ce que je raccroche, dépité. J'ai compris que ce connard s'était retenu de me balancer que j'étais aussi timbré que les complotistes persuadés qu'Elvis Presley ne serait pas mort et qu'il se la coulerait douce sur une île privée du côté d'Honolulu. Les gens sont souvent le contraire de ce qu'ils prétendent être. J'ai effacé ce numéro de mon répertoire et contacté quelqu'un qui ne douterait pas de ma parole. La crainte de transmettre mon anxiété et d'embarquer mon amie dans cette hantise s'est vite dissipée. Tout au long de la conversation, sa voix est restée calmement exaltée. À aucun moment elle n'a remis en question les faits que je passais au crible. Se fier à son instinct, croire à ce qu'on est le seul à voir et le premier à saisir est la seule voie. Cette expérience, aussi troublante qu'elle soit, m'est-elle néfaste ? La seule question qui vaille : es-tu prêt pour ce genre de mystère ? L'explication, le fin mot de l'histoire viendra en son temps, et merde pour les conséquences. Elle avait raison. Après avoir raccroché, d'humeur plus légère, son « Il n'y a pas mort d'homme » me revient à l'esprit comme un boomerang. C'est là que le bât blesse.

Des léopards, il en existe encore

Le Nick que j'ai reconnu est mort le 20 octobre 2019, à New York, au 5e étage, chambre 324 du Presbyterian Hospital. C'est ce que les journaux ont affirmé. Aucune raison d'en douter.

Né le 23 octobre 1949 à Newark, New Jersey, Nicholas P., dit Nick, a frôlé ses soixante-dix ans. Cause officielle du décès : carcinome pulmonaire. La R.J. Reynolds Tobacco Company et Philip Morris se sont rappelés à ses bons souvenirs. Tenait-il à cet instant une main gantée de satin noir comme il en avait formulé le vœu ? A-t-il goûté l'air suave d'un ciel de tonnerre avant de fermer les yeux ? L'annonce de sa mort par la presse internationale n'a pas créé d'effet de surprise. De la peine pour quelques-uns tout au plus tant il paraissait diminué. Les journalistes pressés ont puisé dans le même fichier simplifié et resservi une histoire mille fois entendue. Les termes « critique de légende », « romancier culte », « dandy philologue », « érudit mafieux », « junkie et alcoolique déjanté », ont retracé à gros traits une odyssée pourtant tissée de sang et d'étoiles. Certains d'entre eux ont mentionné que *Hellfire* était sans doute le plus beau livre jamais écrit sur un musicien. Que son *Dino* avait renouvelé le genre de la biographie. D'autres que ses derniers romans à l'ambition folle sonnaient comme des demi-réussites à côté de ses chefs-d'œuvre de non-fiction. Très peu pour mentionner que comparés à n'importe lequel de ses livres les succès critiques de l'année, prix Pulitzer ou National Book Award, faisaient office de hochets pour enfants attardés. Plutôt cher payé pour un des rares types à tenir la littérature vivante depuis quatre décennies. Pour celui qui s'est vu offrir une préface par Samuel Beckett pourtant peu enclin à la chose – et datée du mois de sa mort – pour la réédition des *Unsung Heroes of Rock'n'roll*. Pour un des rares à transmuter la prose en poésie ouverte à cet indicible qui l'aimantait. Pas un journaliste pour rappeler que Nick était avant tout un poète classique au style unique, à la langue pimentée de formules latines et de jurons siciliens. Un grand compositeur. Dans ses livres comme dans sa vie. Qu'il dévoilait avec une grâce inouïe les aspects les plus radieux et les plus sombres de l'expérience humaine, tout ce qui ne se laisse pas exprimer par les servitudes et les conformismes. Qui pour souligner que sa magie était d'appréhender la sagesse qui se situe au-delà de la connaissance et échappe le plus souvent aux mots ? Personne, non, personne pour révéler que Nick s'était forgé sa propre morale, sa propre religion, sa propre façon d'aimer. « Trahir sa nature, c'est être trahi en retour. » Que toutes sortes d'expériences avaient fait de lui un éveillé, un *neptikos*. Cet éveil lui avait soufflé qu'il faut être un *stronzo* fini, un vrai connard, pour gaspiller ne serait-ce qu'une respiration. Tout ce qu'on ne connaîtra jamais repose dans l'instant. Il est préférable de vivre comme les léopards, comme les étoiles qui traversent le ciel nocturne au-dessus de la mer la plus obscure, fulgurantes et éternelles. Ça peut paraître simple et même prêter à sourire, ça peut aussi vous épargner pas mal d'errements et un tas de propos creux. La légende du blasphémateur magnifique, fétichiste à ses heures, a de beaux jours devant elle. Et si elle dit vrai, elle ne dit pas l'essentiel. À savoir que Nick était un personnage noble plongé dans un monde ignoble. De toute son œuvre, c'est-à-dire toute sa vie, irradie cette liberté. Rares sont ceux qui vivent selon les principes de cette puissance. Évidemment, pas un mot là-dessus, nulle part. L'annonce de sa mort a été traitée comme une information de plus parmi d'autres, ne rendant compte que de si peu, de rien. « L'écrivain rock'n'roll est parti picoler en enfer, il avait le mal du pays. » Tu l'as dit bouffi ! Dossier classé ! « Des léopards, il en existe encore, et à qui on n'a pas coupé les griffes... », prévenait-il. Autre chose n'a pas été rapporté. Sa vie a été celle d'un type qui estime plus louable de se pisser dessus ou de se jeter d'un pont que d'écrire en retenant ce qu'il a sur le cœur, quitte à froisser des sensibilités. Provocateur, dynamiteur, adepte de l'argot racial, et sans conteste ! « Moi-même, je suis un putain de Rital. Et alors ? » S'il savait choquer par des grossièretés qui n'en sont pas, déclarer qu'une bombe lâchée sur certains coins de l'Amérique ne serait pas forcément un drame, et envoyer balader tout le monde, il pouvait aussi désarmer par sa délicatesse et son élégance. Et il se levait toujours à l'entrée d'une dame.

Qu'on se souvienne un jour de lui dans des prières lui était indifférent. La postérité? Là-dessus au moins, Nick était d'accord avec ce fier-à-bras de Hemingway: «Qu'elle aille se faire mettre!» Pour paraphraser son vieux compagnon Zhuangzi, il ne craignait ni la colère du ciel ni la critique des hommes.

L'annonce de sa disparition m'avait autrement affecté. Je vivais ce qu'il avait écrit à la mort de son ami l'écrivain Hubert Selby Jr., à savoir: «Le monde a basculé. Maintenant, il va nous falloir respirer sans son aide.» Et Nick savait ce que respirer signifiait.

Bref, mon problème est donc le suivant: si Nick est mort et enterré, alors qui était ce type au bar qui incarnait le personnage à la perfection avant de s'évanouir dans un nuage de fumée et d'arômes d'arabica? Nick n'a jamais vendu son âme à personne, ou une fois, une seule, mais il l'a vite rachetée et au prix fort. Même contre la promesse d'une vie éternelle, il aurait envoyé balader le diable. Goûter à l'éternité, ce n'est pas les occasions qui lui ont manqué.

Le contrecoup de la chute

Gonfler des pneus cuits avec une pompe à l'embout tordu n'a rien d'évident. Le soleil tape déjà dur dans la cour, il n'est pas 11 h. Direction la périphérie et son Esselunga. À hauteur du Cavour, un champ magnétique me retient. Mon poste d'observation de la veille est inoccupé. Je pousse jusqu'au tabac à l'angle de la rue Longhi où je choisis quelques cartes postales et fais le plein de gommes Morositas. Presque malgré moi, je repère les caméras de vidéosurveillance. Le film existe. Sur le disque SSD du service sécurité de la ville, des images en témoignent: je suis installé en terrasse, et deux heures plus tard, un type, costume bleu, sort du café. Où se rend-il?

De caméra en caméra, on le suit. Recadrage. Ralenti. Zoom sur son visage. À quel moment perd-on sa trace ? J'aimerais pouvoir le vérifier. Être sûr de ce que j'ai vu. Mais est-il seulement numérisable ? A-t-il une ombre, un reflet ? Nouveau coup d'œil au bar. Je fais mine de fouiller dans mon sac à dos, d'attendre quelqu'un. Je ne devrais pas faire ça.

Pris dans le flot des vélos électriques, je croise des visages, des robes se soulèvent, des cuisses se dévoilent à mon passage. Route de Traversetolo, j'accélère la cadence. À l'horizon se dessinent des collines, à peine mille mètres d'altitude, air sec, vent léger, le consortium du jambon de Parme y règne en maître, la mafia aussi. L'élevage de porc Landrace a sa face sombre. Après un quart d'heure d'effort, j'entre dans l'hypermarché et me rue sur la gamme Felce Azzurra et son savon au parfum de fougère. Pâtes fraîches, poissons cuisinés, légumes, j'enchaîne les rayons jusqu'à celui des vins qui propose un large choix de productions régionales à prix abordables. J'opte pour deux bouteilles de Marcello, grand cru de Lambrusco du vignoble Ariola, parfait pour les soirées de septembre. À la caisse, l'hôtesse, Zelda, est si charmante que j'hésite à remplir le formulaire qui me verrait remettre la carte de fidélité +. Heure creuse, quelques rares clients, elle a étudié le français à l'université, nous bavardons. Ce que je fais là ? Elle connaît l'adresse où je réside et m'indique un bar ouvert récemment. Si j'aime la musique, le jazz ? Dans le cadre d'un festival, des pianistes et formations de renom sont programmés au théâtre de la ville. Un abonnement permet d'assister à plusieurs concerts. Peut-être pourrait-on… Elle rougit, je n'insiste pas.

Le poids des provisions m'arrache les épaules. Mon sac à dos menace de déchirer ses coutures, les sachets de *taralli* pourraient finir en chapelure, et l'énorme grappe de muscat en moult de raisin. Les pneus déjà dégonflés m'obligent à écraser les pédales. La ville est déserte. Je file seul sur la voie cyclable qui longe la rue Emilia, le soleil éblouit les façades jaune Sienne et blanchit les trottoirs. La place Garibaldi en vue, je repère cette antique parfumerie à la devanture garnie de flacons d'eau de violette de Parme Borsari 1870. Mon reflet flotte sur le verre des vitrines quand le sourire timide de Zelda, son grain de beauté dansant sur sa lèvre supérieure et ses dents d'ivoire s'en mêlent, je percute une de ces boîtes à lettres qui jonchent l'avenue. Fin du travelling. Affalé sur le goudron poisseux, sonné, je vérifie l'étendue des dégâts. Jean déchiré, chaussures râpées, paumes des mains criblées de gravillons. Le sac n'a pas quitté mon dos. Une fois le guidon du vélo replacé dans l'axe, je me remets en selle. La roue avant est voilée, la jante vibre jusque dans mes épaules. Le carter écrase la chaîne, une tache de sang pointe sur un genou, rallier ma chambre est tout ce qui m'importe. À l'entrée de la rue Cavour, du vin s'écoule sur mes chevilles. M'arrêter là n'aurait aucun sens.

Couché dans la cour, le vélo ressemble à une épave. Je sauve le savon du naufrage et file dans la salle de bains. La morsure de l'eau est fugace, je me frictionne à la fougère et désinfecte les égratignures. Une bouteille de Lambrusco a survécu au crash. Je rince *provolone*, biscuits apéritifs et *puntarella*, un courant d'anxiété me traverse. Sans doute le contrecoup de la chute.

Les fresques du Correggio irradient à travers la coupole du Dôme, des vagues de chaleur s'échouent dans la chambre. Je tire les volets, décidé à me mettre au travail. Je suis venu pour ça. Cahier de notes et manuscrit ouverts, j'y suis. Comment et pourquoi mon pianiste a-t-il déraillé ? Des mois que je me heurte à la question. Des enregistrements de ses conversations avec les psychiatres ont bien été consignés, personne ne les a jamais commentés. Mes questions adressées aux médecins sont restées lettre morte. Tout comme celles envoyées au personnel de l'époque. Silence radio. J'ai pensé un temps à me rendre sur place, à Londres, dans l'espoir de mettre la main sur des archives protégées par la voie légale. Mais l'omerta qui plane sur cet épisode laisse à croire que les documents ont été exfiltrés ou plus sûrement détruits. Séances d'électrochocs à répétition et hautes doses de Largactil étaient de rigueur. Tracer sa trajectoire. Suivre sa lente descente vers les ténèbres. La musique qui l'illuminait de l'intérieur lui donnait une telle joie, une telle puissance lucide. De la lumière à l'immolation. Se pencher sur le rôle joué par une femme de vingt ans son aînée et rencontrée dès le collège est une piste. Son professeur de solfège, virtuose elle aussi, mais qui dut renoncer au piano très jeune à cause de problèmes inflammatoires aux poignets. Passion fixe. Sur un cliché pris à l'occasion d'un concert donné à l'Opéra de Melbourne, elle apparaît diaphane et voluptueuse avec les traits de l'actrice Silvana Mangano. De quoi s'embraser même sans musique. Donc, d'abord isoler les éléments chimiques en présence. Puis vérifier quelles combinaisons ont engendré la déflagration. Les témoignages de musiciens ayant frôlé ce point de rupture ne manquent pas, Sviatoslav Richter écumant comme un taureau devant *Le Clavier bien tempéré*, Keith Jarrett pris de convulsions en plein concert à Bordeaux. Sauf qu'eux en ont réchappé. Et que seuls savent ceux qui ont vrillé. Glenn Gould, foudroyé par une attaque au beau milieu des *Variations Goldberg*, ou Robert Schumann, interné à sa demande, n'entendant plus jour et nuit qu'une musique splendide « comme on n'en entend pas sur terre », un des rares à avoir évoqué son état dans ses dernières lettres à Clara. Je descends un grand verre d'eau. S'immiscer dans la rencontre du pianiste et de son professeur ferait une bonne entrée en matière. Avoir été touché par quelqu'un où il fallait, quand il le fallait, peut expliquer bien des choses.

Fin d'après-midi. En chemin vers le parc ducal, je longe la chambre où vécut un temps Giacomo Casanova. La plaque qui célèbre son séjour ici, sous le nom de sa mère, Farussi, précise qu'amoureux d'Henrietta, il y vécut « parmi les heures les plus heureuses de sa vie ». On aimerait parfois que les pierres puissent parler. Une citation est gravée, « Rien ne pourra faire que je ne me sois amusé ». Casanova se tenait là il y aura bientôt trois siècles. Je marche dans ses pas en direction du parc dont il appréciait l'agencement, la fraîcheur, les rencontres nocturnes, et où aujourd'hui se retrouvent les joggers du soir.

Porte Farnèse. Les allées bordées de fontaines, de temples et de marronniers mènent au bassin au bord duquel des gamins poussent des bateaux de bois aux couleurs de *Barilla*, le géant des pâtes veille sur la ville. Je plonge la main dans l'eau grise et poursuis en direction du fleuve. Entre les demeures cossues de la rue Orlandi, je franchis des grilles, m'aventure dans des espaces privés insoupçonnés. Une cour attire mon attention : calme de couvent, murs aux teintes chaudes, verdure fraîche, hors du temps. Un lieu où l'on oublie la vie un moment. Si dégradé que soit le monde, cette ville regorge de recoins qui invitent à déposer les armes. Soudain, sans signes avant-coureurs, l'image de Nick s'invite dans mon esprit, et tout disparaît autour de moi. Combien de temps va-t-il s'écouler avant qu'une fêlure ne se produise et que la vérité surgisse ?

Je me dépêche de rentrer, décidé à remettre mon récit sur les rails, à m'y accrocher.

Corps glorieux

De nouvelles informations, dont un témoignage important, me sont parvenues. Je tiens le rythme espéré. Quatre, cinq jours filent suivant la même routine. Je passe du silence de la chambre à l'animation qui s'empare du centre après la forte chaleur. En soirée, un air léger souffle jusqu'à l'aube. Le vélo est hors d'usage. Je me ravitaille sur le marché quotidien de la place Della Pace. Deux fois par jour, écoute approfondie du concerto de Rachmaninov. Plus je l'écoute et plus il me paraît évident que la quête du pianiste était de chercher à se rendre immortel avec cette interprétation. Peut-être y est-il arrivé.

Je passe mon premier dimanche ici en compagnie des cousins qui commençaient à s'impatienter. On m'invite à déjeuner avant de m'embarquer pour une balade dans les collines, du côté de Monte Cagliara. L'espace ouvert sur l'horizon et la chaîne des Apennins, les prés d'élevage dans la lumière automnale de la campagne m'allègent. Après un dîner devant le match de foot, messe dominicale, on me dépose à l'entrée de la rue piétonne. Rendez-vous est pris pour une virée à Bologne. Un bus ronfle sur le boulevard et me fait lever la tête. Décharge d'adrénaline, suis tétanisé. Debout, appuyé à la vitre arrière, c'est lui, le type que j'essaie de me sortir de la tête depuis mon arrivée. Le bus s'éloigne sous le halo jaune des réverbères, je jurerais qu'il esquisse un sourire. Quoi faire ? Me lancer à ses trousses pour l'interpeller à l'arrêt suivant ? Lui faire signe ? — C'est toi, Nick ? Les mots restent collés à mes lèvres. Je reste cloué là jusqu'à réentendre mon cœur battre.

À la fenêtre de l'appartement, je respire le dessous de la nuit. La lune surplombe ce décor d'opéra, le ciel est plein d'étoiles qu'on croit entendre grésiller. Entre calme-panique et paranoïa, j'avale une gorgée de vin, incapable de croire à ce qui vient de se passer. Pourtant, je sais ce que j'ai vu. J'essaie d'ordonner mes idées. De faire preuve de présence d'esprit. Le fait que ce type sorte de nulle part a contribué à cet effet sismique. L'effroi s'estompe, je vois les choses autrement. Il ne s'est pas « dressé sur mon chemin ». Il a juste manifesté sa présence. Son regard n'avait rien de menaçant. Le souvenir d'un gamin poursuivi par un squale géant jaillit de ma mémoire. Une lecture de jeunesse. Devenu marin au long cours, il craint le monstre comme on craint une malédiction. À la fin de sa vie, décidé à affronter son destin, il défie l'animal qui, tout aussi exténué, lui apprend que sa mission, depuis tout ce temps, était de lui remettre une perle magique, gage de bonheur et de prospérité. La peur de l'inconnu fout des vies en l'air. Est-ce que ce type m'invite à ne pas le fuir ? À le suivre ? A-t-il un secret à me révéler ? Je l'ai vérifié, rencontrer quelqu'un, c'est signe qu'on devait croiser son chemin. Signe qu'on va recevoir quelque chose qui nous manquait.

Je laisse courir mon imagination et consulte des sites Internet que j'aurais juré ne jamais visiter. « Corps glorieux : état d'un corps après résurrection. » Leur qualité : impassibilité, agilité et subtilité. Ils n'ont besoin de rien, sont radieux, se déplacent avec la rapidité de la pensée. C'est un peu l'impression que le type m'a laissée. Mon cerveau s'échauffe. Du chapitre « transmutation », je passe à l'histoire de Lazare de Béthanie. Celui que Jésus aurait ramené à la vie. Un historien célèbre explique cet épisode sans supposer l'intervention de causes surnaturelles. Lazare, malade, couvert de bandelettes, aurait été enfermé dans son tombeau. Pour le Christ, Lazare n'était pas mort, il s'était endormi. Jésus n'était pas plus maître que saint Bernard, que saint François d'Assise, de modérer l'avidité de la foule et de ses disciples pour le « merveilleux ». Personne n'ayant été témoin de la mort de Lazare, la morale de cette parabole serait que le miracle est d'ordinaire l'œuvre du public bien plus que de celui à qui on l'attribue. Pour la faire courte, les prodiges ne se produisent que dans l'âme de celui qui les attend. Cette réflexion me ramène au conte pour enfants signé Nick, *Johnny's First Cigarette.* La correspondance est frappante. L'auteur décrit comment, alors gamin, il croisa un oiseau d'un bleu vif qui se dandinait sur le trottoir. Pour avoir étudié les planches de son livre d'ornithologie, il le reconnut, et sut en déterminer l'espèce. L'oiseau le regarda un instant, puis s'envola. De retour chez lui, il raconta son aventure. La plupart pensèrent qu'il racontait des craques pour faire l'intéressant et ricanèrent. Un geai au plumage bleu vif en plein Newark, New Jersey ? Son père n'était pas d'humeur, et peu enclin à la fantaisie. Sa mère s'abstint de tout commentaire. Le garçon n'oublia jamais cet oiseau, cet instant, ce regard. Le geai bleu lui avait appris une chose essentielle : les choses belles et prodigieuses se révèlent à nous quand on est prêt à les accueillir, « à distinguer en elles la beauté et le prodige ».

Mais tout ça ne m'avance pas vraiment. Ou bien j'attendrais un prodige ?

Poussant mes recherches, j'apprends qu'un fait souvent repris dans les Évangiles étonne toujours. Lorsque le Christ « ressuscité » apparaît à ses disciples, il est à la fois le même et un autre. Il est autre, car on ne le reconnaît pas. « Et leurs yeux furent empêchés de le reconnaître. » Parce que le reconnaître est avant tout un acte de foi. Debout à la fenêtre, je me demande ce que je cherche au juste. Ce que j'implore. La raison me somme d'envoyer balader ces élucubrations. Je ne suis pas venu là pour ça. Mais j'ai vu assez de choses, et j'en ai assez éprouvé pour rejeter ce qui trouble les données ordinaires. Je déroule cette histoire de modèle original et de copie conforme, de mort et de revenant, pour voir jusqu'où elle va tenir, à quel instant elle va s'écrouler.

Encore une nuit, encore un verre. Le vin d'Ariola n'a pas le goût habituel. Captivé par l'étoile lointaine et solitaire, je me demande de qui elle est l'âme. « Chaque étoile, une âme. » Chaque étoile une âme... Et je me marre en pensant à ce Lazare de Béthanie emmailloté, un suaire sur la tête, et enfermé vivant dans son tombeau de famille jusqu'à ce que Jésus ait la riche idée de passer le saluer une dernière fois. « Déliez-le et laissez-le se barrer ! » Dire que certains ont vu dans ce retour d'entre les morts le signe annonciateur de quelque chose d'énorme, rien de moins qu'une mutation de l'humanité, radicale et invisible. Même ce timbré de L. Ron Hubbard avec sa scientologie n'est pas allé aussi loin dans l'escroquerie.

Sommeil difficile. Un oiseau bleu électrique sautille sur le trottoir opposé en me narguant. Quelque chose s'élabore en moi et je ne sais pas quoi en faire. Plutôt que de me changer en une boule de nerfs, je sors prendre l'air. La ville est encore tiède, propice à l'errance. Les rues sont désertes. Les bars fermés. La terrasse du Cavour a disparu. Derrière les vitres, son comptoir envoie des éclats de cuivre.

La quête de la paix est un jeu de hasard

Au réveil, ma tête est pleine d'images et de bribes d'une conversation improbable.

« C'est bien toi, Nick ?

— À présent, je suis tout le monde ou bien personne. Je suis partout, tout le temps.

— Comment te sens-tu ?

— Immémorial.

— Que me veux-tu ?

— C'est toi qui tires les ficelles, non ?

— Je ne comprends pas !

— C'est toi qui es venu là. Qui m'as placé et observé dans ce café. Qui as suivi le passage du bus sur le boulevard. Et qui m'appelles cette nuit encore. C'est toi qui à chaque fois me *convoques*. Je ne suis pas du genre à me pointer là où je n'ai pas été invité. »

Assis à ma table, Nick tirait de longues bouffées sur sa cigarette, la fumée l'enveloppait, infinie semblait sa satisfaction.

« Comment est-ce possible ? Comment as-tu fait ?

— Celui qui veut être libre doit s'affranchir de ses propres mains.

— Dans quel but ?

— Profiter de la mort ! Inspirer, puis expirer. Chaque putain de souffle est béni. Ce souffle est la seule chose que nous ayons. Qui le sait ? Qui le sait vraiment ? Difficile de faire entendre que si l'homme le voulait, une seule journée lui suffirait, du matin jusqu'au soir, pour atteindre la mesure de la divinité.

— Je suis venu chercher la paix...

— La vie est une salope, et la quête de la paix un jeu de hasard.

— Nous reverrons-nous ?

— Tu as les dés en main. »

Je me surprends à hocher la tête avec gravité, comme s'il y avait une réalité à accepter dans ces paroles. J'ai beaucoup perdu de cette conversation nocturne, mais je me souviens avec précision de son « immémorial » dont je cherche le sens précis dans un dictionnaire en ligne. « Passage du lointain absolu au présent pur. » Autre flash, à l'instant où l'on s'est quittés, avant que son image brûlante ne retourne à la cendre, nos regards se sont croisés. Chacun a décelé quelque chose chez l'autre qui nous a fait baisser les yeux, et esquisser un sourire. Je reste un moment allongé sur mon lit comme drogué par ces visions palpables.

Par un beau jour d'été

À la vérité, je n'ai jamais rencontré Nick, ni même croisé, ou bien de la meilleure des façons. Tout a commencé il y a des années. Un portrait dans un journal, suivi d'un article qui en dit assez long suffisent parfois pour qu'on souhaite en apprendre davantage. Un nom, une référence en tête, on file à la librairie du coin, à la bibliothèque de quartier. On rentre bredouille. En désespoir de cause, on relit l'article. Internet n'existe pas, aucune possibilité d'informations supplémentaires. On scrute à nouveau le portrait, l'expression du regard. Parfois certains êtres sont là, comme détachés du reste de l'humanité. La concentration de leur liberté est telle qu'ils enflamment les imaginations. On finit par dénicher le livre en question, on l'ouvre comme s'il allait nous murmurer le secret des choses, éclaircir l'horizon ou écarter la mer. Et bingo ! C'est ce qu'il se passe. Bourdonnement dans la noirceur du sang. Sa voix libératrice remue, fout tout par terre, et nous remet sur le droit chemin. Sa prose d'acier glacé nous ouvre les yeux, l'âme à nu, on en redemande. Peut-être même que la vie devient plus supportable.

On a trouvé l'allié qu'on espérait.

Je l'ai appris plus tard, Jerry Lee Lewis, alias *The Killer*, avait juré de lui régler son compte pour l'avoir exposé à cette lumière. Un contrat courait sur sa tête. Mais qu'il soit question d'un banquier du Vatican et de la mafia sicilienne, de mystérieux musiciens country, de héros oubliés du rock'n'roll, d'acteur-crooner, de boxeur noir, de poète brûlé vif – le type n'hésite pas à ouvrir les tombes et à descendre réveiller les morts dans leur linceul moisi –, de gangsters sanguinaires, de Jésus-Christ, cet imposteur impénitent, ou du diable, une vieille connaissance, c'est toujours son cœur qu'il dissèque. C'est toujours lui-même qu'il vise. Le type est un stoïcien qui côtoie Zénon de Cittium et fraye plus volontiers avec des penseurs à toge qu'avec ses contemporains exsangues. Avoir été exposé à la flamme de Dante Alighieri, de l'Évangile selon Thomas, de la tribu des poètes unis, Hésiode, Horace, Sappho, Marlowe, Rimbaud, Faulkner, Pound, Agee, et d'autres encore, lui a permis de découvrir et de faire siennes quelques parcelles de sagesse ancienne. Notamment que « Tout ce que vous croyez comprendre est mensonge » et « Grattez la surface d'un sage, vous trouverez un imbécile ». Mais qui s'intéresse à la sapience de nos jours ? Nick ricane et suit son dieu, c'est-à-dire son désir. *Sequere deum*. Il saisit l'occasion, l'ouverture, l'accueil de la perception qui se donne, le temps qui prend brusquement une autre dimension. Son dieu ne requiert pas de majuscule. À force de fréquenter les traditions de la Grèce, de Rome, de la Sicile, de fouiller la bibliothèque publique de New York, sa mère nourricière, d'arpenter les sous-sols des archives privées du Vatican ou de Ravenne, au fil des nuits passées à converser avec ses amis Johnny Depp et Keith Richards, il a établi un lien secret avec l'univers. Et compris que chacun à sa façon est un dieu, une déesse, même si on tombe dans l'oubli à la fin. Pas du genre à se plier à une exigence de soumission ni d'adoration. À l'instar d'Arnold Rothstein dont il a relaté la destinée, il est lui-même le seul dieu qu'il respecte. Un dieu singulier, il le concède. Ses addictions à la nicotine, à l'héroïne, à la caféine, au valium, à l'Oxford English Dictionary (dix-huit volumes, édition de 1831), au Château Cheval Blanc (1969, 1971), aux *Suites pour violoncelle* de Bach (Rostropovitch), aux femmes (petits seins, longues jambes, il a établi sa théorie), à l'eau, à la sobriété et à la contemplation ne sont que des voies parmi d'autres qui le mènent à l'extase. « Tout est paradis dans cet enfer. »

Même si je ne l'ai jamais rencontré, alors qu'il séjournait en France, à Paris, VIe arrondissement, rue du Dragon, à l'orée des années 2000, et qu'il se rendait chaque matin à la boulangerie du coin attiré par l'odeur du levain, ou qu'il lisait ses poèmes un verre de vin blanc à la main, accompagné de sa vieille amie Patti Smith, sur la scène de Beaubourg – poèmes publiés dans le numéro de juin 2005 de la *NRF* –, ou encore lors de ses nombreuses nuits passées à jouer au blackjack dans un cercle des Champs-Élysées, je lui ai écrit un jour via Russ Galen, son agent à New York. Je n'attendais pas de retour, me contentant de puiser dans ses livres l'inspiration et la résolution de vivre d'une même façon, c'est-à-dire, au bas mot, de ne pas aliéner ma liberté. « Et n'oublie pas : ton pognon, comme ton cul, c'est de la merde ! », sa petite musique ne me quitte pas. Une carte postale m'est parvenue près de six mois plus tard. Un message on ne peut plus concis. « Par un beau jour d'été... » La signature à l'encre noire, passée par la pluie, était illisible. Aucun doute quant à l'identité de son auteur.

Je me souviens avoir lu à cette époque que Johnny Depp avait acquis plusieurs de ses manuscrits originaux. Les négociations auraient été menées une nuit au Dorchester, à Londres, et le deal conclu pour 1,2 million de dollars. Le contrat en question : une feuille de papier à lettres à l'en-tête du palace sur laquelle était écrit : « *Moi, Johnny Depp, accepte par la présente d'acheter les archives de saint Nick... pour la somme de 1,2 million de dollars. Johnny Depp.* » Le contrat aurait été scellé, en dessous de sa signature, par des gouttes de sang. L'entreprise de « liquidation » était lancée. Que son ami Johnny le qualifie de saint pourrait sembler un brin inapproprié, il ne présente rien qui rappelle une figure de catéchèse ou de calendrier. Depp sait de quoi il parle. Car qu'est-ce qu'un saint, sinon celui qui sanctifie la vie ? De toute façon Nick jugeait la sainteté franchement ennuyeuse.

À cette époque, tout frais rentré d'un séjour à New York, un ami m'avait raconté comment il l'avait croisé par hasard devant une boutique de bagages sur Bedford Street, non loin de sa librairie préférée. Il portait un trench-coat couleur sable mouillé, la ceinture pendait, ses mains étaient enfoncées dans ses poches à la manière du détective des films noirs. Se sentant observé, Nick s'était retourné pour hocher la tête dans sa direction, avait braqué ce qui ressemblait à une arme de poing tenue au fond de son imper avant de s'évanouir dans la foule. De quoi couper toute envie de le suivre. « Sa façon explosive de se taire, bang ! » La scène n'a pas duré trois secondes. « Des yeux qui te traversent sans te voir. » Le coup du flingue dans la poche, comme ça, en pleine ville, bluff ou pas, l'ami se le demande encore.

II

La mort lente du monde

Retrouver son trois-pièces, quartier TriBeCa, au cœur de Manhattan, après son déjeuner chez Da Silvano, première table à droite, vers 11 h, être passé à la librairie, chez son disquaire fétiche, ou avoir pris un verre dans le seul bar où il est encore autorisé à fumer, et l'effet est immédiat, à chaque fois plus libérateur. Les connards du coin ne se gênent pas.

« Hey Nick ! Salut Nick ! Comment ça va Nick ? »

Et maintenant ces touristes étrangers qui vous épient, vous reniflent jusqu'au trognon sans un sourire.

« Vous ne seriez pas... ?

— Ça m'arrive, mais pas aujourd'hui, désolé !

— Comment ça ?

— Demain, peut-être... ou la semaine prochaine ! »

Et dire que la ville met le paquet pour que les touristes ne soient pas emmerdés par la faune locale. Partout le règne des *vigliacchi*. Des tièdes. Ces pleutres que Dante méprisait au point de les juger indignes d'entrer en Enfer. Avant d'envoyer balader son imper, Nick en extrait le vieux Charter Arms 79K .38 à la crosse fendue et canon fileté auquel il fait parfois prendre l'air. Sans chargeur. Son grand-oncle Giovanni – paix à son âme ! – et les os en poussière des vieux de la vieille du Club de la Pleine Lune doivent se gondoler du côté de Newark.

Pour se remettre, rien de mieux que son cocktail préféré du moment, un verre de lait de chèvre, un valium, une cigarette. À présent, il tire sa plus grande satisfaction du calme et de la clarté. Fini de boire pour rendre les gens intéressants. Il ajoute en fond sonore une composition d'Arvo Pärt, *Litany*. De quoi déjouer la pesanteur. À ses heures, il n'a rien contre les violons tire-larmes. Ses glandes lacrymales se sont peu à peu desséchées, cette douce forme de délivrance lui manque. Idem pour le mensonge. Il ne tient plus à être un fournisseur de mensonges. Le mensonge est la drogue la plus addictive, et la plus répandue. Le monde en regorge. Tout juste s'autorise-t-il des formules comme « J'espère vous revoir bientôt » ou « Embrassez votre femme pour moi ». La vérité pure et simple est toujours plus sûre.

Face à la fenêtre, il allume une autre cigarette. Quatre étages plus bas se joue une pantomime tordante. Assister à la mort lente du monde le fascine. Celui qui a dit que la moitié du jour était composée de ténèbres devait fermer un œil. Tous ces gens. Ces tribus. Ces groupes. Ces familles. Ces couples aux poussettes pour triplés. Ces équipes. Ces collègues de bureau… si serviles. Nick entend leurs pensées, connaît leurs postures, leurs pulsions. L'univers carbure à l'avidité et à la peur. Tous filent comme poussés par un vent d'angoisse de mort. Il leur tarde que la semaine se termine. Que le mois s'achève. Ils voudraient être à plus tard, à demain, à l'année prochaine, et se rapprochent de ce qui les terrifie le plus. Suicides neuronaux de masse. Atomisation par la terreur. Ils piétinent à travers ce décor de ballet repeint à leur image, près de trébucher et de tomber dans le néant. Et leurs mioches après eux ! À douter qu'ils aient jamais été des enfants.

« Allo chérie, je suis en train de marcher dans la rue ! » Le silence est leur poison. La plupart ne soupçonnent pas ce que l'avenir leur réserve. Aucun sens de la fragilité de la vie. Comment aimer ce monde qui se vautre par tous les bouts dans la vulgarité et la laideur, le traiter avec humanité ? Rude besogne. Il faudrait ne pas avoir de cœur, il faudrait...

« Bordel ! Profitez juste de chaque putain de souffle ! Soyez reconnaissants ! Et profitez-en parce que ça ne va pas durer ! »

C'est tellement drôle d'entendre les gens, de les observer. Le carnage est somptueux. Pourquoi lire les journaux ou regarder les infos. Tout est là. En direct. Il suffit de jeter un œil au-dehors, de sortir dans la rue, et c'est là. L'apocalypse au ralenti. D'où ce vacarme d'enfer, partout. Nick est aux premières loges depuis des années. Il a vu le navire prendre l'eau, puis sombrer, et les gens devenir de plus en plus cinglés jusqu'à ne plus savoir s'ils se font violer à moins de recevoir une alerte sur leur putain de téléphone portable. Leur commencement est leur fin. Vaincus avant même de perdre. De loin l'espèce la plus dérangée qui ait jamais pissé sur cette planète.

Nick ne se fait pas plus d'illusions sur lui-même. Né idiot on reste idiot. Le truc, c'est de ne jamais l'oublier. De ne pas se laisser aveugler par l'once de sagesse illusoire qu'on a acquise. Différent. Il ne se sent pas meilleur, peut-être même pire, mais différent. Il ne supporte plus la lâcheté des hommes, leurs démissions et leurs petits arrangements, à commencer par les siens. Par chance, il est de la race des sceptiques qui ne croient pas au progrès, pas plus qu'au sens de l'Histoire ni à aucune des chimères répandues. Le scepticisme passe souvent pour du cynisme. Non, aucune attache avec ce monde. Déconnexion totale avec ce temps. Tout, chez lui, ses centres d'intérêt, son langage, son style vestimentaire, n'est pas tant d'une autre époque que d'une autre sensibilité. La tâche est de résister.

Maintenant, son cœur lui souffle d'allumer une cigarette et de monter le son.

Rudy Giuliani a flingué cette ville. Et Bloomberg a planté les clous dans le cercueil. Il a vécu ici le meilleur, le pire, et tout ce qu'il y a entre les deux. Il a fait, vu et appris des choses dont la plupart des gens n'ont pas idée. Mais cette ville a dealé tous ses rêves et n'a plus que de la mauvaise came à fourguer. Ses artères n'ont plus de sang frais à lui offrir, et lui non plus. Ils sont quittes. *Basta cosi!*

Ce soir, tapi dans l'obscurité, retiré dans sa propre pénombre, il pense la pire chose qu'un homme peut penser. « Jadis, au temps où New York vivait et respirait... » La formule est de lui, placée au début d'un livre. La première ligne de sa biographie officielle : « Nick habite dans ce qui fut autrefois New York. » La messe a été dite il y a longtemps déjà. Le plaisir de marcher dans ses rues en suivant les nuances du ciel, de s'asseoir sur un banc délabré de parc de quartier, de siroter un café en observant une bande de pigeons idiots alors que les mégots s'entassent à ses pieds s'est évanoui. À quand remonte la dernière fois qu'il s'est retourné sur une paire de jolies jambes avant de se cogner à un coursier qui se fait plaisir aussi ? Et de porter la main à son Homburg de soie. La courtoisie n'est plus de mise. Il ne peut plus sortir sans croiser des fantômes qui lui sourient, ses amis Harry, Meryl, Janet l'interpellent au coin de la rue. — Ton livre avance comme tu veux,

Nick? Devant une bouche de métro, Dan et Jack entrent dans la sarabande. — On viendrait bien boire un verre avec toi, Nick, sauf qu'on est morts! Où qu'il aille, Phil, la main posée sur son épaule, lui rappelle: — Et cette fois au Hubert's Museum... Et cette fois où... Pas un jour où il n'entend son rire diabolique alors que les flics leur tiraient dessus et qu'ils cavalaient au coin de la rue en dérapant sur le verglas. Et ce banc de ciment sur la Sixième qui lui demande où est passée la jeune femme au sourire souverain qui venait se blottir contre lui après ses cours, se poser sur ses genoux, même. C'était peut-être la dernière chose à laquelle il s'attendait, la dernière chose qui lui serait venue à l'esprit, mais il était bel et bien tombé amoureux dingue cet été-là, non? — Comment disais-tu, Nick, « Cette chose bénie qui fleurit de nos souffles mêlés », c'est bien ça? Réduite en cendres elle aussi, envolée?

Au fil du temps, les fantômes s'accumulent et nous appellent. Ils sont partout, jaillissent aussi bien du passé, ici, maintenant, que du futur. Leur vaudou est puissant. Les gens qui s'agitent au-dehors sont morts, les vrais vivants sont dans ses livres. Ce monde est hanté.

Il n'est plus qu'un intrus dans des rues qui furent autrefois les siennes. L'arbre qui trônait au coin de Bedford et Commerce Street et avec lequel il a eu de remarquables conversations et partagé de fervents silences a été déraciné par un putain de camion poubelle. Un signe, sans doute. Ce coin est maintenant vide, son quartier, désolé. C'était un club, c'est une blanchisserie coréenne. C'était un bar agréable, c'est une boutique d'artisanat tibétain. C'était une salle de jeux, c'est un corner-phone. C'était un tripot, c'est un vapo-shop merdique, même les clopes sont électroniques. Plus aucun soupçon de grandeur nulle part, rien que de la pacotille. Tout ici est devenu abrutissant. Tout fait maintenant écho à cette vieille chanson hillbilly, *This world is not my home!*

Les bars qu'il appréciait ont disparu emportant avec eux ses quarante dernières années. Ceux qu'il fréquente ne sont plus que des compromis. Les gens aussi. Pas facile de percevoir le moment où la vie se change en routine nostalgique. Ce paysage n'offre plus rien à méditer. Même ces deux tours en bas de chez lui ne sont plus là. 9/11... Tu parles d'une ironie... Le numéro d'appel en cas d'urgence ! — Et que faisiez-vous le 11 septembre 2001 ? Combien de fois lui a-t-on posé la question ? Comme s'il était intéressant de savoir ce que les gens foutaient à ce moment-là ! Il a attendu que la poussière se disperse, et plutôt que d'aller s'allonger sur le canapé d'un psy comme beaucoup, il a eu envie de manger une pizza en écoutant *Jumpin' Jack Flash* des Rolling Stones, deux réflexes de survie qui l'ont sauvé plus d'une fois, et en se demandant pourquoi les avions n'avaient pas plutôt ciblé Graceland, histoire de les débarrasser du culte vénal d'Elvis Presley, ou bien sur la faille de San Andreas afin de faire disparaître Hollywood dans le Pacifique, ou bien la Trump Tower en même temps que la résidence de Floride où ce porc passe ses vacances. Cette pulsion terroriste a toujours été vivace en lui.

Se laisser porter par la brise

Le temps est venu de ressentir à nouveau la présence de puissances supérieures, la mer, le vent, le silence, de se laisser porter par la brise. Il ne tient pas à crever dans ce monde qu'il ne reconnaît plus. Récemment encore, il a renoncé à donner une lecture publique. Il avait pour habitude de le faire dans des bars bondés de SoHo. Il se faisait attendre, jouait avec les nerfs de types bourrés, sobres, dingues, de quelques amateurs avides d'acte magique, de miracle, et du bouquet d'admiratrices qui s'excitaient entre elles. Certaines portaient le tee-shirt floqué à son effigie qu'il leur avait signé au feutre noir et à même la poitrine. En guise de cachet, il n'exigeait qu'un grand cru, margaux rouge ou meursault blanc, selon l'humeur, qu'il savourait entre chaque texte, la qualité de sa lecture façon happening fluctuait selon le millésime. Ses apparitions étaient parfois furtives, générer un brin de frustration n'est jamais une mauvaise chose, mais il finissait toujours la bouteille. La température montait. La bronca se levait. Des Nick ! Nick ! Nick ! s'amplifiaient, des noms d'oiseaux fusaient, il commençait à croire qu'il était bel et bien ce type. Une fois la salle chauffée à blanc et enfumée, il faisait son entrée avec son groove nonchalant, envoyait un sourire au public venu le voir, l'entendre ou simplement vérifier qu'il existait. Puis il s'installait devant une table et se lançait dans la lecture de poèmes, d'extraits de prose tels « Je pense à ce monde maintenant comme à un cheval noir devenu fou / Qui court vers l'enfer, infesté, la maladie au corps » Le public semblait d'accord avec lui. « Je pense à saisir ce cheval le temps d'un galop terrible vers les flammes / À le chevaucher et me saisir de tout ce qui est à prendre sur son chemin de perdition / Puis à sauter juste avant d'être projeté et rompu dans la chute. » Putain, qu'est-ce que ça sonnait bien ! Feuillets qu'il chiffonnait une fois lus et qu'il envoyait dans la salle, déclenchant houle et empoignades. Faire son show, couper la chique à des poivrots récalcitrants avec des mots était quelque chose. Et à l'heure de la dédicace, rayer nonchalamment le titre de ses livres, le substituer par *DOGSHIT*. Les hipsters d'aujourd'hui ne l'inspirent plus. Rien de plus effrayant que de lire devant des sourires figés pleins d'un entrain faux et absurde, face à des types qui se déplacent en vélo-cargo électrique et ne jurent que par la *green economy*, leur nouvelle religion, qui investissent dans les plus grands parcs éoliens du monde destinés à alimenter des plateformes pétrolières. Tout ce politiquement correct le rend malade. La planète crève, la belle aubaine ! Et il faudrait trier ses déchets ? Qu'ils se trient d'abord eux-mêmes ! Le règne de la médiocrité est sans fin.

Allez savoir pourquoi, ce soir il emmerde ce plouc de Trump à large cul, cette perfide Hillary Clinton à large cul, le Pape, et le reste de l'humanité. Les crocs qui le lient à la société secrète Aniota blessent ses gencives. Il est temps de retrouver la jungle. D'étancher sa soif d'une vie nouvelle.

Encore un verre de lait, une Camel, et ce même geste depuis sa première cigarette imaginaire. C'était à la veille de son douzième anniversaire. Il s'était planté devant le miroir de la salle de bains pour s'observer alors qu'il portait les doigts à ses lèvres. Jusqu'à trouver le mouvement naturel qui lui donnerait *l'air cool*. Combien de fois ce geste, combien de milliers de cigarettes avant de parvenir à la vraie maîtrise, à l'impact dramatique optimal. Pouvoir délivrer des remarques désinvoltes et des observations sournoises à travers un nuage de fumée, sans une once d'affectation.

Du guanciale affiné de chez Mosca's rancit dans son frigo, il n'a pas faim. Pour réchauffer l'atmosphère, Puccini, *Minuetto n° 3*. Più vivo / Tranquillo / Allegro molto. Puis il jette un œil à cet article qui attaque son dernier livre, le qualifiant au passage de « bouffon boursoufflé ». La sentence s'achève par une question respectable. « Alors pourquoi est-ce que ce livre est à lire absolument ? » Parce que Nick est l'un des rares écrivains dont on peut faire l'expérience au niveau viscéral. « Le lire, c'est comme se faire agresser, être poussé sous un train. » La formule n'est pas pour lui déplaire. Ce genre d'accueil lui rappelle celui reçu par Screamin' Jay Hawkins à la sortie de *I Put a Spell on You* et ses grognements évocateurs et maléfiques. Son livre pourrait connaître le même sort, devenir un classique sans jamais apparaître dans les listes de best-sellers. Il ne s'est jamais soucié des critiques. Donner de la force à nombre de lecteurs qui se croyaient seuls à penser ou à ressentir des choses étranges est une autre satisfaction.

Ironie de l'époque, la plupart des lettres reçues à ce sujet lui sont adressées par des femmes. Si à l'occasion de son *Me and the Devil* des voix féminines se sont élevées contre un supposé machisme voire pire, après avoir répondu à certaines d'entre elles, il s'avère que toutes ont compris qu'il ne cherchait à offenser ni à satisfaire personne. En réaction à l'article d'une journaliste qui relevait chez lui « une pointe de masculinité toxique », ainsi que « l'emploi d'un argot racial déplacé », il lui avait rendu visite à son bureau un bouquet de fleurs à la main. — Surprise ! L'entendre lui expliquer qu'user de termes comme « youpin », « negro », « rital » ou « latino » est une façon de se libérer de l'hypocrisie répressive de la correction politique, de cette maladie des mots entendus à la télé, lus dans les journaux, ces mots qui tuent l'émotion véritable, la pensée, et détruisent la morale, l'humanité même des gens, l'avait à peine bousculée dans sa bien-pensance arrogante. Nécrosée jusqu'aux trompes de Fallope... De toute façon, qu'il s'agisse du *New York Times*, *Washington Post*, *Publishers Weekly*, *Booklist*, aucun critique n'a jamais saisi l'essentiel, à savoir que sa plus grande réussite est de ne pas avoir fait passer l'écriture avant sa vie. Toutes les deux y ont gagné. Allez, poubelle !

Le grand nettoyage a commencé. Il a rassemblé les boîtes pleines de dossiers constitués pour chacun de ses livres, d'articles publiés dans les magazines, de carnets, de photos... Des archives récupérées dans des endroits aussi variés qu'un box de stockage de Jersey City, le Country Music Hall of Fame and Museum de Nashville, le bureau de petits éditeurs de presse récalcitrants de Brooklyn ou la table de chevet de l'épouse d'un sénateur. Triées, cataloguées, en partie vendues. Sa correspondance avec son ami Hubert Selby Jr. a été placée dans un coffre à humidité réglée. Sa succession est planifiée. Un montage financier est en cours. Ses affaires seront bientôt en ordre. Ses data records effacées. Le site Internet qui lui est dédié s'autodétruira le jour voulu, www.nickfucksyou.com.

La sonnerie du téléphone se perd dans l'obscurité. Jamais le bon moment pour répondre. À l'exception de Russ, son « agent-conspirateur », de son vieil ami Richard, de Johnny quand il n'est pas en tournage et que sa douce Amber desserre les ongles, de Keith quand il n'est pas en tournée, Nick ne contacte personne. Une poignée d'âmes sûres suffit. Être seul, mais à sa façon. Il y a bien aussi le chef Shun Lee du Liberty View qui livre à domicile, et le caviste expert de la 18e rue. Et, dernièrement, cette jeune professeur de littérature qui lui consacre un essai et tient donc à vérifier certaines informations le concernant. — Est-il vrai que votre nom de famille est issu des colons albanais d'Italie connus sous le nom d'Arbëreshë ? Que votre grand-père a émigré du village de Casalvecchio di Puglia à la fin du XIXe ? La formule de Dante, « Vous qui entrez, abandonnez toute espérance ! », était-elle réellement inscrite sur le fronton du bar que tenait votre père ? Mordez-vous l'intérieur des cuisses des femmes pour en boire le sang comme votre personnage ? N'en avez-vous pas assez des préliminaires obligatoires de la conversation ? Du tempérament, et jamais à court de question.

Passer à travers

Se sauver. Passer à travers. Changer de cosmogonie. Des années qu'il y travaille. Et ce jour est venu. Au-delà d'un certain point, on ne peut pas revenir en arrière. Il a atteint ce point. — C'est l'heure ? C'est l'heure ! Une nouvelle ère s'annonce. On se prépare. Le plan, de longue haleine, est précis. Un régime sec, encouragé par la flambée du prix des grands bordeaux – ne boire que ce que vous ne pouvez pas vous permettre est une excellente méthode pour réduire sa consommation – et un diabète diagnostiqué tardivement ont sonné le signal du départ. Diabète sévère. Moins vingt kilos. Yeux vitreux. Paupières tombantes. Joues creusées. Peau blême. Hématomes sur les bras. Cuisses et ceinture abdominale criblées de points d'injections. Bite hors service, dents en sale état et autres saloperies chroniques. Sa mauvaise mine va lui servir de sauf-conduit. Avec la plupart des gens, il ne montre qu'un de ses visages, celui qui s'accorde à leurs propres préoccupations. Il apparaît quand il faut, là où il faut. Un maître de la figuration. Faire office de relique moisie aux chaussures en peau de léopard l'amuse. Par élégance, et par précaution, toujours se comporter comme si on était mystificateur, cupide, dilettante, désinvolte, en voie de perdition, *desperado*... Ses identités sont diverses, il a appris à en jouer. Avoir un coup d'avance exige une discipline de mercenaire, des masques, une solitude radieuse. Il l'a compris très tôt, toute grande chose se vit dans la clandestinité.

Déjà les bruits courent. Son passé d'héroïnomane, ses deux paquets de blondes au quotidien, sa consommation notoire de spiritueux ont raison de lui, c'est imminent. Ses poumons, son foie, ses reins agonisent. Bref, Nick se meurt d'être Nick. Son temps est compté, qu'on se le dise. Réfréner ses élans d'exaltation pour afficher une lassitude désabusée est un simple exercice de maîtrise de soi, disséminer des informations qui laissent entendre que son sort est scellé est une science. Ainsi, voir passer un éclair de mansuétude dans les yeux de certains n'est pas déplaisant, pas moins que de lire chez d'autres : on va te pisser dessus sale enfoiré, et t'enterrer. Tu es déjà mort, tu pourris, et tu pues ! Dans un monde de contrefaçon généralisée, étranger aux modes, aux courants qui infléchissent le cours de toute vie véritable, sa liberté suscite des jalousies, des cabales. Puritanisme, esprit de vengeance, *moraline* à tous les étages, l'aigreur ambiante lui montre la Voie. Ce qu'on ne lui pardonne pas ? N'avoir jamais fait le jeu de l'illusion collective. Avoir tout vu de ses yeux, c'est-à-dire avoir fait des expériences concrètes. Sauf que passer le Styx n'est pas inscrit à son programme. Il est très à l'aise avec son squelette, la tombe peut languir.

Encore une fois, il ne sera pas là où on l'attend.

Sept ans. Qu'on lui donne sept ans de paix et de sérénité. Ou bien trois. On se fatigue au bout d'un moment. Qu'on lui donne juste assez de temps pour découvrir ce qu'il écrirait s'il n'avait pas à écrire.

Tout le monde le croit fini, Nick est un homme d'avenir.

Un plan de communication a été mis en place. Il répond aux questions des journalistes qu'il reçoit chez lui afin qu'ils constatent par eux-mêmes l'étendue des dégâts. Son intérieur a été réduit au strict nécessaire, seuls le manuel d'érotologie classique de Forberg, *De figuris Veneris*, édition de 1824, et l'épais volume du *Lexique grec-anglais* de Liddell & Scott rappellent que les étagères du salon ont fait office de bibliothèque, l'un des grands réconforts de sa vie. Nick a tout bazardé, distribué Ovide, Plutarque, ainsi que ses propres livres. Idem avec ses effets personnels, manteaux, costumes, boots... *Tabula rasa.* Au pied de son immeuble, des sans-abri portent des vestes de laine pashmina et des bottes en python signées Jimmy Choo. Ils font la manche un exemplaire des *Métamorphoses* ou de *Country* fourré dans la poche arrière de leur falzar. Nick les a aussi invités à une réunion des Alcooliques anonymes alors qu'ils crevaient la dalle sous une neige glacée de février. Après quelques formules fumeuses de repentis, ils ont eu droit à du café chaud accompagné de donuts, et pu partager leur expérience avec un parterre de femmes esseulées. — Allez-y les mecs, toutes ces chattes dysfonctionnelles sont en self-service !

Le « Pape de la 14e », comme ils le surnomment, suscite leur respect.

Une édition ancienne du *Livre des morts Égyptiens* est ouverte sur la table basse où traînent ampoules d'insuline NovoRapid 100 unités, stylo d'injection, lecteur de glycémie, prescriptions à en-tête de l'hôpital. Tenue négligée, pyjama et robe de chambre d'intérieur l'hiver, débardeur et caleçon l'été, exit son élégance légendaire. Ses bagues flottent à ses doigts, au diable sa prothèse dentaire, la parade du *freak* commence, spectacle garanti ! Il ne prend même plus la peine d'offrir du café. Le type est mal en point, écrivez-le ! Pas encore mort, mais il commence à cligner des yeux, faites-le savoir ! Et la nouvelle se répand jusqu'en Europe. Il y a peu de temps encore, un journaliste français, « spécialiste de littérature américaine », est venu frapper chez lui. Pas tout à fait, car Nick, qui l'attendait prostré sur son canapé, avait laissé la porte ouverte. Le type le connaît de longue date et l'a lu de près, aussi Nick a fait le nécessaire, choisi les mots, ajusté les silences et regardé dans le vague aux moments cruciaux. Ses mains tremblaient alors qu'il allumait cigarette sur cigarette, et tirer dessus lui demandait visiblement un effort. Ses quintes de toux répétées alors qu'il répondait aux questions n'étaient pas toujours forcées. — Écoute ces bronches pourries, vise ces guibolles décharnées, et déduis-en le pronostic ! Garder le regard éteint comme s'il était en deuil de lui-même n'était pas de trop. On l'a donné pour moribond à bien des reprises, l'annonce de sa mort a circulé, hépatite, delirium tremens, séjours de désintox, règlement de comptes, il a survécu. Cette fois, la peau sur les os et pas un projet en cours, ne demandez pas pour qui sonne le glas. Le message est passé, à qui le tour ? Nick ouvre la fenêtre en grand et se marre. Peu avant son rendez-vous, il s'est massé longuement une hémorroïde à l'aide d'une préparation d'huiles essentielles concoctée par son médecin chinois, dans la pièce traîne une effluence de millepertuis et de menthe poivrée.

Ces visites l'assomment. Impossible de parler en profondeur avec ces putains d'amateurs qui pourraient confondre *Il Dante* avec *al dente*. Ces types sont si prévisibles, et recherchent si désespérément la connivence qu'il faut avoir l'estomac bien accroché. Certains demandent même à user de ses chiottes. Qui fait ça ? Qu'ils aillent donc caguer chez Salman Rushdie ! S'exhiber en calbar et chaussettes hautes, même de chez Bresciani, ne l'enchante guère, mais il retrouvera bientôt sa superbe, bientôt, bientôt... Des journalistes espagnols et allemands défilent, et pas une épaule, une cheville féminine en vue. Il aurait mieux à faire, comme écrire de la poésie. Goûter la joie venue des mots qui descendent et des rythmes qui montent dans la poitrine et poussent pour en sortir. Il sait que le vers prend vie quand son corps réagit en conséquence. Ça lui procure une décharge quasi érotique, comme une ondée par ciel d'été. En ce qui concerne la prose, c'est une autre affaire.

Par l'intermédiaire de son agent, Nick impose ses conditions, choisit le jour, l'heure, ainsi que la validation du titre de l'article qui ne fera pas moins d'une pleine page. Sous l'œil des journalistes, il ne bouge pas du canapé, mâche un vieux cigare éteint, expédie les questions sans intérêt en étirant ses jambes prises d'impatiences. Et ça continue... Sa boisson préférée ? L'eau. Contrairement à toutes les autres boissons, l'eau offre un plaisir à chaque fois inédit. Elle prend le goût de ce qu'on est dans l'instant. S'il a longtemps été toxicomane et alcoolique, la vérité est qu'il obtient la plus grande satisfaction en étant clair et lucide, ce que l'alcool et les drogues interdisent. Il a plaisir à se défoncer de temps à autre, à patauger dans le brouillard et l'oubli, à se saouler et peut-être même à sniffer un peu d'héroïne. Mais il y a un prix à payer pour ça, pas en termes de dollars, mais en termes de séquelles physiques et psychiques. Le calme et la clarté sont gratuits. Et si vous pouvez y accéder, ils mènent à leur tour à une plus grande liberté, la vraie. Il préfère s'en tenir aux bons vins qui ne parasitent pas ce calme et cette clarté. Et au Baclofène. Sa drogue préférée reste l'opium, le pur opium, mais s'en procurer n'est pas possible, pas dans cette partie du monde. Qu'on lui donne un peu d'opium, et il le mélangerait à son café chaud tous les matins ! — Dites, vous en avez encore beaucoup comme ça ? Ce qui le fait se lever ? Café et cigarettes. Le mugissement des démons. À propos de démons, a-t-il déjà fréquenté un psy ? Non, il n'a jamais eu assez de cash à blanchir... L'avenir ? L'avenir est une duperie... « Laisse le lendemain s'occuper du lendemain ! » Se rapprocher de la tombe, le sentiment d'être un grain de sable dans l'univers, ce que nous sommes tous, ne le dérange pas du tout. Son image de dur à cuire ? Tout homme qui pense être un dur à cuire est soit un imbécile, soit un menteur. Il parle là d'autre chose. « Celui qui, sans méfiance, savoure cette douceur funeste, avale sa mort avec délice. » Avant d'être mise à mort dans l'arène, cette tarlouze d'Ignace d'Antioche a su formuler quelques pensées qui renversent des bibliothèques entières. Mourir ne l'effraie donc pas ? Le fait est que plus vous craignez la mort, plus vous mourrez. Donc, ça ne paie pas vraiment. Si vous vivez de la bonne façon – et la bonne façon pour lui serait considérée comme la mauvaise par beaucoup –, vous gagnez en perspective. En résumé : ça ne paie pas de s'inquiéter. Ça ne paie pas de s'en foutre. Comme toute expérience, vous vous demandez, eh bien, quand ça arrivera, comment est-ce que je réagirai ? Puis ça arrive, et vous n'aurez jamais su. Pardonnez-moi, mais mon transit est agité ! Ça ira pour aujourd'hui !

Fin juillet, sa campagne de communication prend fin. Assez joué à l'agonisant. Au dernier journaliste ému et gêné à l'heure de le quitter, il lâche : je suis en paix avec le fait qu'on ne se reverra jamais, tu devrais faire de même et aller boire un coup !

Jouer sa propre *commedia*

Nick avait d'abord pensé à une disparition volontaire. Près de cinq cent mille personnes se font la belle chaque année. Une idée stupide. La gueule de bois sans doute. La majeure partie de ceux qui y cèdent pour fuir le meurtre, l'adultère, les créanciers ou simplement pour en finir avec une vie qui leur a fait oublier qu'ils respiraient et tout recommencer ailleurs, est vite repérée dans le fin fond du Kentucky ou sur l'îlot d'un archipel préservé. Ils sont retrouvés parce que recherchés. Des contrats officiels courent sur leur tête. Inscrits au registre des personnes disparues quand ce n'est pas fichés par le FBI, sous une nouvelle identité, peroxydés, la tronche refaite, les empreintes digitales passées à l'acide, un petit malin finit toujours par les reconnaître. Ils se prennent pour des affranchis, mais ne sont que des crevards de fugitifs. Beaucoup se font passer pour mort, par suicide ou accident, et se noient en mer histoire de laisser une assurance-vie ou pour ne pas avoir à refiler la moitié de leur fortune à une harpie qui demande le divorce. Derrière eux, une lettre d'adieu, un portefeuille laissé en évidence. Des mises en scène dignes d'un chimpanzé aveugle. La plupart de ces crétins, tel ce Patrick McDermott récemment photographié au Mexique dix ans après avoir coulé à pic au large des côtes californiennes, finissent par être identifiés aux bras d'une bimbo siliconée lors d'une soirée arrosée ou fiers d'exhiber un thon de quarante livres sur le ponton d'une marina reconnaissable de Puerto Vallarta, Bimini ou des Maldives. En résumé, le thon leur cause du tort. À la vitesse où se diffusent les images, les logiciels de reconnaissance faciale ne les ratent pas, la police ne tarde pas à leur mettre le grappin dessus. Pourquoi aller se planquer dans un ashram du Tamil Nadu un téléphone portable dans la chaussette ? Par vanité. Ces types-là méritent leur sort. Rares sont les disparitions d'opérette, ces pseudocides, à ne pas être élucidées. Le *pseudo* est tout le problème. L'entreprise réclame un certificat de décès. Macchabée ou pas, un cercueil plombé doit classer le dossier. Nick n'est pas aux abois. Il ne fuit ni pension alimentaire, ni garce invivable, ni dettes d'aucune sorte. Pas de fuite en avant, mais une quête exaltante de reviviscence. Il ne souhaite pas s'enterrer, mais s'élever. Et il tient à faire les choses comme il faut.

« La morale est la faiblesse de la cervelle », c'est un fait avéré. La vie est une arnaque où il n'est guère question de moralité. L'idée de violer la loi n'a jamais été un problème pour lui. La loi ? Émise par qui ? Depuis toujours, une maladie plus terrible que le diabète le gouverne : le désir de vivre. L'élan insaisissable, la pulsion qui subsiste alors qu'on se dirige vers la tombe et le néant. Ne pas faire ce qui est en son pouvoir pour sauver sa peau serait violer le sacré de la vie. Facile de juger, de condamner, plus difficile de vivre. Nick s'est forgé un code de conduite et s'y tient. L'Inquisition le tient à l'œil ? Très bien ! Dans ce monde renversé, faire le contraire des ordres pressants qu'on lui donne. Choisir l'espace, le temps, son espace, son temps. Il n'a jamais été dupe, mieux vaut tricher avec la société. Prendre le Piège à son propre piège. Se montrer plus monstrueux que le Monstre. Être un joueur d'une autre nature, et tirer les ficelles jusqu'au bout.

Jouer sa propre *commedia*.

Sortir de tout ça invaincu.

Il avait annoncé la date de sa disparition sur son site Internet : novembre 2021, date du 700e anniversaire de la mort de l'auteur de *La Divine Comédie*. Il s'était un peu emballé, la civilisation s'écroule un peu plus à chaque seconde. Dante comprendra. Parfois, la mort est la seule lumière possible.

— Et puis merde ! Assez de cette danse macabre !

Nick jaillit de sa pénombre et enclenche la playlist de ses trente-cinq morceaux préférés des Stones, *Gimme Shelter* en tête, *Oh yeah ! I'm gonna fade away...* Et c'est pour bientôt ! Les riffs effilochés de Keith qui lui dédie *Thief in the Night* chaque soir de sa tournée sud-américaine – *Pour le type qui m'a appris une chose essentielle, comment marcher droit à la sortie d'un bar !* – avivent son appétit. La musique, par intermittence, raconte la ballade de votre vie.

Une fois taillé, fondant sur des tranches de pain grillé aillé et arrosé d'un filet d'huile d'olive De Carlo, le guanciale n'a rien perdu de sa finesse et délivre même une note de sauge sauvage. Il pourrait aussi se faire livrer un Barolo Monprivato pour exhauster l'ensemble, il pourrait, il pourrait... Se remettre à cuisiner. Redevenir humain. Là-bas, il aura tout sous la main, tout ce dont il a besoin. Cette perspective exaltante lui donne envie d'entendre sa jeune essayiste. De répondre à ses questions de plus en plus audacieuses. C'est fou ce qu'une voix féminine, même au téléphone, peut faire de bien à l'organisme. Il va l'écouter en même temps qu'il percevra la circulation accélérée de son sang. Il fermera les yeux. Son souffle effleurera sa nuque tandis qu'elle détaillera son pédigrée. — Est-il vrai que... ?

Un tango dans le cimetière

Et elle répond.

Toujours plus avide d'informations, de détails.

Debbie aime les énigmes.

Qui est réellement Nick ?
Les hypothèses fourmillent.
Est-ce lui ? Est-ce quelqu'un d'autre ?
Elle s'entend répondre que dans une époque dépourvue de magie, conserver une part de mystère est juste une question de décence. Que les mystères les plus grands et les plus vrais sont ceux qui n'ont pas d'explication. Que plus nous cherchons, plus nous descendons de la connaissance vers le mystère, seul lieu où réside un peu de sagesse.

Nick est détendu ce soir. Il peut être le type le plus cool qui soit.
« Je fais partie des gentils, même si, avouons-le, c'est une question de point de vue. Faire du bien aux autres, être un bon scout, avec toute l'ironie que ça comporte, je m'en tiens à ça...
— Un type bien ? demande-t-elle.
— Le monde se fout des types bien !
— Vous croyez ?
— Et la douceur n'appartient pas qu'au bien... »
Debbie est aux anges. Kit mains libres, elle enregistre la conversation, se sert du « chardonnay glacé ». Nick lui conseille de se convertir au Trebbiano d'Abruzzo, effets garantis. Elle rêve de confessions, aussi entre deux mots d'esprit, Nick lui avoue un faible pour les collants Wolford velvet 50. Il aime les voir portés avant de les déchirer. Et voir jaillir les éclats de chair pâle entre les entailles. La réaction espérée advient : un long silence rêveur rompu par une gorgée de vin blanc. Dandy trash, provocateur, il entretient sa légende, avance-t-elle. Debbie glisse dans la conversation qu'elle souhaite devenir romancière, et que son *Me and the Devil* l'inspire au plus haut point. Elle a appris à le connaître, cite de mémoire des passages édifiants de *Power on Earth* et de *Blackface,* sait quand il laisse parler son âme. Jerry Lee Lewis, Sonny Liston, Dean Martin et Jésus tels qu'il les a racontés, par touches,

c'est lui ! Jabbo, Johnny Di Pietro, Louie, Nick, encore lui ! Il a tissé un continuum pensé et précis. L'histoire de sa vie. Elle en est convaincue, chacun de ses livres est une percée personnelle. Même si ses personnages sont des versions exagérées de lui-même. — N'est-ce pas ? Nick laisse son silence faire entendre si elle dit vrai ou pas.

Les dossiers de la jeune femme fourmillent de notes. Nick perçoit le froissement des pages qu'elle fait défiler à la recherche d'une citation, d'une déclaration confondante. La bonne élève est touchante. Il a décrit Dean Martin comme un personnage noble perdu au milieu d'un racket ignoble à une époque ignoble. N'est-ce pas ainsi qu'il se voit lui-même ? « Il était né seul, et il mourrait seul, oui. Mais entre-temps, le monde s'écraserait dans toute sa splendeur devant lui comme une putain aux lèvres douces. » La jeune femme est perspicace. Nick hésite à lui proposer de le rejoindre au Circa Tabac, sur Watts Street, le fumoir où il a ses habitudes, un moment qu'il n'a pas vécu ce genre d'attente. Mais elle rappliquerait dare-dare. Le charme serait rompu. Étreindre un cœur, baiser un esprit, pénétrer une âme est une autre satisfaction. Il reprend. Ce qu'il a écrit il y a deux décennies sur l'histoire d'un type qui vivait cinq décennies plus tôt sera toujours d'actualité. Pour le commun des mortels, la vie n'est qu'une étincelle entre deux abîmes obscurs. Quant au racket... Tout est racket. La vie est un racket. L'amour est un racket. La sincérité est un racket. L'édition est un racket, son essai à venir, le livre qui rapporte leur conversation à cet instant même...

Debbie voudrait se brancher sur son système nerveux, dit-elle, pénétrer son gymnase mental, son laboratoire de métamorphoses, la pertinence de son livre en dépend. Elle a préparé un questionnaire « à la manière de Proust » qui ferait un bel épilogue à son essai. Nick déchante, il a déjà répondu mille fois à ce genre d'exercice à la con. Balancé toutes sortes de salades. Mais il songe qu'elle lira bientôt les journaux, et sera prise d'un léger vertige à l'annonce de sa disparition. Il imagine la suite. « Nick, dernières confessions. » Elle se repassera l'enregistrement de leur conversation, montera le volume pour mieux entendre ce râle venu d'outre-tombe. Ses propos prendront un sens nouveau. Était-il sérieux avec son histoire de collants ? Pour le découvrir, elle filera chez Bloomingdale's, touchera, achètera, rentrera chez elle pour aussitôt les enfiler avant d'inspecter sa silhouette dans le miroir en pied de sa chambre. Troublée, elle les déchirera au niveau de la cuisse ou de l'aine, sentira la morsure, et saura alors que des chapitres entiers de son livre lui restent à écrire.

« Vous aimez Proust, n'est-ce pas Debbie ?

— Beaucoup !

— Des lettres inédites adressées à son ami le compositeur Reynaldo Hahn ont été mises en vente récemment au Sporting Club de Monaco. L'une d'elles est signée "Ton Poney". Charmant, non ? »

D'abord, elle a besoin que Nick lui confirme certains détails recueillis ici et là, et souhaite en apprendre davantage sur ses premières années vécues à Newark, Jersey City, Brooklyn, Little Italy, sur son père qui le décourageait de lire. Nick rectifie, son père, que Dieu bénisse cet homme bon, n'était pas contre, mais étant de la première génération de sa famille à être né dans ce pays, dans un quartier ouvrier où l'on trimait à l'usine, était distributeur de journaux ou propriétaire d'un bar sans penser à devenir autre chose ni quelqu'un d'autre, les livres lui inspiraient, disons, une certaine méfiance. « Ces foutus bouquins vont te fourrer de foutues idées dans la cervelle ! » Il n'avait pas tort, il était sage à sa façon, mais c'est justement ce que Nick cherchait. Il s'est perdu dans les livres.

Un avant-goût de drogue dure avant d'en prendre vraiment. Alors, devenir écrivain, pourquoi pas ? Ou fermier. Ou éboueur. Ou archéologue. Il était le seul enfant du coin qui s'imaginait devenir fermier. Problème : Jersey City ne comptait pas un seul brin d'herbe. Éboueur ? Ces types pouvaient monter sur le côté du camion et traverser la ville tels des gladiateurs sur un char romain. S'il était devenu éboueur, il profiterait maintenant d'une retraite paisible… Quant aux archéologues, dans son esprit, ils passaient leur vie à faire des recherches, à traquer de petits éclats d'urnes ou à déchiffrer des hiéroglyphes. Ce qu'il a fait à sa façon. Étudier des livres, des centaines de livres, des milliers d'articles, comptes rendus, archives, fiches, microfilms, documents « classés secrets », traductions, décryptages, des enquêtes minutieuses et abyssales. Celle menée pour son livre sur Michele Sindona, le banquier de la mafia – courir les bibliothèques italiennes soumises à différents systèmes de catalogue, écrire aux cardinaux du Vatican, demander des dizaines d'interviews, traiter avec le système pénitentiaire italien et le département international du FBI… – a failli l'achever. La première fois que son oncle l'a surpris un bouquin à la main, il lui a dit qu'il perdait son temps. Que la moitié de ces « poètes » étaient des suce-bites. Le bon sens italien.

Cette nuit, Nick est prêt à coopérer, mais ses visions de l'enfance ravivent des sentiments de tristesse et de deuil. Ce monde a été englouti. Son ami Phil, avec qui il a tout partagé, vols à la tire, hold-up, bitures, came, matelas, gonzesses, morpions et balles perdues, a été enterré très tôt et avec lui la promesse palpitante de tous les possibles. Son meilleur pote, descendu alors qu'il s'enfuyait dans une voiture. Fumer des clopes roulées avec du tabac de mégots ramassés dans le caniveau, boire de l'alcool, n'importe quel alcool, voler, trafiquer, prendre de la drogue, n'importe quelle drogue, baiser des filles, n'importe quelle fille, prendre des risques et repousser la peur. La peur de son ombre. La peur de son âme agitée. Passer des heures à observer, à écouter, à cirer des chaussures et accessoirement à rendre de menus services aux types qui avaient élu domicile dans le bar de son père lui a laissé entrevoir le fond de la nature humaine et les rouages de la société. Son premier boulot rémunéré : garçon de salle dans un bar. Il briquait le plancher et nettoyait les urinoirs bourrés de mégots. Dix dollars la semaine, et une sale odeur dans le nez. Comme Romus et Romulus, il a été élevé par des loups parmi les loups. Une bonne école pour développer son flair. Il a grandi et s'est éduqué dans le noir, dans un paradis qu'il n'a jamais vu qu'adossé à l'enfer, en contrechamp. Une fois ses parents désunis – Nick l'Italien et Muriel Ann l'Irlandaise, orpheline élevée dans une famille italienne – il n'a plus eu de chez lui. Plus de clé de voûte au-dessus de la tête. De toute façon, les « on ne met pas les coudes sur la table ! » et « on finit son assiette ! » commençaient à l'irriter. Les drogues sont arrivées, se sont mélangées, herbe, amphétamines, speed-calmants-speed, il est vite passé à la vitesse supérieure. Le visage d'une fille, Gena, lui revient dans tous ses détails, sa peau claire, ses cheveux roux, il entend sa voix, distingue son regard aux éclats de jade qui s'accroche à lui comme s'il pouvait la sauver. Gena qu'il embrassait, pelotait, et déshabillait contre une promesse de demande en mariage dans le hangar de l'usine désaffectée. Gena qu'il baisait sous LSD et dont le cul se mettait à clignoter et à changer de couleur comme un flipper sur le point d'exploser.

La voix de Debbie est imperceptible.

« Nick, vous êtes là ? »

Nick regarde rarement en arrière. Le passé n'est pas l'endroit rêvé. Même si dire au revoir à ce monde n'a pas été facile. Longtemps, il a cru avoir gâché sa jeunesse. Avoir consumé son adolescence alors qu'il aurait pu apprendre à lire Sappho et Thomas Bernhard dans le texte, *Auslöschung*, par exemple. Cette impression lui a passé. Sa jeunesse et tout ce qui a suivi ont été tels que ça devait être. *Amor fati*.

Qu'a-t-il conservé de son éducation catholique ? La fine Debbie voudrait déceler « l'origine du mal ». Le souvenir de branlettes avec la Sainte Vierge en ligne de mire. Plutôt que de se confesser le samedi et de se rendre à l'église le dimanche, il préférait squatter le magasin de confiseries du coin. Il devait avoir sept ans quand, en compagnie de ses camarades de la congrégation de Notre-Dame de la Victoire, on leur a fait répéter le vœu de ne pas se laisser attirer, sous peine de damnation éternelle et d'être interdits de bingo, par l'affiche de *Baby Doll* qui venait d'arriver en ville. En silence, il a remercié le prêtre d'avoir attiré son attention sur un péché dont il ignorait l'existence. Il s'est empressé de supplier sa cousine Louise, âgée elle de dix-sept ans, de l'emmener voir ce film. Le grand frisson ! Trois ou quatre ans plus tard, il a commencé à se palucher et a compris qu'entre la rédemption et la bouche de Carroll Baker, il avait fait son choix. Dès lors, et pour longtemps encore, les cinémas, leurs rangées de sièges de velours rouge, leurs balcons obscurs, seraient des temples où voir des filles, draguer des filles, peloter des filles, où soulager ses frustrations. Il a communié, a été confirmé, mais découvrir que le père Noël était un bobard a été une déception plus vive que de constater l'inexistence de Dieu. Tout comme comprendre que sa mère ne préparait pas son gâteau préféré, crème banane et glaçage vanille, mais qu'elle l'achetait à la pâtisserie du coin. Et ce jour où il a pris conscience que la dédicace qui figurait sur la bible familiale « *From J.C. with love !* » n'était pas celle qu'il croyait... Fallait être un peu con ! Vers la fin de sa vie, il a demandé à son père s'il était croyant, le *vecchio* a répondu que non. Nick a dit que lui non plus. *Tutto bene*.

« Est-ce que votre père buvait ?

— Tout le monde picolait, fumait, pariait, magouillait... Sans voir là l'ombre d'un péché.

— Et l'écriture ?

— ... »

L'écriture l'attirait. Vers ses onze, douze ans, il a même écrit un roman avant de le dicter à sa cousine, reine du clavier. Peut-être parce qu'elle l'excitait, et aussi parce qu'il était perturbé, confus, et bouillonnait d'un tas d'émotions. Il se souvient que son père lâchait parfois l'expression « La vie est un coup de dés ! », et que ça lui paraissait poétique. Les poètes trouvent les mots pour ces sensations difficiles à exprimer. Avec le recul, il s'est rendu compte que l'écriture avait dû lui apparaître comme un excellent moyen de communiquer, de parler avec sincérité, sans avoir à regarder quelqu'un dans les yeux. C'était à la fois un acte de couardise et la meilleure façon de faire puisqu'elle l'a aidé à grandir. La peur a été lentement exorcisée par l'amour des mots, des sons, des rythmes, ou peut-être simplement par la vie. Les livres qui l'ont marqué ? Les lectures que lui faisait sa mère. Il ne savait pas encore lire, et *Huckleberry Finn* avait sa préférence. Son sixième chapitre, « Pap lutte contre l'ange de la Mort », lui plaisait. Entendre le mot « satané » dans la bouche de sa mère participait à son plaisir. Retrouver ces bons, ces merveilleux sentiments de son enfance – le contact de la main de sa mère dans la sienne alors qu'elle l'accompagnait à l'école pour les rentrées de septembre, les trottoirs étaient couverts de feuilles rouges et jaune orangé, ou bien cette fois où sa mère lui a demandé de lui survivre, elle savait comment ça se passait dans la rue – est une grâce qu'il n'a jamais perdue. Mais il préfère garder ces souvenirs pour lui, et passe d'emblée aux livres qui plus tard l'ont écrasé comme *Moby Dick*, et à ceux qui l'ont enflammé et dont le premier a été le roman de

Hubert Selby Jr., *Last Exit to Brooklyn*, qu'il se souvient avoir lu sur une plage sordide. Si ce type pouvait écrire comme il le faisait, raconter les choses qu'il racontait, et être considéré comme un authentique écrivain, alors tout ne se résumait pas à Melville. En lui apprenant qu'on pouvait utiliser ce qui était en soi et autour de soi pour écrire, Selby lui avait donné la force de s'y mettre. Si l'écriture était un acte de lâcheté, elle pouvait aussi être un acte de courage de l'espèce la plus rare et la plus profonde. Debbie lui fait remarquer qu'il s'agit là de livres noirs, terribles. Il rétorque qu'à seize ans, se laisser entraîner dans ces tunnels traversés de cris et de rires désespérés était tout l'intérêt. Et que l'obscénité du mensonge est plus sordide encore. Si son livre était interdit à la vente aux mineurs dans plusieurs États, interdit de traduction en Italie, et faisait l'objet d'un procès en Angleterre, c'est que Selby avait un véritable sens moral. Et ça, c'est tout ce qui compte. À cet âge, son âme ne tenait pas en place, ce livre l'a réveillé, libéré, et inspiré, tout comme le *I Can't Get No Satisfaction* des Rolling Stones et le *From a buick 6* de Bob Dylan parlaient à cette agitation. Merde, le rock'n'roll pouvait être aussi poétique que la littérature, et les livres aussi excitants que la musique. Jackpot! Hubert Selby Jr., qui devait beaucoup compter pour lui, avait une boule dans la gorge qu'il ne pouvait évacuer qu'en hurlant, et son cri était d'une poésie hors du commun. Il se souvient lui avoir téléphoné une nuit du point phone qui se trouvait à l'entrée du parc de Jersey City et servait surtout aux dealers. Il s'était renseigné sur le décalage horaire avec Los Angeles, avait préparé sa monnaie. Le numéro, obtenu par un copain de passage à L.A., paraissait étrange, il y avait peu de chances pour que quelqu'un décroche, encore moins ce type qui venait de lâcher une bombe sur l'Amérique. Il a pris une grande respiration et a enfoncé les touches poisseuses, 3.2.3... Un silence, une tonalité, et enfin une voix, celle de Selby. Il a bafouillé deux trois conneries sur *Last Exit* et ses effets stimulants alors que les rafales d'un rire enfantin résonnaient dans le combiné.

« Quel âge as-tu gamin ?

— Bientôt dix-sept !

— Ce que tu racontes est plutôt sensé. J'apprécie, merci ! Je n'ai aucun conseil à donner. Juste ceci : ce truc que tu ne peux pas nommer et dont tu ressens le besoin, continue de le chercher ! Suis ton instinct ! Un de ces jours, tu sentiras la magie qui est en toi et tu sauras de quoi je parle. Tu comprendras le don que tu possèdes. Fais du neuf, n'aie pas peur de l'obscurité, et envoie-les tous au diable ! D'où appelles-tu ?

— New Jersey !

— New Jersey ? Il doit être tard chez toi...

— Votre livre m'a fait passer l'envie dormir !

— Oh, vraiment ? Donne-moi ton adresse, je t'écrirai !... Serai à New York le mois prochain pour une causerie bidon... M'enchante pas, mais je serai payé pour blablater et faire risette. Je t'indiquerai le lieu et la date. Passe me voir si tu peux ! »

Nick a raccroché et marché dans le parc jusqu'à l'aube avec cette voix dans l'oreille. La voix de ce type qui avait écrit ÇA ! Pour sûr qu'il irait le voir. Une semaine plus tard, une enveloppe à son nom est arrivée de L.A. Un mot accompagné d'une page dactylographiée et corrigée à la main de *Last Exit*. « Pour Nick, oiseau de nuit. »

« Que Dieu bénisse aussi cet homme bon ! Le plus doux des princes ! »

Ses saints sont toujours sortis de l'enfer et à présent, depuis sa disparition, il n'y a plus de saints. Le monde a basculé. Selby et lui se sont beaucoup aimés, et beaucoup écrit. Nick a mémorisé certaines de ses lettres afin de ne jamais les perdre. Les seules prières qu'il lui arrive de formuler.

« Pourriez-vous en citer quelques phrases ?

— N'y pensez même pas, Deb ! On ne touche pas au sacré !

— Que vous a-t-il appris ?

— À la fermer, et à ouvrir grand les yeux. Le contraire de ce que je fais là. “ À accrocher des mots sur le dos du rythme. ” Selby était un grand homme. Un bel homme. C’était un sage. Il vivait sa vie. Il encaissait sa vie. Pour beaucoup, il a été une source d’inspiration, de lumière, d’amour, et de force. Pas un jour depuis quinze ans où je n’ai pensé à lui d’une manière ou d’une autre. Que dire de plus ? »

Debbie a marqué une pause, par respect, et s’est raclé la gorge pour mieux reprendre.

« Vous souvenez-vous de votre premier texte publié ?

— Vous avez vraiment envie d’entendre ces conneries ? »

Il devait avoir vingt ans. Avant ça, son pote Phil était le seul avec qui il partageait ce qu’il écrivait. Quand, plus tard, Phil s’est reconnu dans un personnage de son premier roman, *Cut Numbers*, il a exulté, Nick était devenu écrivain et lui un personnage de fiction par la même occasion.

« Dans le magazine musical de Boston, *Fusion*, c’est bien ça ?

— Ça doit être ça...

— Un article, une critique ?

— Un poème. Perdu depuis.

— Vous vous souvenez de son titre ?

— *Love Cyprine*. En hommage à John Coltrane.

— Ce n’est pas ce que vous avez écrit dans votre...

— ... Qui s’en soucie ? Peut-être était-ce une interview avec Ed Sanders, alors membre du groupe de rock The Fugs, qui gérait aussi la librairie Peace Eye Bookstore dans l’East Village, un lieu de rencontre de la contre-culture... Ou bien autre chose...

— “ Bordel, mec, tu es un putain de poète ! ” C’est bien ce qu’il vous a dit ?

— J’ai dû raconter cette histoire cent fois, et peut-être même l’ai-je écrite. Vous la retrouverez dans pas mal d’interviews et sous différentes versions. Faites-en un mix ! »

Debbie insiste, elle aurait juste besoin d'entendre comment ça s'est réellement passé. Nick tire sur sa cigarette et expire lentement. — Laisse tomber les slips et les gaines, tu es fait pour écrire ! Voilà ce que lui a dit Sanders. Et il avait vraiment besoin de cet encouragement. Ed l'a ouvert à la littérature classique qu'il lisait dans le texte alors que lui devait en passer par le filtre de la traduction. Grâce à lui, il s'est essayé au grec avec les deux volumes de *A Reading Course in Homeric Greek* volés à un gamin qui étudiait pour devenir prêtre, et il a appris le latin au lycée, mais était loin encore d'éprouver toutes les beautés et tout le pouvoir de la poésie de ces langues. Avec Ed, ils partageaient la même passion pour ces fragments anciens. Il a toujours pensé qu'il fallait se rendre à la source des choses, que ce qui est dit de précieux aujourd'hui a été dit il y a deux mille ans avec probablement plus de force et de beauté. Il avait dix-huit ans, travaillait la journée pour survivre, et écrivait la nuit. Il n'écrivait pas pour écrire, mais parce qu'il *devait*. D'emblée, il a ressenti l'exigence d'un langage précis, presque *mortel*.

« 1969-2019, vous écrivez donc depuis cinquante ans ?

— Vous avez remarqué comme chaque seconde compte ?

— La fuite du temps est...

— ... Non, Debbie, ce n'est pas le temps qui fuit, mais la présence *éveillée* dans le temps.

— OK ! Dès lors, vous publiez des poèmes, des critiques musicales et des articles pour les magazines *Creem, Rolling Stone, Vanity Fair*... Jusqu'à incarner une nouvelle forme de critique. Puis vous écrivez votre premier livre, *Country*, et devenez célèbre avec *Hellfire*...

— Tout ça a été rabâché... Les souvenirs, pas sûr qu'ils constituent des enregistrements fiables de quoi que ce soit. Autant regarder sa vie à travers un écran de fumée. »

Debbie doit se ressaisir, parce que les choses ont été un peu plus fastidieuses et mouvementées que ce que colporte la « légende ». Il bossait dans le milieu des bars depuis l'adolescence, était portier dans l'établissement de son père dans le centre de Newark, et faisait le barman en extra après la sortie de *Hellfire*. Inutile de dire que *Country* ne lui avait rapporté que de la menue monnaie... Quoi, si tout ce temps passé derrière un comptoir lui a appris quelque chose ? Il n'aurait simplement pas écrit la moitié de ce qu'il a écrit sans cette expérience. Par exemple, il se souvient d'un type qui avait ses habitudes dans un rade de Newark. Parce qu'il savait qu'il écrivait, le type l'appelait « Nick, l'auteur de livres » et tenait à lui raconter une histoire peu banale qui allait l'intéresser, et peut-être même qu'il l'écrirait. Peu banale est un euphémisme : il prétendait connaître un dénommé Smitty, tenancier d'une boîte à Los Angeles, et que ce mec était le frère jumeau d'Elvis Presley. Rien que ça ! De quoi se marrer cinq secondes. Sauf que cette histoire était assez dingue pour lui être revenue en tête alors que son avion se posait à LAX l'année suivante. De retour de Chine après des semaines de reportage pour le compte de *Vanity Fair*, Nick avait pris le temps d'aller pousser la porte de cette fameuse boîte et de tomber sur le Smitty en question. Un type d'une grande intelligence qui ne lui a rien vendu, rien caché, qui a simplement répondu à sa question. Et sa version des faits ne collait pas vraiment à la version officielle. Jesse Garon Presley, alias Smitty, n'était pas mort-né, il a vécu ses premières années avec son frère Elvis et des cousins avant d'être confié à une tante. Après un long parcours tortueux, il a même enregistré un disque sous le nom de Jesse Presley alors qu'à cette même époque les radios diffusaient *Milkcow Blues Boogie*, le troisième disque de son frère qui commençait à percer. Forcément, il a eu envie de renouer contact avec sa famille dont il n'avait plus de nouvelles depuis un bail. Sa vieille tante lui a alors appris que sa raclure de père, en raison du succès de son frère, avait réécrit l'histoire familiale, Elvis était maintenant fils unique. La preuve, quoique fraîchement gravé, le nom de Jesse Garon Presley figurait sur une pierre tombale du cimetière de Tupelo... Peut-on apprendre ce genre d'histoire ailleurs que dans les bars ?

Non, Debbie, la route n'était pas toute tracée. Il était vraiment fauché. En détail, ça donnait quelque chose du genre : Cigarettes 60 cents. Café 30 cents. Déjeuner Steak House 3 dollars. Diner Pasta 1 dollar. Le tout pour 4,90 dollars. Les dix cents qu'il lui restait sur son billet de cinq comptaient. Il laissait des ardoises et empruntait sans cesse. Se soûlait tous les jours sur des périodes plus ou moins longues. Se remettait au travail. Des femmes entraient et sortaient de son lit, de sa vie. Toutes avec un prénom en J. Joan. Juliann. Jessie... Ce qui l'a fait écrire un jour que son problème était d'avoir trop de J dans sa vie.

Alors, oui, ces magazines dits de rock'n'roll offraient des opportunités aux jeunes écrivains dont les appels téléphoniques au *New Yorker* n'étaient pas acceptés. Sous prétexte d'écrire sur la musique, ils pouvaient écrire sur n'importe quoi, comme ils l'entendaient, pas de censure ou de politiquement correct. De toute façon, personne ne connaissait rien à la musique, ils pouvaient aussi bien écrire sur des disques qui n'existaient pas... Ce qu'il a d'ailleurs fait en attribuant à Black Widow un album de Black Sabbath dans sa première contribution à *Rolling Stone*. Le rock n'était pas leur seul sujet, l'important était d'écrire de façon rock'n'roll. Ils se lisaient leurs articles entre eux, si personne ne se marrait vraiment, le texte était à reprendre. Il régnait un véritable esprit de transgression. Travailler ici et là lui permettait de louer une chambre à Manhattan, d'acheter un sandwich, un demi-litre de lait, et d'écrire chaque nuit ou bien de se soûler. C'était inespéré.

La vérité est que les temps étaient rudes, que le scotch et la dope prenaient de plus en plus de place, qu'il était fauché et traînait de bar en bar jusqu'au petit matin pour ne pas se retrouver à la rue. La ville était violente, poisseuse, et ses dangers nombreux. Se prendre une lame ou se faire casser le bras pour un mauvais regard, une embrouille, un impayé, était affaire courante. Les bars et leurs faunes nocturnes étaient imprévisibles. Nick aimait ces nuits sauvages, il déjouait leurs pièges depuis toujours. Il émergeait à l'aube, sous un ciel rose, la gorge brûlée par l'alcool et la nicotine, le cerveau saturé de mots et d'illuminations. Pour un petit-déjeuner copieux et bon marché, Leon, sur la onzième, était l'endroit. Au milieu des putes et de leurs macs, il reprenait connaissance. Puis le vampire rentrait s'allonger quelques heures pour ressortir au crépuscule, le sang frais ne manquait pas. Une nana dont il ignorait le prénom au bras, il échouait parfois au Broadway Central Hotel, un bouge sordide où meurtres et incendies étaient fréquents. Sur la fiche de renseignements : *Mr & Mrs Drunke.*

À cette époque, les buvards de LSD changeaient la poésie de Jim Morrison en transe vaudoue, Lou Reed saisissait les frissons de la 42e rue en 4 min 13 s, la musique aidait à supporter la dèche et le vent rugueux. L'hiver, les salles de cinéma porno étaient chauffées. Le soir, un café et un donut faisaient l'affaire. Pour celui qui savait se débrouiller, le café était presque gratuit. Vivre sans avoir à utiliser de réveille-matin ni devoir se rendre dans un bureau sordide n'a pas de prix. Le pire cauchemar de Nick était de ressembler un jour à ces types qui se lèvent le matin pour aller travailler et rentrent le soir en demandant à bobonne « Qu'est-ce qu'il y a pour le dîner ? ». Ou « Un truc sympa à voir à la télé ? ». Pas de point de retraite, pas d'assurance-vie, pas de lendemain. Il ne mènerait jamais cette farce jouée par tous. Il se débrouillerait, ne bosserait jamais que pour lui. Écrire, lire, écrire et lire encore ce qu'il veut, s'occuper de poésie, de littérature, de musique, des filles et de l'alcool, le contraire du travail, serait sa liberté. Déjà, les présocratiques lui murmuraient à l'oreille que personne n'a jamais reçu la promesse de son prochain souffle.

À la réception de son premier chèque, cent dollars, Nick a regardé son nom écrit dessus pendant près de dix minutes. Son père, qui pensait impossible de tirer le moindre billet de cette activité, a compris. Même chose plus tard avec le premier chèque de mille dollars. Puis, plus tard encore, avec celui de dix mille. Et plus tard... À une époque, le magazine *Vanity Fair* le sollicitait pour écrire des articles payés jusqu'à dix dollars le mot. Dix putains de dollars pour chaque mot, que ce soit « ascèse » ou « cunnilingus ». Écrire des choses comme « vrille de chrême » ou « sa chatte baveuse », même tarif. Dommage, cette année 1992, son père venait de mourir, il aurait aimé entendre ça.

Si Ed Sanders lui a conseillé d'abandonner les slips et les gaines, c'est qu'il a d'abord travaillé dans une entreprise de sous-vêtements, la Lovable Underware Company, une manufacture située au 200 Madison St. Il ne fourrait pas des culottes de soie toute la journée, précise-t-il, mais assemblait les éléments de publicités comme le font les graphistes, à la main, avec pot de colle, équerre, et lame de rasoir. Ennui mortel assuré. Il a vite quitté le job pour se mettre à écrire et, accompagné de ses amis Richard Meltzer et Lester Bangs, cherché à placer ses articles irrévérencieux. Les commandes ne pleuvaient pas. Ils tapaient leurs textes avec du papier carbone pour conserver des doubles, et claquaient le peu qu'ils avaient en timbres-poste. Le circuit des fêtes organisées cinq fois par semaine leur permettait de ne pas dépérir.

Après une longue errance, sans toit sur la tête, sans même un matelas pourri à installer sur une terrasse pourrie, Nick a filé dans un bar, le Central Hotel, sur Broadway, afin d'y retrouver son ami Bill de passage à New York pour les obsèques de sa mère. Comme Bill vivait et travaillait à Tampa, Floride, Nick s'est dit qu'un peu de changement et de soleil seraient les bienvenus. Direction la Floride, donc, où ils sont arrivés quelques jours plus tard, encore défoncés, après un voyage fait d'épreuves, de rencontres et de cauchemars, une odyssée junkie. À peine s'ils se souvenaient de leur dérive dans les rades dans la banlieue de Savannah et de ce qu'ils foutaient, bourrés, à l'Armée du salut d'Orlando. Nick était loin de se douter de ce qui l'attendait au cours de ce séjour.

Debbie croit bon d'intervenir. Cette histoire de chasseur de serpents à Miami, légende ou pas ? Une histoire qui n'a pas duré trois semaines. Il avait une vraie frousse de ces bestioles. Le truc était d'enfumer les serpents à sonnette en versant de l'essence dans leur trou. Le mec qui les employait avait promis que celui qui ramènerait un spécimen de plus d'un mètre toucherait mille dollars. Une belle arnaque puisqu'un tel spécimen n'existe pas. C'est un putain de mythe ! Mais à quoi bon reparler de ça un demi-siècle plus tard ? L'anecdote a été mâchée et remâchée, et que raconte-t-elle à part qu'il était fauché et un brin cinglé ?

« Tout coule..., Debbie, tout coule... Héraclite a dit l'essentiel. Ou bien est-ce un autre... »

Rentré à New York à sec et plus déglingué qu'à son départ, il est passé de l'asile de nuit miteux habituel de la 14e rue à l'appartement de sa copine, 15e rue, non moins miteux. Ils s'étaient rencontrés une nuit au St Adrian, un bar sur Broadway. Nick pourrait un jour raconter sa vie en se souvenant des bars qu'il a fréquentés, et de leurs toilettes, avec eux revivraient des pans entiers de sa vie. Un bar, des femmes, un chapitre.

« On n'a qu'à aller chez toi ?

— Chez moi ? J'ai pas vraiment de chez-moi...

— Où est-ce que tu dors alors ?

— Ici ou là...

— T'es marié, c'est ça ?

— Non, pas pour le moment. Je dors parfois chez des amis, chez une fille qui m'ouvre son lit, où chez une dame de Brooklyn Height quand son mari est en voyage d'affaires et qu'elle ne me déteste pas trop... Je n'ai pas de chez-moi.

— Et tes affaires ?

— Quelles affaires ? J'ai la consigne à la gare routière. Je laisse des fringues et des choses à l'arrière d'un bar... Je ne dors pas beaucoup... J'aime bien les cinémas de nuit. La bibliothèque de la 42e rue avec les gros lions. Je lis les journaux ou ce qui me tente, Sénèque, Marc Aurèle... *Dolcis. Suavitas.* " La douceur est invincible. " J'ai l'air dingue, là ?

— Non ! T'as l'air libre ! »

Nick et Sunny vivaient des mêmes expédients, et au même rythme, leur entente était parfaite. Sunny était ensorcelante. Et Sunny le savait.

À cette époque, des musiciens, connaissances de Richard Meltzer, ont lancé un magazine, *Teenage Wasteland Gazette*, Nick a été de l'aventure. Sauf que le *TWG* ne rapportait pas un kopeck. Le coup de chance est venu de *Candid Press*, une revue de Chicago, ce qu'il se faisait de mieux à l'époque, c'est-à-dire de plus trash, et dont l'unique point de vente de la ville se trouvait sur East Eighth St. Nick et Meltzer s'y rendaient à la première heure chaque week-end en quête de « nouvelles fraîches », des articles provocants dont ils s'inspiraient. Leurs titres annonçaient la couleur : « Johnny Reb se tape une soul girl » ou bien « Branle-toi jusqu'à ce que tu gerbes ! » avec photos à la clé. Gay, black, queer, il y en avait pour tout le monde. Le clou était la rubrique des lecteurs et leurs questions à propos de leurs déviances sexuelles, telle cette fille avec sa souris... La lettre qui lui a annoncé que la revue avait retenu un de ses articles était accompagnée d'un chèque de vingt-cinq dollars et d'une cravate rose du genre criard. Un peu d'argent, une touche de soie, bref, de quoi demander Sunny en mariage.

Ce septembre-là, ils se tenaient tous les deux sur les marches du City Hall. La fameuse cravate kitsch jurait sous la seule veste de costume qu'il possédait, un horrible modèle en polyester rouge, fripe de deuxième ou troisième main, mais pour l'occasion, Richard Meltzer, son témoin, portait la même. La photo prise à la sortie de la salle des mariages qui les montre bras dessus, bras dessous Sunny et lui, Meltzer et sa fiancée, a été publiée dans la revue de novembre 1972 avec en légende « Ils se marient avec une cravate *Hot Pink One* ! » Par chance, *Candid Press* n'éditait qu'en noir et blanc. Ses photos, de la pire qualité de reproduction qui soit, se changeaient en véritables merveilles obscures et rock'n'roll. Après la mairie, les gars ont balancé leur cravate et sont allés fêter l'événement au Gately's café. Sunny a insisté pour que sa nuit de noces commence à dix-sept heures. — Ouvre-moi ton cœur ! Montre-moi qui tu es. Et je serai ton esclave !

Le programme était prometteur.

Fortes chaleurs, feux de l'automne, tempêtes de neige et brises suaves se succédaient, le ciel changeait, Sunny était toujours aussi belle, toujours aussi avide d'expériences. Nick ne se lassait pas de la regarder alors qu'elle dormait, ou bien le jour, à son insu. Et elle le lui rendait bien. Son « N'oublie pas Pussy ! » quotidien sonnait comme la plus belle des prières. Jamais rassasiés l'un de l'autre. Sunny y allait un peu fort sur les amphétamines et pouvait se mettre à repeindre l'appartement, à danser la mort du cygne ou à tenter des pancakes à quatre heures du matin en mini-short mauve, et toujours avec grâce. Danseuse-chorégraphe dans un club échangiste, Sunny avait la fibre artistique. Devant une photo d'Emmett Miller dénichée dans un fourre-tout de Southport et achetée pour dix cents, Miller dont le visage était sans visage puisque brûlé par une cigarette, Nick tapait à la machine des poèmes étranges comme « Un choc brutal / trouver ta vie par épisodes sur un vase mochica / et le frais carrelage blanc / salle des urgences, 3 h ». Tentatives d'exorcisme. Au dos de la photo représentant le musicien de yodel en compagnie de sa jeune femme, les quelques mots à demi effacés, « Emmett et moi - Union Square Hotel, New York City, 8/10/28. Sur le toit du monde ! », le faisaient marrer. Sunny et lui, vivaient, eux, au neuvième étage.

Des articles placés ici et là dans quelques revues confidentielles ou marginales ne faisaient guère évoluer sa situation. Son nom ne circulait pas assez, pensait-il. Nick se trompait. Une contribution parue dans *Creem* venait d'être repérée par le rédacteur en chef de *Oui*, nouveau magazine dérivé de *Playboy*. Le type l'a appelé, un rendez-vous a été fixé à l'Oyster Bar de l'hôtel Plaza. Sa hideuse veste rouge sur le dos, Nick a poussé la lourde porte à battants du palace. Même fringué comme un freak, il dégageait quelque chose qui attirait. Il savait le pouvoir de son regard. Le type a prononcé son nom comme il le fallait. Il s'était permis, dit-il, de passer quelques coups de fil pour en apprendre un peu à son sujet. Son article intitulé *Screamin' Jay Hawkins and the Monster* paru dans *Creem* l'avait soufflé. Son style, tout en humour froid et érudition sournoise, était ce qu'il cherchait. Nick se tapait une mauvaise gueule de bois – Sunny se montrait capricieuse, ils avaient un peu déraillé durant la nuit – et il se contenta d'en dire le moins possible, surtout de ne pas sourire.

« Dites-moi, Jay Hawkins a réellement écrit et chanté *Constipation Blues* ?

— Le pauvre souffrait des intestins...

— Pas possible ! J'ai cru que vous plaisantiez !

— Qui aurait l'idée de plaisanter à propos de ce genre de type ? »

Vendu ! Non seulement on lui proposait un salaire mensuel à trois chiffres, mais on lui permettrait aussi de faire travailler ses amis, dont Meltzer, son amie Patti Smith, et les types de *TWG.* Sa première contribution ? Une interview de Muddy Waters, une de ses idoles. Le grand Muddy qui tournait en guest avec les Rolling Stones. De quoi se pincer. — Et souvenez-vous, c'est une interview façon Nick que j'attends, pas le blabla habituel ! Avec cet engagement, Nick changeait de catégorie. Salaire, défraiements, et audience nationale. De quoi se mettre à son premier livre. Les journaux pouvaient le faire bouffer et lui donner à fumer, la littérature le faisait vivre. Tout juste sorti du Plaza, Nick a appelé Jimmy Love, son bookmaker.

« Trente dollars sur les Mets ! New York va gagner ce soir !

— Ça se pourrait...

— Qui lance ? Seaver ?

— Try !

— T'en penses quoi ?

— Je pense pas. J'encaisse !

— Place trente sur les Mets ! »

La rencontre avec Muddy Waters fut à la hauteur de ses attentes. Sa première question ? « Prenez-vous de la drogue ? »

Sa dernière : « Peut-on peloter au premier rendez-vous ? » Le rédacteur en chef en avait pour son argent.

Allongé sur son canapé, Nick ferme les yeux. La voix de Debbie a pris la tonalité métallique des appels longue distance. — Ta mort va te sauver la vie, lui murmure son esprit. Où tu vas, réuni avec toi-même, tu trouveras le changement. Tu trouveras le véritable repos. Mais Debbie est insatiable.

« Votre attrait pour la musique country s'est-il manifesté à cette époque ou bien plus jeune déjà ? »

Nick succombe au chant de la sirène.

« On écoutait la radio...

— Toujours avec votre cousine ?

— Elle passait des morceaux en boucle sur le tourne-disque et chaloupait en faisant ondoyer sa mini-jupe, ses cuisses étaient si belles, le blanc de sa culotte m'aveuglait par instants, j'imaginais la pépite qu'elle renfermait... J'étais déjà très branché " chasse au trésor " ! Je regrette de ne pas avoir tenté ma chance... Ses regards concupiscents et le slip qui moulait ses fesses alors qu'elle tournoyait me hantent encore... Bref, comme l'a écrit Goethe dans son *Faust*, " L'éternel féminin me tirait déjà vers le haut et plus loin " ! »

Il se souvient de *Poon-Tang*, le hit de The Treniers. D'où est-ce que ça sortait ? Mais d'abord, il y a eu le big bang du rock'n'roll, il n'avait pas quinze ans. Une musique pure, à fendre l'âme, comme surgie de nulle part, nova énorme et délirante. Il n'a pas écouté de musique country avant de croiser un juke-box qui se trouvait sur West Side Avenue à Jersey City. Depuis, cette musique coule dans ses veines. L'année 1975 a marqué un tournant à ce sujet. Son ami Meltzer est parti s'installer à Los Angeles, et lui n'a pas tardé à quitter New York pour Nashville. Ensemble, ils devenaient ingérables. Deux chiens fous égarés dans un champ de mines. Les raisons d'être expédiés en taule pour un moment et même d'être retrouvés refroidis au fond d'une impasse du Bowery ou dans les marais de Staten Island ne manquaient pas. Mieux valait disparaître chacun de son côté. Déjà, le rock'n'roll perdait ses valeurs premières pour devenir une culture de masse. Cette musique, à quelques exceptions près, était entrée en ménopause. Ses magazines dédiés suivaient le mouvement pour se muer en presse prévisible, respectable, à la botte des compagnies de disques qui les finançaient à grand renfort de placards publicitaires. Le charme était rompu. Tout ça puait le business et le conservatisme. Cette musique fauve s'était gentiment laissé menotter. Les journalistes n'étaient plus que des putes maquées. Nick a compris alors qu'il lui faudrait ruser ou bien faire autre chose.

« Voyez-vous, Debbie, j'ai décidé que personne n'exploiterait ma chatte à part moi ! »

Nick était un passionné de cette musique country dont les racines vibrantes et profondes, encore jamais mises à nu, échappaient à beaucoup. Il s'est mis à écrire sur la country, sur ceux qui l'avaient créée et animée. En tant qu'écrivain, cette culture dédaignée lui offrait de fouler un territoire encore inviolé. La presse musicale défoncée au rock psychédélique estimait que ce genre traditionnel ne collait pas à l'air du temps. À l'exception de *Country Music Magazine,* qui ne manquait ni de substance ni de littérature et se permettait d'évoquer des précurseurs méconnus comme Ernest Tubb et d'autres encore sachant que le vrai « style » transcende tout et se fout de l'air du temps. Impressionné par la qualité du mensuel, Nick s'est fendu d'une petite lettre à son directeur, Peter McCabe, quelques lignes ferventes qui résumaient sa vision des choses et proposaient des pistes à explorer. Un coup de téléphone et un déjeuner plus tard, McCabe avait compris à qui il avait affaire et lui avait donné carte blanche. Pour son premier article, Nick s'est penché sur l'alcool de contrebande et sa contribution inattendue à la création de certaines chansons, un thème aussi pointu qu'essentiel.

Cette pige, cumulée à d'autres, lui permettait de vivoter et de passer du temps sur le terrain, loin de sa machine à écrire. Ainsi, on l'a envoyé à Memphis pour assister à des sessions d'enregistrement du *Killer*, Jerry Lee Lewis en personne. Un mystère vivant qui l'a aussitôt fasciné, et pour longtemps. Mais aussi dans une petite ville du Rio Grande du nom de Harlingen où il a passé des nuits à draguer des nanas avec Johnny Rodriguez, nuits au bout desquelles il s'est réveillé avec une gueule de bois pour seule compagnie. Rejoindre Tom T. Hall en tournée avec qui il a joué au poker une nuit entière alors que son bus tanguait dans une tempête sans fin comme seul le Nord-Michigan en réserve. À Macon, Géorgie, où accompagné du pianiste de Delbert McClinton, il a rampé dans un taxi à cinq heures du matin pour se lancer à la recherche d'un trafiquant d'alcool qu'ils n'ont jamais trouvé... Bref, cinq années d'initiation et d'heureuses collaborations. Car une fois rentré, à peu près remis, Nick avait les doigts qui fourmillaient assez pour écrire ce qu'il avait entrevu du monde de la country et appris de ceux qui y foutaient le feu. Le plus beau était que le vent tournait. Le style country revenait en grâce, et le *Country Music Magazine* n'y était pas pour rien.

Déjà, au début de l'année 1974, il avait trouvé un éditeur intéressé par un livre consacré à cette musique qu'il rapprochait de la poésie lyrique ancienne. La racine des choses le fascinait. Découvrir que le vers d'un vieux blues était la parfaite traduction d'un vers de Virgile que personne n'avait su traduire le stupéfiait. *Gig*, une petite revue dédiée à la country, lui prenait une colonne par mois. Il vivait sur la planète country. Des disques arrivaient, son oreille s'affinait, il découvrait d'où les voix de Kinky Friedman, de Red Steagall ou de Chet Atkins provenaient, ce qu'elles charriaient de ténèbres, et jusqu'où elles portaient. Les zones obscures de cette musique aux psaumes tachés de sperme et de sang l'intéressaient plus que tout. Il ne manquait aucun concert en ville. Nashville était la ville où il fallait être. Il s'accrochait d'autant plus à son livre que son mariage battait de l'aile. Sunny avait rêvé de se marier avec Nick, puis elle a compris qu'elle était mariée avec Nick. Un putain de « cœur noir ». Jalouse maladive, elle reniflait ses cheveux et son col de chemise avec suspicion, elle sentait la chatte partout, et jouait du couteau certaines nuits de furie. Nick pensait, après la bague, la dague ! Elle s'était mis en tête de sauver son âme, il n'avait pas besoin de ça. Il lui fallait réussir quelque chose en même temps que se résoudre à un échec.

« Vous l'aurez compris, Debbie : *Difficile est longum subito deponere amorem*. Catulle en est passé par là.

— Ce qui signifie ?

— Qu'il est difficile de mettre fin soudainement à une longue histoire d'amour. Et, accessoirement, qu'on ne peut vivre qu'avec des personnes qui vous libèrent. »

Son sens de l'interview et son style lui valaient d'être sollicité, ces commandes lui permettaient de survivre, c'est-à-dire de s'offrir un petit-déjeuner, acheter des cigarettes, et se mettre à sa machine à écrire. Ainsi *Playboy* l'envoya à Los Angeles pour rencontrer le réalisateur Don Siegel, une expérience aussi trompeuse qu'éclairante : trompeuse en ce sens qu'elle l'a amené à croire que la jungle hollywoodienne comptait de vraies âmes humaines alors que des types comme Siegel étaient une race en voie de disparition. Il comprendrait plus tard combien cette terre de médiocrité et de traîtrise était déjà à la main de maquereaux sans vergogne. Puis *Penthouse* lui demanda de cuisiner son amie Patti Smith. Avec Meltzer, ils étaient là, dans la chaleur moite et saturée de la petite église de St Mark's, dans le Bowery, quand Patti et Lenny Kaye performaient pour la première fois, en 1971. Sitôt que Sam Shepard apparaissait, Patti, amoureuse, lui dédiait des poèmes qu'elle déclamait telle une pythie urbaine. Quand Sandy Pearlman, alors manager du groupe Blue Öyster Cult, est allé la retrouver après le spectacle pour l'inciter à monter un groupe de rock, elle a rigolé et répondu qu'elle avait un bon job dans une librairie. Nick garde des images précises de cette soirée, sniffer de l'essence à briquet dans une église ne s'oublie pas. Le Christ battait des ailes sur sa croix. À l'heure de cette interview, Patti avait fait du chemin. En 1976, son album *Horses* était célébré autant par la critique que par le public, elle devenait une icône. Nick connaissait bien son histoire et ils étaient assez complices pour qu'il commence par lui demander si elle avait été une adolescente « branchée cul ». Pour le *New York Times*, il a consulté des écrivains reconnus, John Cheever, Joan Didion, Robert Penn Warren ou encore Hubert Selby Jr., son mentor, afin de savoir quelle était leur émission de télé préférée. L'idée lui était venue après avoir lu que Faulkner, qui avait toujours refusé la présence d'un poste de télé ou de radio dans sa maison, se précipitait tous les dimanches soir chez son voisin afin de regarder une série de la NBC, *Car 54, Where Are You ?* Une idée un brin perfide qui témoignait de son malaise à vivre au milieu de cette médiocrité ambiante. TV, journaux, livres sortaient de la même chaîne de production pour alimenter le même marché. Après dix ans de journalisme, même pratiqué en outsider, le constat était amer. Qui écrivait ? Qui écrivait vraiment ? De bons écrivains qui après avoir paressé trop longtemps dans des draps de satin avaient perdu leur faculté à ressentir comme à exprimer quoi que ce soit, il en connaissait un paquet. Le temps était venu de passer à quelque chose qui en vaille la peine. Nick était buveur, joueur, instable, mais armé d'alcool, de sa machine à écrire, et de son manuel de grec, il n'était pas dupe, et ne serait jamais complice. Il mesurait le fossé qui sépare l'authentique créativité de l'indigence d'esprit et des lois marchandes. L'honnêteté admise n'était pas la sienne. Il vivait et sentait à contre-courant. Le *Times* avait modifié le titre de son article et censuré la meilleure partie de son introduction. Le magazine *Oui* venait de le virer. Et son interview brillante de Don Siegel n'était pas parue. Toutefois, au passage, le réalisateur lui avait appris une chose essentielle : « Quitte à être une pute, autant être une pute de luxe. Car l'argent permet de se libérer de la prostitution, comme dans la Rome antique il permettait de se libérer de l'esclavage. » Et sans liberté, il n'est pas possible pour un écrivain de partager ce qu'il doit partager. Le message est passé.

Ainsi, en 1977, parut *Country, The Biggest Music in America*, son premier livre, et il se sépara de sa jeune femme.

« Bye Sunny ! C'était quelque chose nous deux !

— Oui, Nick, c'était vraiment quelque chose !

— Je...

— Non ! »

Cravate rose, voile blanc et serment... Tout retourne à la poussière.

C'est à Nashville qu'il a rencontré Russell Gallen qui officiait pour le compte de l'agence littéraire Scott Meredith dont le poids lourd était Norman Mailer. L'agence avait donc les moyens de parier sur des auteurs jugés prometteurs, et Russell, qui avait du flair, a cru en ce qu'il écrivait, en ce qu'il était, les deux étaient sur le point de se rejoindre. Bien vu. À ses yeux, Nick n'avait encore que bredouillé, mais était prêt à rassembler ses forces et ses savoirs pour y remédier. Avoir étudié le Nouveau et l'Ancien Testament comme avoir infligé et subi certains sévices l'avait éclairé sur quelques points obscurs et aspirations du cœur humain. Il en avait sous le pied. Il était prêt pour percer les mystères de dieu et du diable réunis, préparé à fouiller les origines des rugissements terrifiants du *Killer*. Le temps était venu pour lui de prendre le chemin de la chaude Louisiane et de Ferriday, là où Jerry Lee Lewis avait reçu le don qui ferait jaillir sa musique ardente de saint et de damné.

Même après tout ce bavardage, Debbie en demande encore, réclame ce qu'il n'a jamais raconté à personne. — Un jour, on s'enfuira ensemble et on se mariera ! Un moment qu'il ne l'avait pas sortie celle-là ! Est-ce que la séparation de ses parents… ? Il n'y a pas d'explication à chercher de ce côté-là ! Avoir été forcé de poursuivre le lycée, ne recevoir aucun encouragement, lui a peut-être rendu service, il était plus déterminé encore. Il y a une chose que Debbie doit savoir. C'est à son père qu'il doit de s'être intéressé à l'œuvre de Dante. Dans sa bouche revenait souvent ce vers de la *Divine Comédie* placé au-dessus de la porte de l'enfer : *Vous qui entrez, abandonnez toute espérance.* Ou plutôt *Lasciate ogne speranza, voi ch'intrate.* Cette phrase, va savoir pourquoi, résonnait en lui. Nick a d'abord lu ce poème avec beaucoup de difficultés, jusqu'au jour où il est vraiment entré dedans. Au point de le lire dans la langue d'origine, avec le rythme d'origine. Pour ça, il aura fallu des années d'efforts, apprendre le latin et l'italien médiéval. Fréquenter les riches collections d'archives de la ville de Ravenne. L'obsession d'une vie. Jamais rien ne l'a plus bouleversé que la fin du *Paradis*, quand le poète s'approche, plus que tout être humain, d'une image fugitive du divin. Et reconnaît, in fine, l'impossibilité d'une telle vision. Debbie est prise d'un léger frisson. A-t-il compris pourquoi ce premier vers de Dante lui faisait cet effet ? Peut-être qu'il a su d'emblée qu'abandonner tout espoir était la chose à faire... « Ne perdez jamais espoir » est encore une insanité que les gens se répètent. Et pourquoi ? Ne pas perdre espoir te mène à une table de backgammon, à parier la Chevrolet de ta belle-sœur, à prier le Seigneur... Où l'espoir a-t-il jamais mené quelqu'un ? Non, seuls les faibles et les malheureux ont besoin du palliatif de l'espoir.

Debbie s'absente une minute, un carnet à récupérer dans son bureau, s'excuse-t-elle. Nick l'imagine plutôt évacuant son vin blanc, ce qu'un bruit de chasse d'eau ne tarde pas à lui confirmer. Il a tout juste le temps de se déshabiller, de passer son peignoir, et de sortir une poignée de cubes de glace. Pourquoi ne se mettrait-elle pas à l'aise, elle aussi ? Debbie laisse échapper un petit rire de gêne. Poursuivons. *L'Officiel Homme* l'a récemment décrit comme « l'écrivain de l'enfer ».

« Pyjama ou nuisette ?

— Pardon ?

— L'enfer est vide, Debbie, tous les démons sont ici... »

Est-ce le potentiel érotique de son essayiste, la tiédeur de cette soirée de juin, toujours est-il qu'il hésite à ouvrir cette bouteille de porto fauve de soixante ans d'âge, cadeau d'un collectionneur portugais, qu'il pensait laisser derrière lui à l'attention du futur locataire. Une simple gorgée de ce nectar, c'est fourrer le nez dans une boîte de cigares de premier choix alors qu'une soie de dattes et de pruneaux vous coule dans la gorge, et vous embaume. Mais il touche au but, et résiste à l'appel des abysses. Abstinence. Sa parole est en jeu. De l'argent a été investi, beaucoup d'argent, et de nombreuses personnes sont impliquées. Il n'aura pas d'autre occasion. Il connaît les conditions. Les conséquences pour ce genre d'opération manquée sont automatiques.

Respecter le plan.

Anticiper.
Ne pas improviser.
Simple.
Mieux vaut penser au verre de Sangiovese qu'on lui servira alors que l'avion quittera la piste, et au vol de nuit sur l'Atlantique l'emmenant de ce Nouveau Monde vers l'Ancien.

Nick allume une autre cigarette. Sa devise? Elle parierait sur cette phrase qu'elle met des plombes à retrouver. Voilà: *Est-il possible que ce que l'homme considère comme mauvais, Dieu le considère comme bon ?*

« Ce n'est pas une devise... Juste une question profonde et sans réponse que se pose Liu Chi dans son *Traité du vide parfait*...

— Désolée ! Je l'ai retrouvée citée dans plusieurs de...

— On pourrait croire à une blague, non ? Mais pas du tout. Renversez-la et vous obtenez " Et si ce que l'homme croit être bon, Dieu le croit mauvais ? " Autrement dit, jusqu'à quel point notre idée du mal est-elle un artifice ? Voilà trente ans que je porte en moi cette question. Trente ans pour parvenir à cette forme de sagesse qui consiste à renoncer à trancher. Renoncer à l'illusion de savoir ce que sont le bien et le mal. Et accepter ce souffle de la vie qui nous est donné à l'origine, en reconnaissant le caractère divin de cet inexprimable qui est en nous. Et assumer sa liberté.

— La question du bien et du mal traverse tous vos livres, n'est-ce pas ?

— Écoutez, Debbie, on ne tient pas à ce que quelqu'un baise notre femme, donc Dieu dit tu ne convoiteras pas la femme de ton prochain. On préfère ne pas être volés et tués, donc Dieu dit tu ne voleras pas, tu ne tueras pas. Tout ça n'est qu'un ramassis de " Ne fais pas ci parce que je n'aimerais pas avoir à en souffrir ". L'homme a eu besoin d'inventer un Dieu pour le protéger de ses peurs. Dieu n'est rien d'autre que la somme de toutes ses peurs. Pas de ses forces. Qu'est-ce qui est si faible, réprimé et effrayé chez l'homme pour qu'il ait été poussé à inventer un dieu ? Laissons tomber ! J'aurais pu aussi bien citer la formule d'ouverture du poème XVI de Catulle.

— Qui est ?

— " Je vous foutrai par le cul et vous foutrai par la bouche ". »

Spasme tonique suivi d'une longue gorgée de chardonnay.

Mais rien n'effraie l'intrépide Debbie qui se reprend. Le talent qu'il aimerait posséder ? Nick se laisse bercer par cette voix, vent doux venu de Brooklyn. Le mieux serait qu'elle renonce à ses questions et lui raconte une histoire telle Shéhérazade. Merde, cette femme lui redonne un pouvoir qu'il avait perdu ces derniers mois. Il hésite à lui balancer « vous faire jouir avec des mots », mais opte pour « danser le tango avec assurance ». Le tango ? Pour danser avec grâce sur la tombe de ses pairs tombés comme des mouches après des jeunesses, des vies tout ce qu'il y a de plus convenables et saines. *Mens sana in corpore sano*... Ces phrases à la con pullulent dans l'esprit des gens, les pauvres... Un tango dans le cimetière... Ou un tango avec elle, sur elle.

« Êtes-vous aussi malade qu'on le dit ?

— Tout dépend de qui le dit ! Ne vous inquiétez pas pour moi, Debbie. J'étais ici pour les bons moments. " Les cavales qui m'emportent m'ont entraîné aussi loin que mon cœur en formait le désir. " Mettez ça au présent, vous aurez alors la *chiave d'oro*, la clé d'or...

— Vous n'êtes pas optimiste...

— Au contraire, Debbie, au contraire... La perspective de filer à l'anglaise avant que la mort me courtise plus que les femmes est d'une réjouissance...

— Et vos proches ?

— Je suis la dernière carte du sabot... Entre nous, depuis

quelque temps, je me sens mieux, plus fort, mes sens s'aiguisent. »

Debbie est troublée, lui imagine les palpitations qui dilatent sa veine jugulaire. Les gens devraient tomber amoureux les yeux fermés.

« Nick l'Ancien se change en Nick le Jeune !

— Vous avez compris ! »

Nick hésite à se faire couler un bain, tout ça ne l'amuse plus. Beckett a eu raison de ne jamais l'ouvrir et de s'y tenir. Finissons-en ! Comment aimerait-il mourir ? Précisément comme il s'apprête à le faire. Son épitaphe ? « Écarte-toi de cette tombe / Regarde le ciel / Et sois reconnaissant ! » Ou bien ce mot de Casanova, « Rien ne pourra faire que je ne me sois amusé ». La voix de Debbie se fissure. Ces mots sont d'une telle sagesse. Non, Debbie, nous sommes des créatures finies, condamnées à ne jamais gagner un peu de cette sagesse qui nous permettrait de faire face à l'infini. Enfin, est-il une question à laquelle il ne pourrait répondre ?

« Que préfères-tu faire de ta langue, Nick ? Lécher la chair d'une femme ou lui parler ? »

Debbie écrira un essai du tonnerre.

Assez divagué, il est temps de mettre fin à cette sérénade. Seul l'instant est béni, le reste est oubli. Nick invite Debbie à partager le silence. Que rien ne vibre que leur souffle dans la douceur de la nuit et la joie du temps éprouvé, et l'absence de préoccupation à l'égard de quoi que ce soit. Elle bafouille, se défend, puis s'abandonne. D'abord, le soupir amplifié de Debbie grésille dans l'écouteur. Nick se remémore leur première rencontre et les hauts escarpins de cuir noir qu'elle faisait danser sur la chaise de bar. Aujourd'hui, les jambes fuselées d'une jolie femme lui font plus d'effet que tout le reste. Il a écrit une chanson sur le sujet, *Je suis amoureux de tes genoux*. Et même déstabilisé une fille, un soir, en lui disant qu'il préférerait ne pas faire l'amour à toute la femme. Le problème étant qu'aucune femme dotée d'une forte poitrine ne possède de belles jambes.

Puis, lentement, inspirations et expirations s'allongent, s'approfondissent, s'abouchent. Nick accueille ce souffle fécond, et raccroche.

La nuit est avancée, après un bain aromatisé à la chlorophylle, Nick fixe le peu de nuit qu'offre la ville. Son esprit le porte jusqu'aux collines de Rivalta où à cette heure une aube rosée dilue les brumes parfumées de terre, d'herbe, de lait. Temps ouvert. Espace ouvert. Jour éclatant. L'endroit parfait où laisser ses sens se déployer sans qu'ils aient besoin de se défendre. Là-bas, pas une occasion de faire semblant. Il s'abandonne à ces images de sérénité bucolique et solitaire. Dehors, la sirène menaçante d'une voiture de police s'étire, il sourit. Rivalta. La Veggia da Iris...

III

Une autre façon d'être là

Ciel pur du matin sur la ville éblouie. Je marche jusqu'à la piste d'athlétisme de l'université, crapahuter en short entre ces vieilles pierres serait déplacé. Un parfum de pain chaud flotte dans les rues, je le respire à fond. Très vite résonnent les mots de la nuit : « Celui qui veut être libre doit s'affranchir de ses propres mains. » Je cogite un moment comme si on m'avait réellement soumis une énigme, et m'arrache à ces ruminations. Toute cette histoire est bidon. Une mauvaise blague au goût rance. Ce messager nocturne n'est qu'un délire sorti de ma cervelle. Je compose l'ambiance, conçois les images, cisèle les dialogues et module les voix. Un type apparaît, te balance une poignée de poudre aux yeux, et tu ne sais plus ce que tu as vu, plus quoi croire !

Après une demi-heure de course, une heure, une heure et quart, la sueur acide me brûle les yeux. Tout se bouscule dans ma tête, ça fait un tapage épouvantable. Benedetto Antelami me parle création initiée par le Christ ressuscité, Lazare de Béthanie sort de son tombeau, Casanova me parle évasion et de sa façon de rester incontrôlable, mon clone arbore un léger sourire comme adressé à tous ceux qui voudraient croire qu'il n'a fait que passer, les images se percutent. J'allonge la foulée comme si un surcroît de combustion allait générer la logique d'un puzzle dont j'ignore le motif tout comme le nombre de pièces. J'enchaîne les tours de piste. Vitesse de croisière. Souffle continu. Le décor ondule. « Ne pense pas trop ! » me revient en flèche. Je traduis : ne complique pas les choses. Vois ce qui est. C'est plus simple que ce que tu imagines, tellement simple que ça t'échappe. Je noue mon tee-shirt autour de ma tête. Dans les gradins, un des étudiants réunis pour le déjeuner me fait signe de la main, je lui réponds. Dès lors, à chaque passage des tribunes, on me réserve une ola suivie d'encouragements. Une heure trente. Courir pour ne pas devenir dingue. Ma discipline, ma rigueur. Ma folie pour échapper à la folie. La chaleur du tartan se diffuse dans mes chevilles, mes mollets. Mes jambes s'alourdissent. Je décide qu'une cloche sonne le dernier tour, et prends la corde. Il va faire bon retrouver la chambre, l'ombre des persiennes, les draps frais. Soudain, j'entrevois un scénario, je ralentis pour ne pas perdre ce qui prend sens. Et s'il n'y avait aucune magie noire dans cette énigme ? Aucune résurrection. Pas plus de corps glorieux, de mort-vivant que de fantôme. Les mains sur les hanches, je reprends mon souffle, cet enfoiré aurait-il orchestré un tour de passe-passe savamment mis au point, une évasion à la Houdini ? Serait-ce vraiment lui ? Apparition / disparition / réapparition. Dans quel but alors ? La chaleur monte d'un cran. Je bois, je m'éponge, et quitte la piste. Ses livres. La clé se trouve dans ses livres. Dante. *Vita nuova.* Son projet est annoncé de longue date. Après tout ce qu'il a vécu, traversé, paradis, enfer, gloire et damnation, il serait vivant ? Intact ? Il respirerait encore ? Sans masque, incognito, et en plein jour ?

Il ne serait plus rien.

Il serait n'importe qui.

À nouveau libre.

L'après-midi, la chaleur est aussi accablante qu'au cœur de l'été. Je tente de me remettre au travail. Mes pensées divaguent. Difficile de retrouver le rythme, l'impulsion, la direction. Le mystère de mon pianiste devenu dingue est loin d'être élucidé. Où est passée mon énergie tout à coup ? La page de la veille est complaisante et manque terriblement d'humour. C'est trop grave. Trop sérieux. Trop transparent. Trop caricatural. Il me faut traverser le mur immense qui s'est dressé devant moi et qui paraît infranchissable. Je n'ose rien entreprendre. Impossible de tracer une ligne de crainte de la voir absorber par ma propre tension. Je vis d'attente. Attente de quoi ? Qu'il se manifeste à nouveau ou que je le débusque tel un chevreuil au crépuscule ?

Le besoin de me rendre à la librairie toute proche me pousse dehors. J'entre dans la maison Fiaccadori et cherche ses livres en traduction italienne. R, S... J'y suis. La majeure partie de son œuvre se trouve en rayon. Les éditions ALET sont soignées. J'inspecte *Con me all' inferno* le livre qui l'a rendu célèbre. Puis je tire *Io e il Diavolo,* le plus dérangeant, le plus beau. Alors que je le feuillette machinalement, une page pliée me saute aux yeux. Elle souligne un bref paragraphe de façon aussi nette qu'un trait de crayon. Il y est question de vieillissement, de désespoir, de compulsion dévorante que la société, la morale, la honte empêchent d'étancher. « C'est dans le silence et le secret que nous quittons la vie pour notre fin commune. » Le sens d'un verbe m'échappe. Les derniers mots se mettent à vibrer sur la page, ils me sont adressés. « Mais je ne compterai pas parmi eux. » Je repose le livre comme s'il brûlait. Ma liste d'indices, de formules à décrypter, s'allonge. Je me retourne nerveusement, derrière sa caisse, le libraire renseigne des clients. J'examine le reste des volumes jusqu'à *La mano di Dante*. Là, même *modus operandi*. Une phrase soulignée sans trace.

« Bonjour ! Vous trouvez votre bonheur ?

— Euh... Je regarde...

— Ah, vous êtes français ?

— Ça s'entend...

— Un sacré écrivain que ce Toscas, non ?

— Comment dites-vous ?

— On le prononce comme ça en Italie. Le " ch " est un son " k ", et il faut faire sonner le « s » final. C'est un nom courant dans les Pouilles. De toute façon, en Amérique, son nom n'a jamais été correctement prononcé. Il disait qu'un patronyme plus simple lui aurait permis de vendre deux fois plus. Des amis de trente ans écorchaient encore son nom.

— Vous auriez ses livres en langue originale ?

— Sur commande seulement, désolé ! Vous trouverez une librairie américaine rue Emilia...

— Un " sacré écrivain " vous dites ?

— Il peut faire peur... La plupart le trouvent sulfureux, il est raffiné, érudit. Son *Dante* est éblouissant, non ?

— Sûr !

— Vous vous intéressez à Dante ?

— Comme ça...

— Il se trouve que nous disposons ici, en sous-sol bien sûr, des cinq volumes reliés vélin de l'édition Zatta du dix-huitième siècle, avec leurs magnifiques eaux-fortes.

— Hum...

— Et dire que Johnny Depp et Julian Schnabel avaient prévu d'adapter son roman... Quel film ça aurait donné ! Il aurait apprécié ça !

— Nick n'aimait pas le cinéma d'aujourd'hui. Le papier peint de son salon lui semblait plus intéressant. Mais il a quand même pris l'argent !

— Vous êtes bien renseigné !

— À propos, le film est en passe d'être tourné. »

Le regard du libraire, à l'affût de mes réactions, me met mal à l'aise. Je voudrais écourter la conversation quand il revient à la charge, à voix basse.

« Saviez-vous qu'il a admis avoir tué quelqu'un ? " Par un après-midi chaud et pluvieux ", a-t-il précisé !

— Hum...

— Vous ne le croyez pas ? »

Le type cherche à me tester. Pourquoi ? Je fais en sorte de paraître à la fois assuré et détendu.

« Je ne sais plus quoi croire ces derniers temps... " Connaissance du Mal, connaissance du Bien. Pas de connaissance du Mal ? Pas de vrai Bien ! "

— Très juste !

— Il a ajouté que tuer un homme ne procure aucun soulagement.

— Plus que bien renseigné ! »

Du bluff ! Comment croire une chose pareille ? Nick n'a jamais flingué personne. Il s'en est expliqué. Cette histoire est tirée d'un souvenir. Il avait cinq ans, marchait dans une rue sordide de Jersey City quand il est tombé sur un gamin tirant un chariot rouillé plein de journaux qui à sa vue a sorti un couteau : — Hé petit, tu as envie de mourir ? Il s'en est tiré, mais cette question n'a jamais cessé de le hanter. « Tu as envie de vivre ou de mourir ? »

Le libraire qui semble sorti tout droit d'un conte d'Hoffmann ou d'un épisode de *La Quatrième Dimension* ne me revient pas du tout. À croire qu'une activité paranormale s'est emparée de la ville.

« Vous connaissez certainement cet article intitulé " A Slab of Grease, a Bottle of Carbona, and Thou " ? »

Son accent est terrible, mais je vois de quoi il s'agit. L'évocation de la jeunesse dissolue de Nick. Le chapitre touchant d'une autobiographie écrite au long cours.

« Non...

— Je vous le conseille !

— Je me renseignerai, merci !

— Et peut-être avez-vous lu son magnifique *Scratch* auquel il a travaillé une quinzaine d'années ? »

Pourquoi me cuisine-t-il avec ce quizz à la con ? Je ne bronche pas.

« Non plus ! Je note !

— Il est toujours le bienvenu dans cette librairie...

— Il ?

— Nick !

— Ah oui ?

— " Une nouvelle saison de ma vie commencerait. Qui ne ressemblerait à aucune autre saison d'aucune autre vie... "

— De quoi s'agit-il ?

— Tiré du livre que vous avez entre les mains... »

Le type semble se délecter de l'effet de ses paroles. Sur le ton de la plaisanterie, je lâche fébrilement :

« Est-il passé récemment ? J'ai cru l'apercevoir hier encore. Peut-être qu'on peut lui laisser un message ?

— La couverture est élégante, n'est-ce pas ? »

Le temps de jeter un œil à la quatrième de couverture, le libraire a filé. Il apparaît, téléporté à l'étage, affairé auprès d'autres clients.

Dehors, le soleil tonne sans répit contre les murs jaunes. Je passe de store en store à la recherche de l'ombre. À hauteur de la rue Cardinale, les portes ouvertes de la basilique Santa Maria della Steccata m'invitent à entrer. Assis sur un banc de la nef, je contemple le décor baroque en pur spectateur. Fraîcheur. Lumière tamisée par les vitraux. Un havre ambiance club. « Il est toujours le bienvenu ! » Putain, qu'est-ce que ça veut dire ? Loin de travailler avec acharnement et sans rien ni personne pour me distraire comme prévu, je pense « Nick, chapitre II ». « Nick, épilogue. » J'imagine une mise en scène ahurissante. Il faudrait tout relire, tout reprendre. L'histoire de sa vie écrite en filigrane cryptographique. Les indices ont été placés en évidence, tout le monde n'y a vu que du feu.

Mon attention se porte sur l'abside, les chapelles d'angles, et sur un vieillard, au premier rang, dont les mains tremblantes agitent un mouchoir comme on demande une trêve ou fait signe d'au revoir. Je n'ai jamais été sensible à la beauté des rites de l'Église, aux ambiguïtés des inquiétudes de la foi. Je commence à m'emmerder dans ce lieu saint, mais bon, mon esprit est ailleurs. Au-dessus de ma tête, le cercle bleu du dôme projette une colonne de lumière qui offre un accès direct au ciel. Je pense, pas d'au-delà pour Nick, il se fout de l'au-delà, mais une autre façon d'être là. Dégagé des humains suffrages, des communs élans.

J'allume un cierge. Des gens entrent, d'autres sortent alors que les flammes consument mes vœux. J'ignore si je redoute ou espère son apparition. Je ne me défilerai pas.

IV

Des effluves et des livres

Après être passé chez son disquaire où il tire un maximum de cash de ses derniers 45 tours de collection dont le *Gonna Feed My Baby Poison* des Rocketeers édition 53, Nick se rend à la boutique de couteaux japonais de Warren où il a acquis deux pièces uniques aux lames forgées et aux manches sculptés à la main par des maîtres, des œuvres d'exception en parfait état qu'on n'hésite pas à lui reprendre à bon prix. Il avait d'abord pensé à les offrir, son *gyuto* Togiharu au manche en bois d'érable bleu pétrifié à Keith, son *tosu* au manche d'ivoire dessiné par le maître Koji Hara à Johnny, mais l'un étant destiné à la cuisine, l'autre au meurtre, il a préféré ne froisser personne et s'est décidé à s'en séparer pour assurer ses jeunes jours. Repris trente mille dollars pièce, ramenés à vingt-cinq mille en liquide, il dit adieu à ses couteaux pour lesquels sa fascination n'a jamais faibli. Il se souvient d'après-midi d'hiver passées à les contempler, s'il avait un peu bu, à les manier avec respect avant de les embrasser. Souvent, leur simple présence, leur histoire et leur façonnage jouaient sur son humeur, lui procuraient énergie et acuité d'esprit. Il referme une dernière fois leur fourreau de bois et sort sans se retourner. « Tout ce qui a été conquis se relève et tout ce qui a été gagné se perd. » L'argent sera prêt sous quarante-huit heures. Ces Japonais raffinés honorent cette ville pourrie.

Il est temps de se dégourdir les jambes et, ses éternelles Ray-Ban vintage sur le nez, de marcher d'un bon pas jusqu'à Murray St. Le quartier lui est si familier qu'il pourrait s'y rendre à l'oreille, les yeux fermés. Le sourire du groom qui lui ouvre la porte de chez Canali vaut bien dix dollars. Il cherche un complet pour une occasion spéciale. Un costume sur mesure pour aller... Là où il va. — Une sorte de cérémonie, si vous voulez... L'employé qui manie son mètre ruban avec dextérité évoque des « noces », Nick laisse flotter le mot en sirotant l'expresso offert par la maison. Des noces...

Nick a faim de nouveau, il reprend du poids. Son sommeil s'approfondit. Il regagne son corps, sa moelle, son âme, sa vie. Luigi, son coiffeur depuis vingt ans, assure le rafraîchissement nécessaire. Bordel, comment ces types peuvent-ils vivre avec ces poils dans les oreilles ? Spa thaï, massage à l'huile de benjoin, rasé, manucuré, parfumé, il reprend visage humain. Il est plus que de retour. Peau neuve, il est sur le départ. La sensibilité accrue au bout des doigts, signe de joie, ne le trompe pas. La couleur de ses yeux se remet à varier selon les courants qui le traversent. Certaines en ont peur, beaucoup en sont charmées.

À l'occasion de la réédition de *Save the Last Dance for Satan*, Kicks Books Co. a décidé d'accompagner le livre d'un parfum créé en collaboration avec l'auteur, le tout commercialisé dans un coffret collector. Des parfumeurs sont venus, porteurs de valises pleines de fragrances, Nick a choisi et composé le mélange. Un parfum floral, léger, mixte, qu'il aurait préféré voir baptiser *Eau de Newark* plutôt que de son nom. Ces connards ont refusé sa proposition, tout comme son souhait d'y ajouter une note intime pris pour une plaisanterie de mauvais goût. L'étiquette du flacon représentera l'ancienne ligne d'horizon de Newark sur laquelle sera imprimée la vignette des 78 tours de Savoy Records, la plus grande maison de rhythm & blues de sa ville natale. Il y aura désormais un parfum à son nom, une production limitée que des lectrices fidèles porteront pour retrouver son essence, et saluer sa mémoire. Des livres et des effluves, c'est tout ce qu'il laissera derrière lui. Il ne fait aucun cas du service funèbre. Pas de cérémonie. Pas de pierre tombale ni de plaque commémorative. Ses cendres dispersées, emportées par le vent, absorbées par la terre. « Laissons les morts enterrer leurs morts ! » Pendant ce temps...

« Quel est ton parfum ?

— Oh, je porte du Nick ! »

Debbie va adorer.

Si je ne me respecte pas, qui le fera ?

Nick ressent plus encore l'immense bénédiction de chaque instant de l'existence. Il faut dire que des années durant, la première chose qu'il faisait à son réveil était de vomir. L'alcool et le reste. C'était sa manière de commencer la journée. Il lui arrivait aussi de traverser la rue avec la folie en tête et un flingue dans la poche de son manteau, transi par le froid, transi par le noir étincelant dans le noir de la nuit. 1982. *Hellfire* venait de paraître. La presse s'extasiait. Il venait d'offrir à Jerry Lee Lewis un tombeau de prose aussi enflammé que son piano alors que le cœur volcanique du *Killer* battait encore. Nick ne voyait pas venir l'ombre d'un kopeck, et devait trimer comme barman au Tippin Inn, sur Bedford St, et au Dodge, situé un peu plus bas. Benny, son patron et ami, lui foutait la paix. C'est-à-dire qu'il le laissait picoler du matin au soir parfois pendant des semaines, ne s'arrêtant que lorsqu'il tombait inconscient. C'est à cette période que le *Vanity Fair* renaissant a fait appel à ses services. Nick a écrit un long article, « Good Golly Miss Molly : Sex in Popular Music », ainsi que la critique d'un album de Marianne Faithfull. Une fois sur pied, ce qu'il produisait était percutant et stylé. Le magazine a décidé de l'envoyer en Chine où l'attendaient d'autres expériences. À son retour, de passage dans les bureaux du journal, sur Madison Avenue, tout le monde avait été remplacé, il ne connaissait plus personne. Il a compris que si *Penthouse* lui offrait la liberté et l'indépendance, écrire pour *Vanity Fair* apportait son air de prestige, un atout non négligeable dans ce genre de prostitution de luxe. Or il avait justement besoin d'argent. Le gouvernement et son service spécialisé dans la traque aux revenus non déclarés en avaient après son cul, l'affaire était sérieuse. Une amie lui a fait savoir que Tommy Mottola, le manager du groupe Hall and Oates, cherchait un « nom » pour signer une biographie à la gloire de son duo rock and soul en vogue. Bianca a joué les intermédiaires. Quand Mottola a appris que Nick était intéressé, il a tiré sur son cigare et s'est enfoncé dans son fauteuil – Mottola était une caricature de raclure – il ne s'attendait pas à un nom aussi crédible.

« Combien demande votre ami ?

— Vingt mille dollars ! Dix mille pour faire passer la nausée, dix mille à la remise du manuscrit.

— Pourquoi vingt mille ? Pourquoi pas quinze ou vingt-cinq mille ?

— Parce que le fisc lui réclame vingt mille !

— Ça se défend... Mais pourquoi est-il plus cher que les autres ?
— Vous avez lu ses textes ?
— Ça se tient...
— Vingt mille !
— OK ! Qu'il fasse entrer ces deux tantouzes dans la légende ! »

Son agent l'avait mis en garde, signer un contrat qui le privait de ses droits n'était pas une chose à faire, mais Nick n'avait pas le choix. Après tout, cracher vingt mille mots contre un chèque de vingt mille dollars, ça n'était pas le bagne. Enfin, jusqu'à ce qu'il écoute le dernier disque du groupe. Merde, cette musique lui vrillait les tympans, les mecs devaient chanter en se tenant par les couilles. Il s'était tiré d'un merdier pour plonger dans un autre. Cet été-là, il a rencontré les musiciens – employer ce mot lui semblait une hérésie – qui se trouvaient habiter son quartier et, la mort dans l'âme, il les a écoutés raconter leur histoire pour tenter d'en faire quelque chose. Transformer de la merde en or, un vrai boulot d'alchimiste. *Hall and Oates : Dangerous Dances* a été sa pire expérience d'écriture. Rédiger des articles sur commande était une chose, écrire un livre qui n'avait aucun sens pour lui l'a plongé en enfer. Même une pute au rabais ne se souille pas de la sorte. Son nom allait figurer sur la couverture d'un livre qui ferait tache dans sa bibliographie. Une tache de merde que le gouvernement l'avait obligé à lâcher. Il s'est alors fait le serment de ne plus jamais écrire un seul mot futile ou mensonger, un mot qui ne lui aura pas traversé le corps et illuminé l'esprit, et pour des motifs « absolument purs ». Il était encore en vie, et c'était un miracle. Il se devait de rester libre « dans la fidélité, la gratitude et la dignité ». Car s'il pouvait passer des semaines à se bourrer la gueule et à comater dans l'arrière-salle d'un bar, penché sur sa machine à écrire, Nick était capable de soutenir la zébrure de longs éclairs.

Dès 1979, il avait inauguré pour la revue *Creem* une série d'articles intitulée « Unsung Heroes of Rock'n'roll » dans lesquels il écrivait sur les renégats oubliés du rhythm & blues et de la country, sur les ancêtres du rock dont la musique était plus riche et excitante que celle qui passait pour du rock'n'roll à l'époque. Au début de l'année 1983, Michael Pietsch, un jeune éditeur de chez Scribner's, lui a proposé de les rassembler en un volume augmenté de textes inédits. Nick a repris du service, et *Unsung Heroes of Rock'n'roll* a été publié à l'été 1984. Un mois plus tard, paraissait *Dangerous Dances* à grand renfort d'une publicité que ce *stronzo*, cette merde de Tommy Mottola, finançait en ricanant après avoir boosté sa couverture avec la mention « Par l'auteur de *Hellfire* ». Pour se laver les mains, se rincer l'âme, Nick a décidé que le prochain livre à porter son nom serait le plus libre et le plus subversif qu'il ait produit. Il s'y est tenu. *Frankie: Part 1*, bientôt suivie d'une deuxième partie, une danse autrement plus dangereuse, conçue et développée avec son ami Robert Meltzer, a été publiée par Illuminati au début de 1985. Que ce livre incendiaire aux courts chapitres intitulés « La statue de la Liberté mouille sa culotte » ou encore « Une nation de cocus, une nation de salopes » soit imprimé est resté pour lui un mystère. Nick buvait avec application, et travaillait avec sérieux. Son premier roman, en partie autobiographique, était bien avancé, il espérait ferrer un gros poisson de l'édition qui lui accorderait une avance. Son agent, Russell Galen, qui voyait en lui un écrivain de premier ordre, s'est démené pour le placer sans rien obtenir d'autre que des « C'est bon, très bon même, mais comment fourguer un truc pareil ? ». La moralité et la sensibilité du livre étaient jugées « difficilement accessibles » pour le grand public, on ne savait pas dans quelle case le fourrer. Lors d'un rendez-vous, Russ a demandé à Nick s'il comptait terminer son roman en dépit des refus, de la déception. Nick allait non seulement terminer son livre, et en demander trois fois plus.

« C'est du suicide !

— Peut-être ! Mon côté tête brûlée...

— Il serait préférable de...

— ... Mais si je ne me respecte pas, qui le fera ? »

Deux mois plus tard, Nick achevait *Cut Numbers*, une évocation des ombres mafieuses de son enfance, et la trajectoire de Louie, petit arnaqueur de Jersey City, qui fomente un plan pour détourner des millions de dollars à la loterie d'État. Mais là où coule l'argent, coule le sang... Le roman accroche Michael Pietsch qui tente de le faire accepter par Scribner's, en vain. « En avoir ou pas », Pietsch en a. Il décide de lâcher cette bande de culs butés pour rejoindre Harmony Books, une division de Crown, à la condition qu'on lui laisse publier *Cut Numbers*. Un contrat est bientôt prêt.

Troisième dimanche d'octobre

Certains après-midi ensoleillés de ce septembre 2019, Nick se rend à ce qui fut longtemps son club, un espace sport et détente situé à trois pâtés d'immeubles de chez lui. Content de le revoir, le personnel salue son retour avec chaleur. Son abonnement est périmé, personne ne lui en fait la remarque, il est ici chez lui. Sur le toit, allongé au bord de la piscine découverte, il se souvient de moments passés au pied de ce rectangle bleu, sous un même ciel délavé par les prémices de l'automne. À cette période, un magazine venait de lui commander une nouvelle, un contrat à trente mille dollars, il n'en avait pas écrit une ligne, un roman inachevé prenait la poussière sur son bureau, sans doute la meilleure chose qu'il ait jamais écrite. Une petite amie sexy en diable et aventureuse se languissait de lui depuis des semaines, menaçait de prendre le large, il n'avait qu'une obsession, un seul être existait à ses yeux, un mort plus présent que tous ceux qui l'entouraient, plus chaud, plus mystérieux, plus dangereux. Il ne vivait que pour retrouver la voix, la musique, la destinée fantomatique d'Emmett Miller, son *menestrel blackface*. Après des années d'une enquête infernale, le ventilateur soufflait jour et nuit son air brûlant dans l'appartement, à sa table de travail, il arpentait les bouges des bas-fonds du sud, les clubs de Broadway, en même temps qu'il fouillait le cœur schizophrène de la culture américaine. Des années de travail pour un résultat qui s'approchait au mieux de ce qu'il voulait faire. Sans doute un livre réussi puisque sa petite amie l'avait quitté entre-temps. Des amis qui vous lâchent, des femmes qui claquent la porte, c'est triste, c'est le prix à payer. Putain, non, écrire n'est pas « vivre plus intensément » ! Travailler sept jours sur sept, douze heures par jour, ne pas faire de pause sous peine de ne pouvoir s'y remettre, avoir le dos broyé, ne pas trouver le sommeil, ouvrir une énième boîte de thon dans la nuit, sentir le ranci, se faire larguer par sa nana délaissée, le tout sans s'autoriser le moindre tanin... Comment peut-on sortir une telle connerie ? Mais avoir accompli quelque chose procure une satisfaction sans pareille. On pourrait penser que chaque nouveau livre devient plus facile à écrire... Plus facile parce qu'on l'a fait, qu'on est déjà allé au bout de l'expérience... C'est aussi plus difficile parce qu'on sait ce que ça implique. C'est comme succomber à l'idée stupide de repeindre son appartement : bordel, pourquoi est-ce que j'ai commencé ? Il ressent parfois du mépris pour les gens qui se décrivent comme des « artistes ».

On lui apporte un club soda coiffé de zestes de citron, non pas de lime, mais de citron, le serveur n'a pas oublié son habitude. Le feu du soleil ravive son visage, il ouvre sa chemise, fait provision de chaleur. À cette hauteur, la rumeur étouffée de la ville arrive par vagues et invite au demi-sommeil. Les images d'un rêve récurrent passent sous ses paupières. Il ouvre un livre aux pages blanches qui au fur et à mesure de sa lecture se noircissent de mots. À quoi bon en chercher le sens, en matière de rêve, le sens n'est qu'une tromperie. Vient l'heure d'affluence, il est temps de déguerpir. Il glisse un pourboire au serveur qui regrette de le voir partir si tôt.

Le soleil irradie encore sa peau, ses os, quand après être passé à la trattoria de Reade St, les bras chargés de paquets odorants, il est de retour chez lui sans effort, sans essoufflement. Une date a été fixée. L'information lui est venue à l'oreille comme portée par une brise. *Terza domenica di ottobre.* Troisième dimanche d'octobre. Qu'il se tienne prêt. On l'a averti. Ce n'est pas au moment d'agir que le risque est le plus grand. Les vrais problèmes surviennent dans les jours, les heures et les minutes qui précèdent, et les minutes, les heures et les jours qui suivent.

Des contretemps ont retardé l'opération. Louer les services de brancardiers, de médecins, d'infirmières ou d'agents de services mortuaires, rien de plus facile, même si certains cadres assermentés de l'hôpital et du crématorium se montrent étonnamment avides. Entre les certificats, signatures, tampons et scellés nécessaires, la liste des intermédiaires est conséquente, les enveloppes de billets circulent. Le marché de la mort est un business florissant, celui de la vie après la mort a un potentiel énorme. Rien n'est laissé au hasard. Aucune trace écrite. Aucun contact. Aucune complicité entre les intervenants. Chacun, chargé d'une mission précise, ignore tout du reste de la procédure. Le *détournement* requiert le timing réglé du casse de haut vol, un casse sans effraction, sans butin. Indécelable parce que sans mobile apparent.

Le dossier médical de Nick, peaufiné depuis deux ans, est un modèle du genre. Le compte rendu de sa dernière consultation, datée du 6 août, fait part d'une sérieuse aggravation. Le pronostic est sombre, l'espérance de vie on ne peut plus réduite. Sur la dernière radiographie, ses poumons ne forment plus qu'un papillon noir. Le patient a stipulé qu'il s'opposait à tout traitement invasif, à tout acharnement thérapeutique. La mention NPR figure au bas du document. Ne pas réanimer. Avant de le laisser partir, le Professeur M., qui n'en est pas à sa première collaboration mafieuse, lui a glissé à l'oreille qu'il n'avait jamais vu une si bonne mine à un mourant. Nick s'est gardé de sourire. Ce genre de laisser-aller vaudra un jour une balle dans la nuque à ce connard.

Debbie, de plus en plus fascinée, assoiffée d'anecdotes et désireuse d'éclaircissements, appelle longuement. Le « mon dernier baiser sera pour vous » que Nick lâche au milieu d'une discussion sur Thalès de Milet lui provoque un frisson glacé et exquis, et sans marquer de pause, il embraye sur un chapitre du manuel de Forsberg, « Mais en voilà assez sur l'enculage. Occupons-nous du suçage », Debbie est prête à sauter dans un taxi, prête à toutes les folies, Nick préfère emporter avec lui le désir de cette femme qui se languit au téléphone un de ses livres ouvert sur les cuisses. — Rendez-vous page 125, je vous y attends !

V

J'avais voulu rencontrer le diable

Entre jeudi et vendredi, une nouvelle nuit difficile s'est écoulée. Au réveil, tête lourde, pouls irrégulier. Malgré la chaleur persistante qui bat des records pour la saison, je rallie la piste d'athlétisme de l'université dans l'espoir d'oublier cette affaire. Le bienfait de ces efforts est de courte durée, sur le chemin du retour, les endorphines ne trompent guère l'anxiété, c'est à peine si je prête attention au décor. L'animation de la ville, ce que je suis venu chercher et qui m'a toujours émerveillé, a été reléguée au second plan.

Depuis la réception du colis, je ne quitte plus ma chambre sauf pour cette course du matin, pour aller prendre un repas, ou pour fureter autour du centre historique une fois le soleil au plus bas, un cercle que j'élargis chaque nuit. Je délaisse le supermarché du boulevard extérieur au profit de la charcuterie

Romani, rue Farini, où un employé me sert une part de focaccia qu'il recouvre d'un jambon affiné taillé si fin que son prix s'accorde à mon budget. Je respire un moment les parfums délicieux de l'endroit en dégustant les éclats de vieux parmesan qu'on m'offre. Je n'ai qu'à traverser la rue pour m'installer à une table du bar à vin en vogue. De là, j'observe les passants, j'écoute les conversations voisines. Je savoure un verre de barolo. Je savoure le pain salé, le jambon fondant. Je savoure l'expresso et la perspective de la journée. Les doigts crispés sur la tasse, je donne le change. « Une nouvelle saison de ma vie commencerait. Qui ne ressemblerait à aucune autre saison d'aucune autre vie... » Cette phrase me poursuit et plus encore. Cette phrase s'ancre en moi.

J'ai abandonné mon poste de travail, délaissé mon pianiste virtuose et fêlé, son épouse qui envoie d'étranges ondes depuis les coulisses. Une autre occupation a pris toute sa place. J'ai fait en sorte qu'on m'expédie les livres de Nick, près d'une quinzaine. Sitôt le colis ouvert, j'ai rangé les volumes par ordre de parution, et me suis lancé dans une lecture orientée, frénétique. Volets clos le jour, ouverts la nuit, je passe chaque page de ces écrits spirites à la flamme. Des dizaines de notes étaient mon hypothèse. Sa vie est sa matière, sa matière est sa vie. J'écoute des interviews radio, passe des vidéos à la loupe.

Power on Earth, son enquête sur Michele Sindona, le banquier de la mafia, me parle de lui. Tout est parti d'une poignée d'articles consacrés aux déboires de ce banquier, parus dans la presse dix ans plus tôt. Acquisitions de banques à New York suivies de faillites parmi les plus importantes de l'histoire financière moderne. Un séisme qui se répercute jusqu'en Italie, en Suisse, où les grandes institutions bancaires s'effondrent comme des châteaux de cartes, toutes gérées de près ou de loin par ce Sindona. Deux mandats d'arrêt sont délivrés contre lui. La chute de cet empire révèle son ampleur insoupçonnée. On parle de banques, de centaines de sociétés, et de clients comme les Studios Paramount à Hollywood, du Montreal Stock Exchange, de la Banque de Paris, de celle du Vatican..., les ramifications s'étendent à plus d'une dizaine de pays. Que vient foutre le Vatican dans cette salade ? Et tous ces types qu'on retrouve le cul sur les chiottes en train de lire la *Gazzetta* avec deux balles dans la tête ? Sindona finit par être reconnu comme conseiller principal du Pape et comme banquier en chef de la mafia. Son procès va le juger pour les deux activités et l'inculper de quatre-vingt-huit chefs d'accusation de fraude. Intéressant, mais encore ? Commence la partie italienne de l'affaire. La Guardia di Finanza s'occupe de son business et fouine du côté de Licio Gelli, associé reconnu de Sindona, qui se trouve être le grand maître d'une loge maçonnique secrète nommée « Propaganda Due », plus connue sous l'abréviation P2. Ça se pimente ! D'autant que les gardes financiers mettent la main sur une liste de 962 membres supposés de P2. Et que cette liste réserve des surprises de taille. Quoi, Ronald Reagan est de la partie ? De quoi s'agit-il ? Un État parallèle ? Plus vertigineux encore : un « État-Monde ». Et pendant ce temps, des témoins continuent de se pendre sous le London Bridge, de se tuer en voiture sur l'*autostrada* de Milan, de s'électrocuter avec leur rasoir électrique dans un hôtel de Genève. L'heure est au grand ménage de printemps, les tueurs sont eux-mêmes retrouvés tués, les chargés de liquidations, liquidés. Fini les histoires de *cannoli*, la saga mafieuse de Mario Puzo et de son *Parrain* a pris un sérieux coup de vieux. Nick l'a compris, Sidona incarne le mal tout autant que la paranoïa du monde. Sindona est un mystère silencieux, et lui est captivé par ce mystère. Si bien qu'un jour, il se met en tête de le rencontrer, pour l'entendre livrer sa version des faits. On a beau lui répéter que le financier est inapprochable, il lui écrit une lettre, quelques lignes. Contre toute attente, Sindona accepte une entrevue. Pour

Nick, commence alors une série interminable de demandes d'autorisation, de coups de téléphone, de recommandés, de renvois vers les services incompétents d'une bureaucratie retorse. La date de la rencontre est enfin arrêtée. Conduit dans l'antre du Metropolitan Correctional Center, fouillé, le mot de passe du jour tamponné à l'encre invisible sur le poignet, Nick patiente dans une chambre de haute sécurité quand un type se présente un léger sourire aux lèvres.

« Michele Sindona, enchanté !

— Nick ! *Similmente* !

— Oh, *italiano* ?

— Autant qu'il le faut et quand ça m'arrange !

— *Bene* ! »

Sindona offre à Nick le récit détaillé de son ascension depuis un petit village de Sicile jusqu'au palais du Pape, un récit peuplé de présidents, de ministres, de généraux, de shahs, de dictateurs, de cardinaux, de gérants de la finance internationale, de conseillers de la Maison-Blanche... et de sa chute orchestrée par les mêmes acteurs et leurs doubles fantomatiques. Sa version de l'histoire ne colle pas vraiment à celle racontée par les médias. Scandale du Vatican, exécutions par la mafia et milliards envolés ne sont qu'un écran de fumée derrière lequel se joue un opéra plus funèbre. Quand Nick le quitte après des heures de conversation, sa fascination s'est aiguisée. Sindona, prêt à vivre comme à mourir, n'a rien à gagner, rien à perdre. C'est peut-être ce qui lui plaît, cette touche de *menefreghismo.* Quelles sont les motivations profondes de Sindona ? Le pouvoir ? L'argent ? Le jeu ? Le secret ? Le sexe ? Là-dessus, un livre reste à écrire. Justement, Nick s'y est mis la veille, et Sindona accepte de collaborer. Nick quitte le MCC avec un accord signé plaqué sous sa chemise.

Transféré à la prison d'Otisville, Sindona répond aux lettres de Nick. L'accord du « brasseur d'affaires du Vatican » a délié les langues, ouvert des coffres à double-fond, et fait réapparaître des dossiers confidentiels. À la fin de l'été, l'accusé est transféré en Italie, à Rome tout d'abord, puis à la prison pour femmes de Voghera où il est tenu à l'isolement. Comme Nick l'a anticipé, le procès n'apporte aucune réponse. Sindona, surnommé « le plus dangereux criminel de l'histoire judiciaire », prend douze ans de taule, un peu plus qu'en écoperait un mari violent ou un chauffard bourré jugé pour homicide. Nick se démène pour obtenir l'autorisation de le rencontrer de nouveau, il a un tas de questions en réserve, et d'un autre calibre que celles du juge Cancellotti dont la prostate déconne au point de devoir porter une couche-culotte pendant l'audience.

Sa demande, formulée dans les deux langues, passe de service en service, d'étage en étage, de bâtiment en bâtiment sans jamais être avisée. Un type bien lui indique la procédure qui pourrait lui faire ouvrir les portes de Voghera. Consulat américain à Milan, département d'État et département de la Justice américains, ministère de la Grâce et de la Justice italien, tribunal de Pavie, directeur de la prison entrent en jeu, et le jeu de dupe est serré. Par un clair matin d'avril, Nick n'y croit plus vraiment quand il reçoit un pli recommandé : la justice italienne l'autorise à deux rencontres avec le détenu.

Ainsi, Nick débarque à Milan en mai, et file sans attendre vers la prison de Voghera alors que la nuit fond sur la campagne lombarde. Son taxi patiente sur le parking du centre pénitentiaire de haute sécurité. Dans le parc attenant, il fume une cigarette en déchiffrant les signes de lumière qui criblent le ciel. Il est venu s'imprégner du lieu, respirer l'air environnant. L'entrevue est prévue le lendemain, à l'aube. La nuit sera longue. Depuis quinze mois, il a cherché à se faire une idée plus précise de l'affaire Sindona, des événements qui l'entourent, et de ce que le monde est enclin à croire à son sujet. Des documents caviardés, des rapports de témoignages incomplets pourraient laisser accroire que les poursuites en cours sont menées dans le but de bâillonner un coupable aux dépens d'une vérité explosive. Peut-être... Les champs alentour, dissous dans l'obscurité brumeuse, rappellent à Nick qu'il n'a aucune certitude. Sindona pourrait lui avoir servi un mensonge plus raffiné, plus persuasif.

De frêles nuages voilent la lune.

Nick se demande ce qui l'a poussé jusqu'ici...

Quel cœur sonde-t-il ?

Dans le taxi qui le ramène à l'hôtel, il écrit : « J'avais voulu rencontrer le diable, et maintenant je me trouvais là, à la tombée de la nuit, seul sur un banc dans un jardin de pins, au cœur d'un endroit appelé Voghera. » Son livre pourrait s'ouvrir là-dessus.

Le lendemain, quand Nick voit les reflets de leurs visages n'en former qu'un sur la vitre qui les sépare, il a un mouvement de recul.

Oui, quel cœur sonde-t-il ?

Soudain, la page s'éclaire, son contenu devient limpide, se révèle.

À l'approche de l'aube, le moment de la journée que Nick préfère, je sors prendre le frais. Sur le qui-vive, je tends l'oreille comme un animal, j'élargis mon champ de vision. Je vais par les avenues, par les jardins, les parcs. Chants des oiseaux, soleil rouge, odeur de pierres, livreurs en tout genre, j'use mon attente jusqu'à ce que le jour s'installe, que se lève la rumeur de la cité. De retour, livre en main, j'enchaîne les cafés, c'est parti pour des heures de déchiffrage. On croit savoir qui est Nick, on se trompe.

Pris entre deux feux, deux présences

Un midi, installé à ma table habituelle, encore brûlant de ma lecture, je suis abordé par une jeune femme très à l'aise. Il s'agit de Zelda, la caissière du supermarché. L'amie qui l'accompagne poursuit son chemin, je l'invite à s'asseoir, elle accepte sans hésiter. La conversation est facile. Elle parle à toute vitesse, s'intéresse à mon séjour, à mon travail, mêle l'italien et le français, rit, me vante les endroits à découvrir jusqu'à la piscine découverte en pleine campagne où elle passe son temps libre. J'hésite à lui confier ce qui m'arrive, à lui raconter cette histoire en restant objectif, sans me laisser emporter. L'entendre de ma propre voix m'éclairerait peut-être. J'évoque le nom de Nick, lui cite quelques titres parmi ses livres les plus connus, non, elle ne voit pas. Je passe donc à autre chose. Elle aime Moravia, Elsa Morante, et se passionne pour leur liaison tumultueuse. Est-ce que je connais la Librairie du Dôme ? Le libraire est de bon conseil... Elle m'apprend que ce Luigi Barena est une figure littéraire, auteur à succès d'abord, il a travaillé dans l'édition à New York, puis est devenu l'éditeur d'écrivains étrangers chez Mondadori avant de reprendre la librairie Fiaccadori. Il s'apprêterait à créer sa propre maison d'édition. Zelda ajoute que son père, professeur de lettres, le connaît de longue date. Ensemble, ils organisent des rencontres, des conférences, et collaborent à une revue publiée par l'université de Bologne. Je l'écoute, mais la mention du groupe italien Mondadori a brouillé mon attention. Mondadori. C'est précisément l'éditeur chez qui sont parus les derniers livres de Nick, ceux-là mêmes que j'ai examinés l'autre jour. Se pourrait-il que ce Barena l'ait rencontré ? Qu'il l'ait aidé à entrer dans cette « nouvelle saison de sa vie » ? Les connexions se font malgré moi, imperceptibles derrière mon sourire. Zelda ne décèle pas mon trouble, j'enchaîne.

« Zelda, c'est à cause de la Zelda de Fitzgerald ? »

Elle rit à nouveau.

« Ça vient d'un conte du *Décaméron* de Boccace, Griselda… Une idée de mon père ! Et toi, c'est à cause de *La Bohème* ? »

Elle se lève pour répondre à un appel qui semble la ravir. Je la regarde onduler dans le flot des passants. Elle est belle, libre, et légèrement vêtue. Je devrais écourter mon séjour, me tirer d'ici. Mais quelque chose s'est enclenché. Une limite a été franchie.

Un concert gratuit est donné ce soir au parc ducal, me dit-elle. Andrea Laszlo De Simone. Je n'ai pas feuilleté la *Gazzetta* depuis le jour de mon arrivée, je vis sans télé ni radio. Zelda adore ce musicien, je dois absolument aller l'écouter. Depuis son téléphone, elle lance une chanson, *Immensità*.

« Ça te plaît ?

— Plutôt, oui !

— Ce type est génial, sa musique, ses textes, tout est merveilleux, tu verras ! Il est de Turin, et donne très peu de concerts, tu as de la chance ! »

Rendez-vous est pris à l'entrée du parc vers vingt heures, des amis l'accompagneront. L'heure de son bus approche, elle file retrouver sa caisse de supermarché. Devant mon café, pris entre deux feux, deux présences, je ne saurais dire quelle fortune, bonne ou mauvaise, me valent ces rencontres.

Après des heures de décryptage, je prends le chemin du parc ducal vers lequel tout le monde semble se diriger ce soir. Une foule piaffe à l'entrée où des *pass* sont distribués. Une liesse se répand dans tout le quartier. La présence de ce De Simone charge l'air suave d'électricité. Je cherche Zelda. L'heure du rendez-vous est passée. Je contourne la marée humaine qui s'engouffre entre les grilles pour me poster en retrait sur les marches d'un vieil immeuble. Pas de Zelda en vue. A-t-elle été retenue ailleurs, est-elle déjà entrée ? Je remonte le boulevard Piacenza jusqu'à la station de bus, en vain, et reviens sur mes pas. Nous n'avons pas échangé nos numéros de téléphone, laissons faire le hasard. Nous saurons où nous trouver.

J'entre dans le parc. Devant la scène, la foule compacte s'échauffe, prête à vibrer. L'impatience se change en rumeur qui se change en clameur, des chants s'élèvent percés de sifflets, de hurlements. Le grondement s'amplifie, le public réclame Laszlo ! Laszlo...! et se déchaîne à l'apparition des musiciens. Beaucoup se lèvent, se pressent contre la scène. Les premières mesures d'un quatuor à cordes retentissent, l'entrée de De Simone déclenche des éclairs de chaleur. Fondue dans des nappes de synthé vintages et mélancoliques, sa voix de crooner charrie une nostalgie ardente. Torse nu, cheveux bruns, moustache, barbe, il a la touche du Frank Zappa des grandes années. Il enchaîne ses symphonies de poche, déploie sa pop cosmique, fragile et tremblante, diffuse sa chaleur humaine. Traversé, habité, le type se donne en offrande, et te déchire le cœur en douceur tout en te faisant battre la mesure et fredonner en chœur. J'observe le regard des gens alentour. J'observe les corps exaltés par la musique. J'observe le ciel et l'espace profond du parc. Je remercie Zelda. Me retrouver seul ce soir était sans doute préférable. L'a-t-elle souhaité ainsi ? Les premières notes de *Immensità* provoquent une vague d'euphorie, un chœur se lève, et la tension qui me crispait se relâche, il n'y a plus d'énigme, plus de fantôme au soleil, plus de traque, seulement ce type qui émet de la lumière à chaque parole, seulement l'immensité. Après un rappel, un signe de tête en guise de salut, de gratitude, De Simone quitte la scène sans se retourner. Les projecteurs s'éteignent. Un esprit de communion s'étend sur le parc. Personne n'a vu tomber la nuit.

Sortir, vite, pour éviter la cohue. Samedi soir, les bars du centre sont bondés, je ne suis pas prêt à retrouver ma chambre.

Sans réfléchir, je me dirige vers le fleuve où, pont après pont, musique en tête, je marche jusqu'à l'extrémité de la ville. Derrière les fenêtres éclairées passent des silhouettes, dansent les ombres. Au loin, dans l'obscurité, le Pô exhale des bouffées de brume. C'est sur le quai opposé, lors du retour, que mon souffle se raccourcit, que mon pas se crispe. Mon œil est repris par la fièvre. Il est tard, la ville dort, je voudrais dormir aussi, et si possible d'un sommeil sans rêves. Mais me voilà déjà à écumer les ruelles de la vieille ville, prêt à piquer sur chaque silhouette solitaire.

VI

Descendre du train à fantômes

Levé avec le cœur et l'esprit légers, la tête claire comme du cristal, Nick se surprend à chantonner *Sea of Love* des Heptones, c'est de bon augure. Il adore cette chanson. Tout va mal, la société étend son contrôle, bousculade et transpiration générale, il gagne chaque jour en vitalité. Il a retrouvé l'éclat et la vibration. La preuve, il danse dans le salon, chaloupe au ralenti, quelques pas de rumba, et il enchaîne avec une séance de shadow boxing, gauche, droite, jab, jab, esquive, crochet. Au fond, il aurait aimé savoir faire des claquettes pour danser sur *Matilda, Matilda* version Robert Mitchum.

Café, cigarettes, bénédiction d'un jour nouveau. Le calme frais et la lumière diffuse de ce matin d'automne le renvoient à d'autres automnes. Au premier partagé avec l'amour de sa vie, sa *princess of cool*. À celui où sa princesse a perdu son *cool*. À celui de la mort de sa mère. De ses obsèques, émotion contenue. À celui où il a mis le point final à ce roman qui l'a expédié dans un caisson d'IRM, persuadé d'un dérèglement cérébral… L'idée de tirer sa révérence en cette saison, le mois de son anniversaire, et durant la pleine lune dite du « chasseur » n'est pas pour lui déplaire. *Come with me my love / To the sea / The sea of love.*

Derniers détails. Derniers points comptables. Ultimes recommandations juridiques. Comptes bancaires anonymes activés. Virements échelonnés. Boîtes postales ouvertes. Mourir demande une organisation insoupçonnée. La mort est sacrément difficile à braquer. Tout doit se passer vite et bien.

Russ s'est invité la veille, la discussion a été plaisante. Son agent est reparti avec la première édition des *Cantos* dédicacée à Ezra Pound par lui-même alors qu'il était interné au Saint Elizabeth's Hospital, avec le manuscrit original de sa préface au *Nightmare Alley*, de William Lindsay Gresham, qui l'a toujours fasciné, et une poignée d'inédits. Des trésors pour lesquels « le pirate des Caraïbes » s'est porté une fois encore acquéreur. Johnny qui, Russ le lui confirme, va enregistrer la version audio de ses derniers livres.

« Nick, es-tu sûr de ce que tu fais ?

— Comme il arrive souvent, le temps passe… Ce n'est pas ce qu'on fait qui nous tue, c'est ce qu'on ne fait pas.

— Tu pourrais attendre que…

— … Celui qui contrôle le tempo contrôle toute chose… Non, aucun retour en arrière n'est possible. Il n'y a pas de bouton Stop ! Et l'assurance annulation n'est pas comprise dans le contrat.

— Pourquoi ne pas simplement repartir à zéro ? Je veux dire, pourquoi ne pas changer d'immeuble, de quartier ? À trois rues d'ici, c'est un autre monde. Anonymat total ! Ou bien partir t'installer au Nouveau-Mexique, au Sri Lanka ?

— Putain, Russ, tu n'y es pas !
— Tu ne crois pas que...
— Il ne s'agit pas de croire. Une vie s'achève, une autre commence. Tu ne saisis pas ce qui se passe au-dehors ? Mieux vaut prendre les ténèbres de vitesse. J'ai foi dans une nouvelle vie, ce qui implique un nouveau monde, une nouvelle personnalité, un autre regard. Ce n'est pas moi qui décide, mon corps m'entraîne. C'est un élan vital. Et puis merde, j'ai besoin de soleil ! De sentir les racines de mes cheveux dans le vent d'été. *O sole mio*...
— Te faire passer pour mort ne fera pas de toi un homme neuf. À Hong Kong, Adélaïde ou Bismarck, quelle que soit ton identité, tu seras toujours et encore le même homme. Ce même esprit dans ce même corps. En résumé : toi, Nick ! On n'échappe pas à soi-même !
— Merde, tu t'es entendu ? "On n'échappe pas à soi-même !" T'as trouvé ça tout seul ou bien tu l'as lu dans le dernier bouquin d'un de tes poulains vendu comme le nouveau Dan Brown ?
— Même passées à l'acide, les lignes de ta main ne dévieront pas.
— L'idéal serait de changer de planète. Plus on reste sur celle-ci, plus on devient inhumain. Je ne t'en ai pas parlé, mais une femme écrit un livre sur cet écrivain dont la cote pourrait monter. Prépare-toi à un pic de ventes ! Elle te contactera en temps voulu. Invite-la à dîner, veux-tu ? T'entendre lui dire que son essai est le plus bel hommage lui fera croiser et décroiser les jambes de bonheur. Écoute, ce que je te demande là ne fait pas de toi un complice. Tu n'as rien à craindre. Alors, fais-toi à cette réalité, répète ta mine défaite, travaille les trémolos dans ta voix. Mais quand tu seras seul, sous le feu d'aucun regard, réjouis-toi, Russ ! Réjouis-toi !
— Je pourrais me demander quelles cendres je vais répandre...
— À quoi bon ? Des cendres, Russ, juste une poignée de cendres tièdes...

— Le truc, c'est que je ne réalise pas ce qui va se passer. Au départ, tout ça sonnait comme un canular.

— Choisir de sauter du train fantôme n'est pas un jeu. D'ailleurs, le calme, la lucidité, la vigueur me gagnent de nouveau. Mon taux de diabète diminue, les médecins ne comprennent pas. J'ai arrêté ma cure de vitamine D. Je m'endors le sourire aux lèvres et me réveille à l'aube avec une trique d'adolescent ! Je suis en train de devenir un putain de dieu ! Mes yeux changent de couleur, mes dents pourraient même repousser.

— Une vraie mutation métabolique !

— Je suis sérieux ! Excepté pour les dents... Écoute, depuis combien de temps ne t'es-tu pas endormi le sourire aux lèvres ?

— Nick, pour espérer...

— Combien de temps, Russ ?

— Je n'en ai aucune idée !

— Le problème, c'est que plus personne ne se pose la question...

— Pour espérer une résurrection, un simulacre ne suffit pas. Il faut réellement claquer, et encore, en théorie, parce que crois-moi, ce n'est pas gagné !

— Tu ne peux pas battre la mort, mais tu peux battre la vie parfois. On passe l'essentiel de notre vie à se reconstituer. Je veux simplement reprendre le récit de ma vie sous une forme qui lui donne sens. Être là à chaque instant. Sentir chaque souffle riche du miracle du souffle. Je veux retrouver la magie.

— Ce n'est pas comme ça que ça marche ! On a beau changer de peau, on reste toujours le même serpent, avec le même ADN !

— Imagine-moi, chaque matin, vivre une vie renouvelée, une paix, un repos renouvelés...

— Transmuté pendant que tu y es ! Merde, tu n'as peur de rien ! Tu te prends pour qui, pour...

— ... Pour quelqu'un qui sait ce qu'il fait. Et détrompe-toi, je connais la peur. Mais j'ai aussi compris que l'absence de peur et la peur sont une seule et même chose. “La peur tue l'esprit et arrête les hommes”, pas cette fois. L'au-delà n'est qu'un grand vide infini et froid, je l'accepte avec la liberté que cette perspective me procure.

— Tu as pensé à tes empreintes ? À tous ces trucs de reconnaissance faciale ou oculaire... La biométrie, Nick ! Comment échapper à ses contrôles ?

— Comme toujours, en souriant ! Tout a été prévu. On est loin du faux passeport, de l'identité de pacotille, je ne pars pas en cavale. Les fichiers et logiciels de l'État seront à jour. Rien ne sera plus officiel.

— On te reconnaîtra, on t'observera avant de t'accoster. “Hey, vous ressemblez à...”

— Les défunts ne sont pas dérangés. De toute façon, qui prête attention à qui ?

— Je me demande ce que tu as bien pu faire pour qu'on te soit ainsi redevable...

— Je n'ai jamais trahi personne, et j'ai tiré des histoires sans jamais donner aucun nom. Alors, disons qu'on me devait une faveur. Et qu'une parole donnée a encore un sens pour certains. J'ai choisi de relancer les dés, de finir en beauté. On m'a dit banco !

— Est-ce que tes *amis* sont sûrs de leur coup ?

— Leurs compétences dans ce domaine ont fait leurs preuves, tu peux le croire. Tu n'as pas idée de leurs pouvoirs. Mais moins tu en sauras...

— Ce tour de prestidigitation doit nécessiter des moyens considérables, j'imagine que...

— ... C'est ça, imagine ! Ce n'est pas avec mes droits d'auteur que j'aurais pu m'offrir ce genre de services. »

Russ a balayé d'un geste de la main ces propos qui le laissent perplexe avant de planter son regard dans celui de Nick.

« Tout ça me semble complètement dingue !

— Le monde entier est dingue, la cervelle lui coule par les trous de nez !

— Dis-moi juste que tu vas continuer à faire ce pour quoi tu es né et cultiver ce don. Et publier de façon " posthume ". Je ferai une annonce : " Les ayants droit de Nick déclarent être en possession de manuscrits inédits dont l'auteur a programmé la publication peu avant de disparaître. " Tu n'auras aucune contrainte, je...

— Ces souffrances ne sont plus les miennes. Tu trouveras d'autres clients plus rentables !

— Je t'en prie Nick, ne dis pas ça !

— Nick n'a plus rien à faire dans ce business... Il est temps d'abandonner cette prostitution.

— De quoi tu parles ?

— De quoi je parle ? Putain, tu n'as aucune idée de quoi je parle ?

— Ton dernier livre a été magnifiquement reçu...

— ... Tu n'y crois pas toi-même ! Tu sais que mes livres sont plus importants pour moi que pour ceux qui décident de leur sort, et qu'il m'incombe de les défendre corps et âme.

— Mais...

— ... Et qu'ils seront toujours moins précieux pour la plupart qu'une merde lâchée par un de ces caniches toilettés qu'ils qualifient d'écrivain. Moins promus qu'une fable écolo-féministe écrite à l'encre de chatte qui, elle, a des chances de figurer sur la liste des meilleures ventes... Va faire un tour chez Barnes & Noble, tu y verras toutes ces daubes en plus des " Comment faire ". *Comment devenir riche*, *Comment trouver la paix intérieure*. Le pire est que personne n'a jamais pensé à pondre un truc de ce genre de manière honnête, *J'emmerde la modération* ou *Je chie sur le boulot et l'enrichissement parce qu'on me prendra tout à la fin*. Mais, non, l'ersatz, le zircon jusqu'au bout ! Fugazi ! Oublie ! Pourquoi me soucier encore de ce que lisent les Américains, des gens qui pensent que leurs mères ne se sont jamais fait tringler ? Que ce qu'ils voient à la télé est la réalité ? Et qui placent Ed Sheeran en haut des charts ? Cette médiocrité m'effraie, me tue. Je voudrais la tenir à distance, même si elle déborde de partout. J'ouvre un journal, j'entends les gens parler autour de moi, et elle me saute aux yeux. Rien ne les étonne, aucune lueur, aucun reflet ne les touche. Ruminer, j'en ai ma claque !

— Tu penses...

— ... Ce que je pense t'est étranger, c'est pourquoi je vais te le dire. C'est que la plus grande poésie ne se paie pas de mots. Que les poètes qui ont été touchés par cette vérité sont les plus importants. Tolstoï. Rimbaud. Pound. Beckett... Tous se sont tournés vers le silence, ou plutôt le silence les a *choisis*. Les vrais maîtres sont ceux qui abandonnent leur vocation.

— Mais Nick...

— ... Vivre est un don magnifique, écrire sur la vie une basse besogne. La connerie ou la vanité de chercher à dire ce qui ne peut être dit mène au fiasco. Pourquoi s'obstiner ? Plus personne n'est prêt à écouter, il n'y a plus personne au bout du fil. On est entrés dans une ère post-littéraire comme l'Égypte ancienne, où seuls les grands prêtres savent encore lire. Il n'y a qu'à voir les livres mis en avant et qui se vendent, aussi stérilisés que du lait maternisé. On devrait pouvoir se venger de tels produits, s'en prendre physiquement à leurs auteurs. « Ainsi parce que tu es tiède, je te vomirai de ma bouche ! » Ces gens qui refourguent leur camelote pensent être des super stars de la littérature sans se douter une seconde qu'ils ne sont qu'un chiffre dans un système comptable informatisé, et qu'ils entretiennent un commerce aussi sale que tout le reste... La meilleure chose à faire est de sortir de ce cloaque...

— Et que dirais-tu d'un contrat de cent mille dollars pour un roman ?

— Net d'impôts ?

— Là, ça fait presque deux cent mille ! Mais pour ton autobiographie, c'est à voir ! Où en es-tu à ce sujet ?

— Très loin de l'avoir terminée. De toute façon, à quoi bon révéler une vie secrète que tes avocats seraient prompts à censurer ? Il est temps d'arrêter le music-hall ! Ne te fatigue pas. Je ne suis pas une âme à prendre. Je me suis habitué à sortir ma " carte senior " et j'aime bien chaparder. Être admiré ne rapporte rien. Et je ne veux pas avoir de comptes à rendre à ces gros culs d'illettrés qui préfèrent promouvoir des livres du genre *Réussir son porridge bioéquitable* ou *Comment vous décoincer de la raie en treize leçons*. Je pense chaque mot que je prononce... À ce propos, tu devrais songer à perdre un peu de gras...

— J'ai pris du bide, je sais... Natacha me l'a fait remarquer...

— Je ne parle pas de ce gras-là !

— Mais...

— Tu ferais bien de te réinventer un peu !

— Et qu'est-ce que tu vas faire si tu n'écris plus ?

— Je ne demande pas grand-chose à l'univers... Peut-être qu'il me suffirait d'observer ce que le monde est en état d'offrir... Contempler le ciel, apprendre à lire la météo dans les nuages, déchiffrer les constellations ou bien la société des fourmis... Dormir à poings fermés. Écouter le doux bruit qu'on fait en applaudissant d'une seule main... Toucher une peau à nouveau... Les types comme moi n'ont pas souvent droit à une fin heureuse. Je sais apprécier les bonheurs éphémères. »

Nick se garde bien d'évoquer des contacts pris à Londres et Palerme avec des bibliothécaires spécialisés chargés de lui communiquer le maximum d'informations concernant un certain Francesco Degli Stabili, mieux connu sous le nom de Cecco d'Ascoli.

« Je vois... Observer le monde, c'est bien... Un temps seulement !

— Jusqu'à éveiller quelque chose en moi, quelque chose

que je voudrais porter à la lumière. Y renoncer alors serait comme mettre un fauve en cage, le priver du ciel. Je ne me priverais pas de ce ciel. J'ai peut-être encore quelques flèches dans le carquois, qui sait? C'est un mystère que je compte éclaircir… Pourquoi évoquer l'avenir? Je serai poussé à écrire d'autres œuvres ou pas. Je n'ai pas les cartes en main. Si c'est la fin, ce sera la fin. Dans ce cas, je l'accepterai calmement. Écrire des poèmes, c'est autre chose. Lire Olson m'apporte une grande joie.

— Nick, un recueil de poèmes, si beau soit-il, ne paierait pas la paire de chaussettes que tu portes.

— Et trouver un petit éditeur indépendant, italien ou français, qui lirait mes livres avec soin, avec autant de soin que j'ai mis à les écrire. Qui comprendrait qu'ils sont l'expression de mon être, et qui les aimerait presque autant que moi. Quelqu'un qui n'aurait pas peur qu'on lui intente un procès, qui agirait selon son gré, et ne craindrait pas de rembarrer les "commerciaux". Avec leur "ciblage de lectorat" et leurs "prévisions de ventes", ils peuvent se la carrer bien profond. Quelqu'un qui n'aurait pas à se mettre à genoux devant le Moloch pour survivre. Publier sous pseudonyme, sans enjeux, sans argent… Devenir mon propre *ghostwriter*. Samuel Johnson avait raison quand il a dit qu'aucun homme, sauf un imbécile, n'a jamais écrit que pour l'argent… J'ai souvent été cet imbécile, ou pire. Mais dans la vie, les meilleures choses sont parfois gratuites.

— Écoute, prends ton temps, "meurs et deviens", vis d'une vie éternelle. D'ici là, c'est promis, plus de Nick, si c'est ce que tu souhaites. Mais je ne t'ai jamais connu plus heureux que plongé à fond dans un projet. Là est ton exorcisme, ta libération, ton salut, ta vie divine, ton éternel retour, enfin tout ce que tu veux… Et s'il te plaît, oublie ces conneries d'éditeur italien! J'attendrai un fichier, une enveloppe, je reconnaîtrai ton écriture. Tu pars quand?

— Bientôt... Et sans regrets ! Ou alors un seul ! Celui de ne pas être né riche plutôt que beau mec !

— Et bien sûr, tu ne peux pas me dire où tu vas... Sur Mars ?

— Là où vont les cendres... »

Nick indique le vieux calendrier fixé au mur.

« Tu l'as toujours aimé, non ?

— Les vues d'une église sponsorisée par des pompes funèbres, il fallait y penser !

— Notre-Dame de Pompéi... Il est à toi !

— Que vas-tu faire d'ici ton... disons... ta disparition ?

— Je te laisse ma carte.

— Ta carte ? »

NO ADDRESS	NO PHONE
RETIRED	
NO BUSINESS	NO MONEY

À travers les sphères

Après quelques coups de téléphone fastidieux, Nick éprouve le besoin de vérifier son regain de force musculaire, son endurance cardio, à cette fin, il se rend à la boutique Zimmerli sur Houston St. Un peu d'exercice avant le vol long-courrier qui l'attend. Dehors, la folie se déchaîne. Mines tirées. Abrutissement général. Nausée. Il prend son temps, sourit, sifflote. Il se trouvait à la campagne il y a quelques jours encore, dans le Vermont, loin de cet univers. Il s'est promené dans les bois avec les chiens, il s'est assis sur un tronc d'arbre, a fumé dans l'air transparent et suivi le tourbillon des feuilles d'érable dans le jaune profond du soleil, il a écouté le blues qu'il aime,

Sister Morphine et d'autres perles jouées spécialement par leur créateur, un Keith survolté qui n'en finissait pas de se marrer, c'était bon. Nick lui a raconté ses quinze ans, ce qu'a été pour lui d'entendre *Satisfaction* pour la première fois. Rien de moins qu'une épiphanie. C'était l'été 1965 à Jersey City. Il n'avait encore jamais baisé. Après ça, les choses allaient changer. Avec ses copains, ils fumaient des clopes à deux balles auxquelles ils ajoutaient une dent de peigne en plastique bon marché histoire de rendre l'affaire un peu plus toxique. La petite bande sniffait de la colle, beaucoup de colle, et du Ronsonol aussi, et passait son temps près de la boutique de spiritueux Finn's Liquor, acheter ou voler de l'alcool, gin ou autre chose, était facile. Se saouler, se défoncer, suffisait à la plupart d'entre eux, mais Nick voulait plus. Il y avait en lui une soif qui ne le laissait pas en paix, un manque que ni les vapeurs de Ronsonol ni les jambes sublimes de Barbara Mason ne comblaient tout à fait. Le rock'n'roll s'adressait directement à son malaise. La déflagration est venue du transistor radio qui ne les quittait pas. Elle allait leur donner le courage et l'insolence, les libérer de leurs frustrations, bref, leur bite allait enfin servir à autre chose qu'à décapsuler des bières. *Satisfaction* a sonné l'heure de la délivrance. *Satisfaction* est devenue son hymne. Et ses paroles, les premières lignes de sa Constitution. Aucun autre son n'avait fait bouillonner son sang ainsi. Ce morceau lui donnait foi dans le rock'n'roll et lui prodiguait la confiance qui lui manquait, une impulsion jamais ressentie. 1965, l'été de sa première arrestation. Quand l'année suivante a surgi *Have You Seen Your Mother, Baby, Standing in the Shadow*, exaltés par sa dissonance apocalyptique et défoncés à la Dexedrine, ils chassaient les filles, la nuit, dans les rues froides de Hoboken. Plus tard, *Honky Tonk Women* a jailli d'un juke-box pour devenir sa chanson préférée. Plus tard encore, il vivait à Tampa avec son ami Charlie et venait de se faire virer du *TV Weekly*, le magazine télé du coin où il était rédacteur, au motif qu'il fomentait des « actes sournois », notamment l'interview exclusive de Joan Blondell, star de l'époque, qui avouait avoir cuisiné et mangé sa petite sœur de trois ans : « Ça avait le goût de la blanquette de veau que j'adore. » Qui était *dérangé* dans l'affaire ? Puis, il y a eu les fesses d'une stripteaseuse dont il tombe complètement dingue dans un bar topless d'Orlando, le Crazy Horse. Cette fille, il la regardait parader à poil toute la journée. Il la photographiait rubans sur les cuisses. — Mets-les-moi plus haut ! Et un jour les rubans affriolants ont disparu avec elle, changement de direction, elle s'était mis en tête de devenir avocate. Bref, six mois plus tard, il s'était lancé dans la vente de crabes et de Budweiser volée du côté de Marathon Key quand *Sympathy for the Devil* a jailli des ténèbres... Les choses n'ont fait qu'empirer, et les Stones jouaient toujours la bande originale de sa vie. Keith se poilait, ou bien était pris de quintes de toux, on ne sait jamais bien avec lui. Ils se sont rappelé leur première rencontre, quarante ans plus tôt, lors d'une fête organisée par Atlantic Records, où ils s'étaient retrouvés à pisser ensemble dans les chiottes du Four Seasons tout en devisant sur le fait qu'au XXe siècle, il y a eu plus de philosophie dans le rock que dans tout ce qui a porté le nom de philosophie. Que *Great Balls of Fire* et *My Soul* de Little Richard vous renvoient plus directement à l'essence de l'âme humaine dans sa vérité incendiaire. Pour l'occasion, le *human riff* a ouvert quelques grands crus dont Nick a humé les entrailles. C'était l'automne, la nuit était rafraîchie, et c'était une bonne sensation sur la peau. À l'aube, ils se sont dit au revoir, sûrs de se croiser bientôt à travers les sphères. Certains attendent toute leur vie que cette grâce se manifeste en eux.

La qualité des matières proposées par le vendeur est un réconfort, enfin des sous-vêtements dignes de ce nom. Nick ne lésine pas. Débardeurs en tissu côtelé Richelieu, caleçons en coton premium de la Barbade, chaussettes de cachemire, pyjama long en coton Sea Island bleu nuit des plus légers, ces Suisses savent faire parfois. C'est parce qu'il est atteint dans son corps qu'il doit lutter avec une vigilance particulière contre le laisser-aller, s'efforcer de maîtriser certains points quand d'autres lui échappent, exalter ce qu'il y a de sain en lui pour balancer ce qu'il y a de pourri. Son seul luxe : l'intensité. Et il n'a pas oublié la formule que son père balançait aux habitués pour annoncer la fermeture du bar familial. — Hey les mecs, vous avez refait le monde, il est temps d'aller changer de caleçons !

Respirer par les talons

Reste le problème des mocassins en peau de léopard. Il les porte depuis trente ans, et ils ont fini par lui ressembler, ou bien est-ce lui ? Il se permet d'envoyer la photo de ces reliques à la presse quand on lui demande un portrait – les mecs croient à une plaisanterie alors que ces pompes le définissent et le représentent mieux que n'importe quoi d'autre. Et s'il n'a pas exactement passé six ans à les fabriquer lui-même afin d'en faire les seules chaussures illégales du pays comme il l'a raconté, mais plutôt trouvées dans cette boutique, en bas de la ville, Bottega Veneta, qu'est-ce que ça change ? Rien. Démonstration. On lui a récemment proposé d'en signer les semelles et de les lui racheter à prix d'or. Pas question. Il a proposé son calcif pour la moitié. Tout abandonner, il est prêt, mais ces chaussures portées ici, en toutes saisons, de toutes ses aventures... Embrassées, caressées par... allez expliquer qu'avec elles, il a appris à respirer par les talons, à la chinoise ! Après réflexion, il a décidé de les léguer. Johnny les recevra et pourra les transmettre à Jack, son fils, dont il est le parrain. À qui d'autre ?

Libère la vérité, et elle te libérera !

Un peu plus tard, au croisement de Bowery, il commande un café au Forsythia et s'assied sur un banc. Il a retrouvé son allant. Trois kilomètres, et pas un battement de cœur de travers. Il fume une de ces Parliament à filtre encastré, « Seul le goût touche vos lèvres ! », il observe, écoute, savoure. Une nuée de scènes vécues ici déferlent soudain. En chemin, il est passé devant la salle de réunion des Alcooliques anonymes qu'il a fréquentés à différentes périodes. Des visages lui apparaissent, des prénoms, et avec eux leurs histoires et toute leur merde.

« Pourrais-tu te présenter ?

— Je m'appelle Nick, je suis toxicomane, alcoolique... Et on est loin du compte ! Mon addiction fondamentale ? Les vertiges. Je suis “ vertigo-dépendant ”.

— Ton premier shoot ?

— Ça m'a effrayé. J'ai voulu appeler les secours, être mis sous respirateur artificiel, boire du jus de pomme. Après le deuxième, c'est devenu mon seul objectif. Vivre ces deux secondes de néant. Sentir la respiration qui ralentit. Expulser tout son oxygène. Tout se fige. Le cœur, les poumons. Et enfin le cerveau. Les sensations, les désirs, tout ce qu'on veut oublier est englouti. Et tout d'un coup, on respire à nouveau. On revit. La came, c'est cool ! Enfin, avant qu'elle ne te bousille le cerveau. La peau. La vie. Là, ça devient moins cool. Tu pues la came. Ton sperme pue la came. Les nanas n'aiment pas. Le créneau cool est plutôt bref. L'héroïne est la salope la plus séductrice qui existe. Sa chatte vous fait toujours de l'œil, et ses jambes à l'épilation parfaite sont infinies. J'ai adoré prendre cette merde. »

Et cette fois où il a failli mourir. Le pire delirium tremens qu'il ait traversé. Couché dans le sang, le vomi, la pisse. Changé en cafard rampant. Sauvé in extremis par une infirmière qui passait par là et qui l'envoya direct à Saint-Vincent où il survécut contre le pronostic des médecins. Quel temps perdu. Les convalescences. Les rendez-vous auprès de spécialistes. Les discussions ahurissantes. Les nuits passées au poste de police. En centre de détention. À se vider dans le caniveau parmi les détritus, noyé dans les eaux sales. Combien de black-out, de comas, de réveils aux urgences ? Amnésique. Paraplégique. Merdeux. Combien de mises en garde – la prochaine fois sera la dernière ! – aussitôt balayées par le vent de la nuit, son déluge d'alcool, de vomi, et de sang. Quel fric foutu en l'air. Boire. Arrêter de boire. Boire à nouveau. Et retour chez les A.A. où son parrain lui lance, tu es un « jamais », comme dans « jamais ne se livrera complètement à ce programme ». Bien vu ! Toute cette énergie perdue. Et c'est reparti. Taux de transaminases à 300. Près de dix fois la normale. Nouvelle cure de désintox : votre assurance ne couvre pas ce genre de frais ! Direction High Watch Farm. Marworth. Brattleboro Retreat. Silver Hill... « Nous sommes impuissants devant l'alcool / Nous avons perdu la maîtrise de notre vie. »

Silver Hill, New Canaan, Connecticut. Il y est arrivé un soir de printemps. L'établissement, une ancienne propriété reconvertie en centre de soins, se détachait entre le ciel d'un bleu intense et le vert vivace de la forêt alentour. Il a tout de suite aimé le site ; le règlement et le personnel, un peu moins. La musique, supposée empêcher le patient de se concentrer sur son rétablissement, étant interdite, le temps du trajet en voiture depuis New York, il avait écouté *Les Pins de Rome* de Respighi en boucle et à fort volume pour s'en imprégner. La musique de son âme. Il a oublié le détail de ces trois semaines passées sur place entre ateliers et thérapie de groupe. Il n'était pas dans les petits papiers des employés, son ironie ravageuse n'était pas bien reçue. Durant les conférences, les cours, il lisait en douce les *Métamorphoses* d'Ovide qu'il avait recouvert de la jaquette du Gros Livre, la bible des A.A. Le mot d'ordre, « Chaque jour doit ressembler au précédent », ne collait pas à sa philosophie. Pas plus que la tronche des mecs avec qui on l'obligeait à endurer ces journées. Après qu'un pharmacien lui a raconté qu'une petite dose d'alcool suffisait pour se défoncer à condition de se l'injecter, il s'est dit que tout n'était pas perdu, que le fond qu'il avait touché, d'autres mourraient sans jamais le fouler. Il était sorti de ce centre dans un état lamentable, affaibli, mais sobre. Elaine l'attendait au volant de son antique Jaguar, la musique de Respighi éclatait dans l'habitacle. Elaine. Valerie. Ava. Mia. Charlotte. Abby. Cassie. Maud. — Béni soit votre cœur ! Et que tous les thérapeutes et addictologues croisés un jour aillent se faire mettre ! Il a rempli leurs questionnaires stupides censés déterminer s'il était toxico et alcoolique. Comme s'il l'ignorait ! Devait-il cocher la case « vagues croyances religieuses » ? Putain, qu'on réponde oui ou non, on a forcément tout faux. Tout ça pour se voir pousser dans le labyrinthe des douze étapes. — Vous noyez vos démons dans l'alcool ? — Si vous voulez, mais disons qu'avec le temps, ils ont appris à nager ! Il a expérimenté les saloperies chimiques des psychopharmacologues, leurs pilules aux effets trompeurs. Arrêter de boire n'est pas une simple question de spiritualité, de vertu morale et de volonté. Le Baclofène le prouve aujourd'hui. Autre chose. S'il a failli le tuer, l'alcool lui a aussi permis de se sentir mieux, de survivre. Sans lui, il serait peut-être mort ou sous camisole. « Nous buvons / Ou ouvrons nos veines / Seulement pour savoir », Olson a fixé la formule. Jim Morrison est mort par un froid juillet, à Paris, en 1971, à vingt-huit ans. Gene Vincent est mort la même année, même ville, à trente-six ans... Il se souvient, âgé de vingt-quatre, vingt-cinq ans, avoir demandé à un Dieu auquel il ne croyait pas de le laisser vivre au moins jusqu'à ses trente ans. Et le voici. Surpris de respirer encore.

Saison de la mort après saison de la mort, tous ceux qui partageaient sa sensibilité et sa vie ont disparu, le laissant sans amis, sans parents, survivant solitaire, ou moins glamour, un vestige dans les ténèbres. Comment peut-il être en vie ? « Si vous faites advenir ce qui est à l'intérieur de vous, ce que vous ferez advenir vous sauvera. Si vous ne faites pas advenir ce qui est à l'intérieur de vous, ce que vous ne ferez pas advenir vous tuera. » Avoir fait siennes et vécu selon le principe de ces antiques paroles coptes de l'Évangile de Thomas a été sa planche de salut. Si tu n'y es pas prêt, aucun sevrage, aucune psychothérapie, aucune cure chimique ne t'aidera. Plutôt que de t'injecter le mensonge et l'oubli, de les sniffer, de les boire, libère la vérité, et elle te libérera !

Russ a peut-être vu juste sur un point. S'il n'a jamais été consciemment heureux du temps passé à frapper à deux doigts sur une machine au ruban récalcitrant, jamais il n'a bu une goutte alors qu'il crachait sa vérité et faisait vibrer les murs. Occupé à faire advenir ce qui était à l'intérieur de lui, il a oublié de manger, de prendre ses médicaments, il n'a jamais entendu sonner le téléphone ni vu tomber la nuit.

Les étoiles et le caniveau

Que fait-il sur le trottoir d'en face, un sac sur le dos, le sourire aux lèvres, défoncé sans doute. Son grand retour à New York après Nashville. Printemps 1978. Sa procédure de divorce est enclenchée. Il est libre à nouveau, et décidé à ne plus jamais être obligé de partager son lit. Flemmarder, lire Pindare, les lettres pornographiques de Joyce à sa femme Nora, regarder par la fenêtre tant qu'il voudra, fumer... Être seul, être accompagné, mais que la décision lui revienne. Il ne s'est pas attardé à la sortie du tribunal. Sunny était si belle. À peine s'il a pu la regarder dans les yeux. Le temps d'une cigarette, il l'a vue disparaître et emporter avec elle sa joie, sa faiblesse, son calme et sa fièvre alors que ses cheveux prenaient feu dans le soleil oblique de onze heures.

Nick file vers son nouveau point de chute sur Commerce St. *Creem* lui a passé commande d'un article. En chemin, il appelle Patti Smith d'un point-phone. La messie rock est en tournée. Cette ville lui plaît. Lui ressemble. Il en connaît les impasses, les issues, les pièges et les éclats. Ici, on rate toujours une occasion. Une rencontre. Un pari. Les possibilités sont infinies. Chaque matin on rejoue, on remet le jour et la nuit en jeu. Il est prêt à danser sur le fil du rasoir, et ses amis l'attendent. C'est le temps où Thelonious Monk envoie ses étranges progressions d'accords dans la stratosphère, où Dean Martin, de retour avec *Once in a While*, prouve qu'il est toujours *il padrone*. Où dans Little Italy, il retrouve la langue de son enfance, des vieux Genevese ou Gambino se souviennent de lui. Il parle leur *baccaghiu*, dialecte connu des seuls initiés. Gamin, après l'école, il garait leur Pontiac sur Kenmare St, allait leur acheter des cigarettes, c'étaient de vraies responsabilités, on lui faisait confiance, il gardait la monnaie. Il existait autrefois des liens qui rapprochent une petite communauté, la mafia exerçait ici une bonne influence. Si certains de ses représentants étaient dangereux, d'autres protégeaient mieux que les flics. Leur sens moral était plus affûté que celui du monde de la finance et de la politique où l'on n'hésite pas à déguiser sa mère en poulet pour la vendre au poids. Plus tard, il a rendu d'autres services. La monnaie n'était plus la même. Comme lui répétait son ami Bobby Tedesco, « Il n'y a que deux espèces de gens au monde : les Italiens, et ceux qui voudraient l'être ».

Il passe sa première nuit, suivie de quelques autres, sur le plancher d'un appartement vide, chaussures en guise d'oreiller. Sa priorité, trouver un électrophone. Il sait où trouver les vinyles magiques et bon marché qui vont foutre le feu à sa pièce. Tout comme les livres de poche. Il l'ignore, mais il va vivre là ses vingt-cinq prochaines années. Renverser les tiroirs à double-fond de la culture américaine. Révéler l'envers du décor et dépecer les mythes. Écrire une pile de livres vertigineux, obsessionnels, à la prose purpurine qui reflète à la fois les étoiles et le caniveau. Romans, essais doublés d'une lettre piégée destinée à « mettre en pièces le visage et les mains de ce qu'on appelle l'Histoire et de ce qu'on appelle la culture ». Il va hanter cette ville autant qu'elle va le hanter.

Patti a fini par répondre. C'est OK pour l'article. — Tu me connais assez bien pour te débrouiller tout seul ! Nick fait ça à sa façon. La presse musicale en redemande. Debbie Harry lui confie sa méthode pour s'épiler les jambes, cette douleur lui plaît, dit-elle. Jerry Lee Lewis lui assure que l'enfer les guette et que le semblant de sourire qu'ils affichent sera bientôt effacé par les flammes.

Le matin, installé à la bibliothèque publique, il lit, se documente, prend des notes. Il approfondit son sens de l'enquête, découvre « la sainteté de l'infime détail ». La voix encore chaude des Anciens couvre la fine rumeur de la Rose Main Reading Room. Encyclopédies, dictionnaires, il se faufile dans le grec et le latin, décrypte les messages de Parménide, d'Héraclite, d'Anaximandre, leur ponctuation interne affine ses perceptions, modifie l'espace et le grain du temps. Rayon biblique et théologique, rayon gnostique, rayon ésotérique, rayon philosophie chinoise, il consulte leurs volumes non seulement pour apprendre, mais pour vivre.

Après une pause café et cigarette au grand air de Bryant Park, tout près, ses notes s'épaississent. Il cherche ses propres phrases. Sa main tremble à cause des excès de la nuit, Joan et scotch à trop fortes doses.

La magie toujours présente

Il est temps de prendre la direction du Whole Foods Market, temple de l'alimentation à la mode, et terrain de jeu impayable. Tout y est hors de prix, et observer les bobos se faire abuser le sourire aux lèvres est une attraction, ils en redemandent. Le bio, l'équitable, le raisonné du rayon italien, c'est quelque chose. L'arnaque suprême. Simili parmesan, ersatz de charcuterie, le tout à trois fois le prix du produit original. Pas une application sur leur smartphone pour leur signaler que la mozzarella originale est faite de lait de bufflonne, et que la boule de lait de vache gélifié nutriscore A qu'ils casquent une fortune ne vaut pas la merde d'un Sicilien. Poulets fermiers bio, pailles en bambou, bon pour leur santé, bon pour la planète. À fond dans le film. Le système marchand l'a compris, l'espèce humaine est indéfiniment influençable. La fine fleur new-yorkaise, la même qu'à Shanghai, Paris, Londres, Dubaï – il l'a vérifié sur place, l'immondialisation est parachevée – poursuivra, écoanxieuse, par un cours de Pilates en plein air sur la pelouse entretenue de Central Park ou de Battery Park, photos, réseaux, conso, avant de rentrer chez elle et, malade d'elle-même, rejouera sa vie sur fond d'insomnie. Comment peut-on demander à ce qui nous tue de nous sauver ? New York City occupe le cinquième rang des villes les plus polluées au monde. Une île d'âmes mortes. La nature lui dégueule dessus.

Son plaisir, déambuler entre les rayons alimentation, diététique, cosmétologie, développement personnel, des condensés de dérives et névroses occidentales, et faucher ce qu'il peut. Une habitude conservée de son enfance. Réflexe de survie. Coup de contre-folie. Ses cinq premiers livres ont été écrits sur une machine dérobée de nuit dans un bureau d'assurance. Copeaux de truffe blanche d'Alba, parfaits pour ses œufs brouillés (quarante dollars), crème de jour à la rose conçue selon les préceptes de l'anthroposophie (cent vingt-cinq dollars), complexe vitaminé à base d'algues de Klamath (quatre-vingt-six dollars), gélules d'acides aminés régénératrices de cellules, pile-poil ce qu'il lui faut (soixante-quinze dollars)... Il participe à la prospérité de la chaîne en lâchant sept dollars cinquante pour cent grammes d'un café éthiopien acceptable. Placées en évidence devant les caisses, des urnes à l'effigie d'associations militantes invitent à soutenir leur cause, « Stop à la déforestation ! », « Stop aux violences faites aux femmes », « SOS migrants ! ». Nick glisse un dollar sous l'étiquette « Stop à la solitude animale ! Ils sont seuls, aidez-les ! ». Les caissières arborent un tee-shirt « To bio or not to bio ! ». La plus gracieuse d'entre elles, Samantha, selon son badge, avive les paroles d'une ritournelle écrite il y a longtemps déjà :

« *Les vivantes, les mortes,*
ou celles qu'on attache au lit,
les filles y a que ça de vrai,
oh baby, yeah tu me plais ! »

— Gardez la monnaie !

L'heure est venue d'un dernier repas chez Da Silvano. Heure habituelle. Table habituelle. La routine permet de maîtriser le chaos et les distractions. Toujours bien reçu, il n'a jamais passé là que de bons moments. Et s'il n'a jamais été pris de l'envie de tuer quand arrive l'addition, c'est qu'on lui sert le plat réservé au personnel plutôt que la cuisine sophistiquée au prix gonflé à bloc comme cet oignon Walla Walla rôti et surmonté de cinq grains de caviar de bélouga dont se régalent les *cafoni*, blaireaux aux portefeuilles bien garnis. Même chose pour le vin quand il en buvait. La salle se remplit, le couvert face à lui est aussitôt débarrassé. Sans dire un mot, un des serveurs aux cheveux sombres et tablier blanc lui apporte l'osso buco du jour, une demi-Ferrarelle.

Le rayon de soleil qui traverse la vitrine change son verre en Graal, il en rirait presque. La magie, toujours présente, par beau ou mauvais temps, même dans ses pires revers.

La question de sa future identité a été posée. Nick a d'abord pensé en changer. Les Chinois du Moyen Âge se rebaptisaient à chaque étape de leur vie. Dans certaines peuplades d'Afrique noire, au terme d'une initiation, l'initié se voyait attribuer un nom nouveau, il était devenu quelqu'un d'autre. De la branlette tout ça. Le vrai secret n'a pas besoin de vigilance. Il a assez vécu pour savoir que personne ne s'intéresse à personne. Inutile de se cacher pour être caché. À de rares exceptions, ceux qui l'ont croisé, rencontré, ne l'ont jamais vu. Bordel, est-ce qu'un boson gravitationnel a besoin de se planquer ? Reprendre le nom de ses aïeux, son orthographe originelle, suffira. Son passeport est prêt. Son avion est réservé. Son bagage est léger. Il a mémorisé les codes, et ses contacts sont sûrs. Une fois débarqué… La suite lui appartient.

À la date prévue, un coup de téléphone, et l'ambulance arrivera sirène hurlante. Deux descendants de Ritals pur jus le prendront en charge.

Respecter le plan.

Anticiper.

Ne pas improviser.

Simple.

VII

Cesser de guetter, d'attendre

M'accrocher à mon travail. Vivre plus ou moins dans le tempo de ce que j'écris est tout ce qu'il me reste à faire. J'ai perdu le fil du temps, les semaines ont filé depuis mon arrivée. Un léger courant brasse l'eau grise de la rivière qui découpe la ville. J'ai limité mes sorties, réduit leur périmètre. J'ai cessé de marmonner en marchant. Cessé de guetter, d'attendre. J'ai rangé les livres inutiles dans un carton relégué sous le lit. J'ai balancé des pages de notes à la poubelle. Fait disparaître les traces. J'ai évité le Cavour. L'image du type se tenant là comme s'il n'y avait personne autour de lui a perdu de sa netteté, de sa consistance. Je n'ai pas répondu aux messages de l'amie imaginaire si bien disposée à l'écoute de mon histoire. Mon silence à son sujet l'efface peu à peu de ma mémoire. Je m'en amuserais presque. Une pharmacienne de la rue Longhi a soulagé mon système nerveux échauffé par toutes ces divagations. Le sommeil m'est revenu peu à peu. Veiller à ne rien rechercher d'autre que ce qui s'offre dans l'instant réclame un effort.

Un changement brusque de la météo, la percée de l'automne apportant de fines pluies, a modifié l'atmosphère. La ville prend d'autres tons et nuances que j'observe en chemin vers la piste d'athlétisme, et au retour encore.

Quand, un jour, le bus censé me déposer près de la Chartreuse dans le quartier San Lazzaro a pris une tout autre direction, je n'ai pas réagi. L'excursion à travers des zones périphériques avait son charme. Depuis, monter sans me soucier de l'itinéraire est devenu une récréation. Quelle que soit la destination, les découvertes sont assurées. La dernière fois, sur la route de Monticelli, j'ai reconnu la ferme et le campanile du hameau où ont été tournées des scènes du film *Novecento, 1900.* J'ai alors revu Bertolucci qui sillonnait la place Garibaldi autrefois. Coiffé d'un panama blanc, il était suivi d'une équipe de télévision, sa voix portait jusque sous les arcades. Le bonheur présent communique très vite avec le bonheur passé. Terminus de la ligne. Le chauffeur se gare, puis descend fumer une cigarette. On échange trois mots. Un quart d'heure plus tard, le moteur ronfle à nouveau. Retour vers le centre. C'est par hasard que j'aperçois la chartreuse, enfin ce qu'elle est devenue, une école de formation de la police pénitentiaire. Stendhal, dont la devise SFCDT – Se Foutre Carrément De Tout – résonne soudain, en aurait tout de même mal au ventre.

Parfois mon regard est happé par le paysage, parfois par les gens. Plaisir pur de l'attention. Par instants, la lumière qui tombe sur la plaine et le sentiment de mon existence ne font qu'un. Ici, les vieilles dames courbent leur ticket avant de le glisser entre leur alliance et leur annulaire décharné, les *vecchio* le placent sous le bracelet de leur montre. Certains l'ont ramassé par terre à l'instant de monter, histoire de rouler les contrôleurs. Je ne suis pas rassasié de cette ville où il m'arrive de revenir vers des endroits traversés avec inattention. Je pourrais reprendre cette exploration chaque jour sans me lasser. Et au retour, le soir, tenir la chronique secrète de la ville. La pharmacienne, Nina, m'assure qu'un bus étend son circuit jusqu'à Reggio Emilia, à quarante kilomètres.

L'appartement que j'occupe est agréable, je pourrais y vivre. Je croise Zelda de temps à autre, toujours par hasard. Elle a frappé à ma porte un soir. — Je passais dans le coin ! On se connaît à peine. Très peu de questions, aucune explication. Elle m'a invité à une soirée chez des amis. Son père apprécie l'écrivain dont je lui ai parlé, m'a-t-elle dit, je devrais le rencontrer. Je n'ai pas relevé. Elle m'a donné la date, l'heure et l'adresse. On a écouté Bohren & der Club of Gore, puis Art Pepper dont je lui ai raconté la vie effrénée – comment il volait des outils sur les chantiers pour payer sa came, et que son rituel, avant les concerts, était de chauffer l'anche de son saxo contre le cul de sa femme – et on a bu un verre de vin en contemplant la piazza à peine éclairée. — Je me suis renseignée à ton sujet ! Là encore je n'ai rien dit. Zelda a pris des photos du baptistère qui penchait sous le ciel bleu nuit, puis de ma table de travail couverte de documents et de livres comme si c'était intéressant. Attendue pour aller au cinéma, elle a disparu comme elle était arrivée.

Rues, boutiques, silhouettes me deviennent chaque jour plus familières. Hors week-ends, je ne fréquente personne. Les quelques échanges avec les garçons de café, employés de trattoria, vendeurs de marchés me satisfont. J'ai maintenant pour habitude de prendre un expresso à la terrasse du San Pietro, de jeter un œil sur la presse locale avant de rentrer autopsier mon pianiste. J'espère garder les rênes de ce livre en main et, en même temps, parvenir à le faire résonner comme s'il était un accident, ou presque.

Je me couche tôt. Au réveil, splendeur du Dôme sur fond musical. Plus apaisant qu'une séance de yoga. Café, course, travail, promenade balisent mes journées. Ces derniers jours ont apporté un ciel couvert et venteux. Les couleurs s'estompent dans un sépia hivernal. Habitué de l'été, de la pierre et du ciel chauffés à blanc, je me fais à cette fraîcheur venue du nord, à la tombée accélérée de la nuit.

Faites que ça s'arrête !

Une affiche scotchée à la porte d'une boutique m'a informé qu'un écrivain français « numéro 4 des ventes en Italie » était l'invité exceptionnel de la librairie Fiaccadori. Déterminé à ne pas y remettre les pieds, j'ai finalement décidé d'assister à la rencontre. La discussion était engagée entre l'écrivain et un jeune homme. Emmanuel Carrère, une bouteille d'eau à la main, semblait tendu. L'assistance clairsemée n'a rien à voir avec la foule de lecteurs qui se bousculent lors de ses interventions à Paris. Je suis resté debout, en retrait au niveau de la porte de sortie. Les questions fouillées lui parvenaient via un interprète, et ses réponses pourtant ramassées étaient l'objet de traductions fastidieuses. Contrarié, il s'est permis de rectifier une séquence dans un italien approximatif, ce qui a déclenché quelques rires, puis le sien. Malgré le peu d'enjeux, Carrère se livrait avec sincérité et précision afin de faciliter la compréhension de ses propos. Pourtant rodé sur les questions de l'autofiction ou de l'enquête journalistique, il réfléchissait avant de donner ses réponses, sans délayer son propos, et sans se ménager. Puis son regard s'est tourné et vidé dans le noir extérieur. Il en avait assez. Il s'emmerdait comme un rat mort. Je crois qu'il aurait préféré se trouver partout ailleurs, dans sa villa de famille sur l'île grecque de Patmos ou bien à méditer sur son *zafu* dans son appartement parisien plutôt qu'ici, forcé de répondre à des questions sans intérêt et posées sans enthousiasme. Peut-être même pensait-il aux journées de bavardage qui l'attendaient comme à une chienlit, aux dîners pénibles qui suivraient, et au fait qu'il admirait plus que jamais les rares écrivains d'envergure qui ne risquent pas de se laisser embarquer dans ce genre de conneries. Le ridicule inhérent à la posture de l'écrivain *professionnel* le frappait de plein fouet. Il se trouvait à nouveau « enivré de ses propres complications ». Ne pas se jeter sur les mignonnettes de vodka du mini-bar de la chambre d'hôtel allait être une putain d'épreuve. Il n'y résisterait pas. Pas plus qu'à sortir fumer une clope sur le balcon, deux ans qu'il tenait bon pourtant, et à respirer de nouveau. Il pensait déjà à ce verre, à cette cigarette, à ce moment où il ne serait plus sous le regard de personne et n'aurait plus à parler avec ce minimum de sourire enjoué dans la voix. Si seulement on lui accordait un moment de temps libre, si on lui lâchait un peu la grappe le temps d'une après-midi ! Il se souvenait de promesses telles que : — Tu verras, Parme en automne est de toute beauté ! Et qu'a-t-il vu ? Rien ! Train. Hôtel. Université. Librairie. Restaurant. Sa tête oscillait légèrement, il s'en faisait le serment, non, on ne l'y prendrait plus. Faites que ça s'arrête ! Il aurait aimé appeler sa compagne, là, à cet instant, sa voix l'empêcherait peut-être de sombrer. Ou prétexter d'aller aux toilettes pour s'échapper par la réserve et fuir dans la nuit. Comme personne dans l'auditoire n'a souhaité l'interroger ou seulement réagir, la rencontre a été expédiée. Les applaudissements ont manifesté l'acclamation autant que le soulagement. Le libraire est alors apparu pour garnir une table, un apéritif était offert. J'ai hésité à lever le camp. De quoi avais-je peur ? Carrère a signé volontiers des exemplaires de son dernier livre, échangé trois mots avec ses lecteurs, et souri le temps d'une photo. La presse locale s'était déplacée. Une lectrice admirative m'a informé qu'il était attendu à Florence puis à Rome. Après des *ciao* et des *grazie* de pure forme, Carrère, suivi d'un cortège d'attachées de presse et d'universitaires, s'est dirigé vers la sortie où il m'a salué au passage d'un signe de tête. Bien qu'il m'ait un jour fait savoir qu'il avait apprécié un de mes livres, j'ai hésité à l'aborder, pour juste lancer un « *Coraggio !* » qui l'a fait sourire. Une fois dans la rue, je l'ai entendu qui demandait à voir la place du Dôme. — Quelqu'un aurait une cigarette ? Je passe un appel et je vous rejoins, a-t-il dit.

Je m'apprêtais à partir quand le libraire, du fond de la pièce, a levé son verre dans ma direction et m'a fait signe d'approcher. J'ai décliné et tiré la porte quand il a foncé sur moi. Impossible de lui échapper. — On vient aux nouvelles ? J'ai fait mine de ne pas comprendre. Pour ne pas lui laisser l'avantage, j'ai bafouillé et suis sorti sans me retourner.

Des nouvelles ? Et sur un ton faussement rieur encore. Pourquoi revenir à la charge avec ces conneries comme s'il me cherchait des noises ? Je n'étais pas rentré chez moi que les livres aux pages cornées et leurs messages défilaient en gros plan sous mes yeux. Et qu'une basse continue lancinait mon oreille gauche. Tard dans la soirée, je me suis tourné vers mon amie, cette voix intérieure qui m'épaulait. Ce que je voulais réellement savoir, je me le demandais à moi-même, en silence. J'avais ravalé des intuitions, balayé cette histoire sous le tapis pour l'écraser à coups de talons. Mis au point un répertoire de manœuvres, d'esquives et de parades. Je l'ai vérifié, certaines obsessions ne sont pas solubles dans le Lambrusco. Sous mon lit, enfouis dans un carton, des livres irradiaient la chambre.

Renouer avec son sang

Un soir, après des heures de travail en pure perte, faute de concentration, je me suis rendu à la soirée organisée par les amis de Zelda. Musique, vin, pizza, et profusion d'antipasti, une trentaine de personnes étaient réunies dans le vaste salon d'un appartement situé au rez-de-chaussée d'une de ces demeures anciennes qui dominent le parc de la Citadelle. Zelda était en retard. J'ai croisé quelques regards curieux et dû justifier ma présence. Oui, qu'est-ce que je foutais là ? La musique techno qui pulsait jusque dans la cour m'isolait, j'ai pris un verre, pensé à mon pianiste, à nos rendez-vous quotidiens, pensé à lui comme à une montagne fissurée qui s'écroule, comme à un esprit saint décidé à se soustraire du monde, quand un couple ami de Zelda m'a abordé, Gianni et Lisa. Lui professeur d'Histoire, elle psychologue, la quarantaine, tous deux originaires de Rome, passionnés de littérature, on a discuté. Ils ont passé de grands écrivains français en revue, attendu mes commentaires. Qu'avait bien pu leur raconter Zelda ? Gianni a été happé par un groupe de copains déjà éméchés, Lisa est restée, pour ne pas me laisser seul. À quoi j'occupais mes journées, où je logeais, pour combien de temps encore ? Les châteaux de la Loire en automne... Elle dégageait une impression de solitude, c'était quoi, son élocution, ses cheveux, sa robe ? Je l'écoutais à peine, cherchais plutôt à lire dans ses intonations, sous les muscles qui animaient son visage et à travers ses yeux noirs ce qu'une autre voix lui soufflait, et Lisa, entre chaque gorgée de pétillant, faisait de même, je crois. S'en est suivi un intermède, le dialogue de ces deux voix secrètes. Bien plus intéressant que la conversation de surface. Son sourire a paru comme éclairé de l'intérieur. Gianni, agacé, avait déjà allumé ses warnings, et d'un regard mauvais a rappelé sa femme en proie à la *jettatura,* un mauvais sort. Lisa a retrouvé la parole, remis son masque, puis est allée se ranger à ses côtés.

Il se faisait tard, les basses assourdissantes me tapaient sur les nerfs. Je me suis renseigné, personne n'avait de nouvelles de Zelda, et parfois même ne voyait pas de qui je parlais. J'ai mis la main sur le type qui recevait, Lorenzo, enchanté, qui m'a invité à me servir. Zelda ? Peut-être passerait-elle après minuit... C'était donc son truc. M'envoyer ici ou là, sous couvert de rendez-vous. Sa façon de me faire découvrir certains aspects de la ville, sa faune nocturne. De me mettre en situation.

Marcher de nuit, respirer la ville endormie, me ferait du bien.

Des groupes de fumeurs parsemaient la cour, je passais à travers quand un type m'a interpellé. La soixantaine, traits fins, cheveux poivre et sel et barbe assortie, costume, chemise, lunettes à monture d'écaille. Le Rital par excellence. Le père de Zelda. J'aurais dû y penser. Dans un français impeccable, il m'a demandé si mon travail avançait, si Parme m'inspirait avant de ricaner. Il m'a tendu la main. — Roberto ! Je me préparais à faire bonne figure. Il a allumé une cigarette, et a voulu savoir ce que j'avais pensé de la rencontre avec Emmanuel Carrère. Il était renseigné. Un air froid s'engouffrait dans la cour, le ciel était d'un noir mat et tendu. Il n'avait pas évoqué Nick depuis plus de trois secondes quand je lui coupai la chique. Roberto a tiré sur sa cigarette avant de s'amuser de mes propos et de lever ses mains en signe d'innocence. Il s'est expliqué. Le hasard. Zelda. Un Français. Lecteur de cet écrivain sulfureux. De là à s'imaginer une « confrérie ». Je l'ai laissé raconter ce « grand vivant », saluer sa « philosophie ». J'ai acquiescé en silence, me demandant pourquoi on tenait tant à me ramener à lui, comme si je l'avais oublié. Le détachement que j'affichais n'a pas refroidi Roberto qui, averti, a pris plaisir à raconter des anecdotes à propos de l'auteur de *Under Tiberius*, un livre que j'ai feint de ne pas connaître. Son attrait pour la culture française et son XVIIIe siècle, Laclos, Fragonard et son *Verrou*, et Sade bien sûr dont il a souvent repris les mots de Juliette, son héroïne : « Le passé m'encourage, le présent m'électrise, je crains peu l'avenir. » Je devais entendre là un certain intérêt pour le libertinage et l'érotisme, j'imagine. Tu parles d'un scoop ! « Il a su brouiller les pistes, et tenir son cap, non ? »

Roberto cherchait à piquer ma curiosité. Je me contentais d'approuver du regard. « Ce qui est bien connu en général, précisément parce qu'il est bien connu, n'est pas connu... »

Et le voilà citant Heidegger, malin ! Où voulait-il en venir ? Je préférais ne pas commenter.

« Souhaitons que cet hérétique sauvage qui revient sans cesse aux thèmes religieux, aux secrets de l'Église et aux textes sacrés ait trouvé son *paradiso* ! »

Afin de m'éviter un exposé sur Dante ou sur tout autre sujet, j'ai laissé échapper :

« C'est tout ce qu'on lui souhaite ! »

Mais Roberto, pas prêt à en finir, a plongé les doigts dans son paquet de MS, craqué une allumette, et enchaîné avec les nombreux séjours de Nick en Italie, à Rome, au Vatican avec ses kilomètres d'archives souterraines, à Ravenne et son tombeau, à Venise, dans les Pouilles et à Palerme, le circuit complet. Pour ménager son effet, il a marqué une pause, et a repris.

« ... Mais aussi Parme... »

Mon instinct me dictait de lui tourner le dos et de me barrer. J'ai dû ciller, il s'en est aperçu et n'a pas attendu pour s'engouffrer dans la brèche.

« Vous l'ignoriez ?

— Je suis loin d'être un spécialiste !

— Renouer avec son sang était dans ses plans. »

Roberto se délectait de ses remarques. Son sourire dévoilait des canines couronnées d'argent.

Comme je n'avais pas envie d'entendre la suite, je lui ai demandé comment Nick avait pu avoir accès aux archives les plus sensibles du Vatican, une diversion, je savais comment il avait fait. Du pain béni pour Roberto. — Le beau-père d'un de ses amis venait de recevoir le prix Nobel de physique. Il est donc allé le voir : pourrais-tu demander à ce beau-père de m'écrire une lettre de recommandation ? Le type a accepté. Cela fut d'autant plus difficile pour Nick qu'il n'avait aucune affiliation académique, pas même un diplôme universitaire. Après avoir réuni quatre ou cinq lettres de ce calibre grâce à des amis influents, le Vatican lui a ouvert les portes de ses deux bibliothèques, la Vaticane et les Archives apostoliques. Ils lui ont attribué deux cartes et l'ont nommé *Dottore*. Il faut savoir que le Saint-Siège dispose aussi d'un bunker de huit cents mètres carrés, dans ses sous-sols, pour les *volumen* et *codex* les plus précieux, tel, par exemple, le papyrus remontant à l'an 200, comportant les Évangiles presque complets de saint Luc et de saint Jean. Nick y a-t-il pénétré ? C'est par un sourire énigmatique qu'il a un jour répondu à cette question. Il a passé des semaines sur place à étudier des manuscrits dont très peu de gens connaissent l'existence, des documents qui génèrent des hypothèses et bien des fantasmes. Ma version de cet épisode était tout autre, mais j'ai laissé entendre que j'avais appris là quelque chose. Soit Roberto était naïf, soit il se foutait de ma gueule. Encore un peu et il me servait le coup de l'élégant portfolio de cuir fauve aux angles galonnés de soie pourpre dans lequel Nick baladait ses lettres de recommandation. Il guettait une réaction, je jouais l'indifférence.

Roberto a embrayé sur la « période » asiatique de Nick, ses voyages de recherches sur les triades chinoises qui ont nourri son roman *Trinities*, ou encore ses errances nocturnes dans Hong Kong, lancé à la recherche de l'opium le plus pur, une panacée qui, selon des témoignages anciens, jugulerait le diabète, ce qu'aucun traitement allopathique ne permettrait. Ces lieux de fumerie qu'il traquait s'appelaient littéralement « chambres de la fumée et des fleurs », les fleurs étant les courtisanes, la fumée, celle de l'opium, « on pouvait y respirer le paradis... » Le type était un vrai conteur, sauf que je venais de relire *Confessions of an Opium-Seeker*, texte paru à l'origine dans *Vanity Fair*, qu'il paraphrasait avec talent, et j'avais en tête ce passage que l'auteur avait conclu par « ... en se faisant sucer de façon paradisiaque ». Roberto enfilait les perles, racontait les déambulations de Nick dans les bouges de Bangkok, ses rencontres qui le menaient sur les rives du Mékong, vers la natte d'une cabane sur pilotis échafaudée entre les branches d'un arbre, et à cet opium prohibé et réputé introuvable dont les vapeurs lui offrirent d'atteindre la poésie sans paroles d'une épiphanie que seuls les plus grands poètes ont pu entrevoir. Blablabla... Je me demandais à quoi il jouait, où il voulait en venir quand il s'est arrêté en pleine phrase.

« Bien sûr vous connaissez cette enquête aussi bien que moi...

— Je l'ai lue...

— Alors vous vous souvenez de quel nectar, en dehors de l'opium, Nick fait l'éloge dans ces pages... »

Le truc m'a d'abord échappé, puis m'est revenu.

« Le vinaigre ?

— L'âme du vin ! »

Je pensais, OK, et alors ? Tout ça traînait en longueur.

« Et où se trouvent les meilleurs balsamiques du monde ?

— Celui de Modène est réputé.

— Ici même ! »

Le sourire satisfait de Roberto qui touchait au but après son détour fumeux par l'Asie et ses putes thaïes était censé affoler mon imagination. Comme j'étais sur le départ, il a proposé de me déposer dans le centre. J'ai dit que j'allais reprendre un verre, Zelda ferait peut-être une apparition. Il a semblé surpris. Sa fille était partie sur la côte Adriatique, dit-il, du côté de Rimini.

« Zelda m'a dit que vous étiez bien installé. Quelle vue ! Quel endroit !

— J'ai de la chance !

— Le sujet de votre livre...

— J'ai pour habitude de ne pas en parler.

— Je comprends ! »

Il fallait que j'abrège la conversation. Je l'imaginais reluquer ma table de travail à travers les photos prises par Zelda.

« Mais nous avons notre petite idée. Vous n'êtes pas là pour rien ! Tout va bien se passer... »

« Nous avons », ce Roberto parlait comme au nom d'une « organisation » qui chercherait à m'intimider. J'en avais assez.

« Bonne fin de soirée ! »

Mais cet enfoiré ne me lâchait pas.

« Au fait, vous devez être au courant pour l'exposition ?

— Quelle exposition ?

— Une sélection de dessins de Thierry Gravleur va être présentée à la Galerie nationale. »

Son regard était planté dans le mien, à l'affût, je ne laissais rien paraître.

« À la Galerie nationale ?

— Une trentaine d'œuvres seulement, mais la Galerie n'ouvre que rarement ses portes aux artistes contemporains. On s'y croisera certainement ! »

Après un sourire forcé, je suis rentré dans le salon. J'avais besoin d'un verre.

Thierry Gravleur est un artiste français peu connu du grand public, mais dont l'œuvre puissante et dérangeante a d'abord suscité l'admiration de Johnny Depp qui l'a exposé à Los Angeles, puis, comme par hasard, celle de Nick. D'ailleurs, à peine s'étaient-ils rencontrés que les deux hommes ont décidé de collaborer à un livre où dessins et mots se répondraient. Nick était ébloui par la noirceur profonde de cette peinture qui irradiait depuis un lieu où très peu osent s'aventurer. J'ai bu mon verre d'un trait pour me resservir aussitôt. Cette rétrospective allait se tenir ici durant mon séjour, ça faisait beaucoup ! Et j'affabulais ?

La bouillie techno était toujours aussi assommante. Plutôt que de gamberger, je suis allé trouver la *ragazza* qui se dandinait derrière un ordinateur, pourrait-elle proposer autre chose que cette musique débile ? — Quoi ? *Sympathy for the Devil* ? Je ne demandais pas mieux. Elle m'a fait signe de la rejoindre. Depuis sa plateforme de streaming, j'ai lancé *Blackstar*, de David Bowie. Changement d'ambiance. « *On the day of execution / Only women kneel and smile / Ah-ah, ah-ah...* » Des bouteilles traînaient ici et là, je ne me suis pas gêné. Après des semaines de concerto pour piano, j'ai savouré le chant sépulcral de Bowie alors que des regards noirs se tournaient vers la coupable. Je n'aurais pas droit à une seconde chance. Les dix minutes de cette mélopée, courant dont la force, la vie et la paix m'enveloppaient, suffiraient à amadouer ma glande pinéale. Mon regard s'est perdu sur le haut plafond, ses moulures, sur ces inconnus autour de moi se demandant qui était cet inconnu parmi eux. Des nœuds se défaisaient, d'autres se resserraient dans mon esprit. J'ai commencé à danser sur place, à chalouper, immobile, et à chanter sans voix ces paroles cabalistiques comme si toute la ville était à l'écoute, ou figée par ce chant plaintif sans début ni fin. Sans transition, les basses fracassantes sont revenues en force. La petite bourgeoisie locale a respiré. J'ai remercié, salué à la ronde, et pris la direction du parc sur lequel ne veillait aucune lune.

Deux jours plus tard, une enveloppe se trouvait sur mon palier. On me fixait un rendez-vous. « … Venez s'il vous plaît ! », signé Lisa. J'ai imaginé Zelda tirant les ficelles depuis les coulisses.

Durant des jours, je suis resté concentré sur mon pianiste, sur ses mouvements obscurs, son legato supersonique.

VIII

Qui mourra verra

Troisième dimanche de novembre.
Nick se tient prêt.
Respecter le plan.
Anticiper.
Ne pas improviser.
Simple.
C'est maintenant!

Il a passé les dernières heures à lire Diogène Laërce, à fumer, à regarder par la fenêtre et à méditer une fois encore des passages de *Vies, doctrines et sentences des philosophes illustres*. « Ils veulent te neutraliser. Augmente l'acide! » semble avoir été écrit pour lui. Son exemplaire est en lambeaux. Qu'on ne sache rien ou presque de ce Laërce, qu'une poignée de volumes défraîchis demeure le seul vestige d'une gloire passée lui convient.

Il a dit au revoir à Russ, déjà affligé.

« Merde, Nick, tu dépasses les bornes !

— Ça fait déjà un moment, elles sont faites pour ça. Tiens-toi à ce qui a été prévu. Dans une semaine, cette affaire se sera tassée. De l'histoire ancienne...

— Nick, avoir un ami comme toi m'a beaucoup apporté... Je voudrais te dire que...

— ... " Chaque mot que tu prononçais élevait le niveau de la conversation. " Tu t'es enfilé le *New York Times* en suppo ce matin pour sortir de telles conneries ? Garde ça pour les journalistes ! Tu sais bien que l'Amérique préfère les morts. Crucifiés au nom de l'amour. Mes ventes vont flamber ! Une enflure d'Hollywood va débouler pour sortir son chéquier et te supplier de lui laisser prendre une option sur mon dernier livre. Fais-lui ajouter un zéro avant de lui piquer son stylo en or.

— C'est pour nous tous une foutue veine qu'il existe encore des types comme toi.

— " Pour un léopard, l'âme est une chose sacrée, d'une valeur inestimable, et il est prêt à tuer et à se faire tuer pour ne pas la perdre. " Tu te souviens de ça ?

— Bien sûr, Nick ! Je comprends mieux à présent.

— Tu trouvais ça un peu " too much " voire " documentaire animalier " à l'époque. Je crois même me souvenir que tu t'es battu comme un chef pour le supprimer de mon livre.

— Je le regrette. Et ne t'inquiète pas, je saurai garder le secret.

— Quel secret ? " Un secret est un secret que si n'apparaît même pas le fait que, là, existe un secret. " Lis les bons classiques !

— Un roman, un dernier grand roman, Nick, penses-y !

— Il me reste beaucoup à écrire, mais peut-être pas sur du papier et avec de l'encre... Qui mourra verra... »

Il a dit au revoir à cette cité sans mémoire qui l'oubliera aussitôt parti. Au revoir à son ciel nauséeux, à son air vicié, à ses trottoirs poisseux sur lesquels, entre épiphanies, visions et hallucinations, il a dansé comme un prince, étincelé, plané, s'est fait poignarder, renverser par une voiture, s'est écorché les mains et le cœur. Ces décors dans lesquels il a cherché l'oubli, cherché le miracle de l'amour, l'ont usé autant qu'il les a usés. Alors qu'il fixait le nord de Hudson St, son esprit a fait un saut du côté de Newark, sur l'autre rive. Il a remonté Raymond Boulevard jusqu'à Broad St, traversé Military Park par une nuit d'automne. Il sait qui il est et d'où il vient. Au fond, il est resté ce *Jersey boy* insolent qui résiste mal au besoin d'aller déguster une pizza chez Totonno, à Coney Island, quand l'envie est là. Celui qui s'échappe et s'oublie encore dans l'enfant idéaliste et innocent, parfois cruel, qu'il n'a jamais cessé d'être. Son sommeil recèle des souvenirs jaunis du Napoli Bar, des rêves mouvants de ceux qui l'ont peuplé et des images de leurs tombes défraîchies du cimetière Woodlawn. Il n'a rien ni personne à abandonner. Pour commémorer ses morts, il a sa méthode : devant le miroir, se regarder dans les yeux longtemps, longtemps.

Puis Nick est remonté chez lui une dernière fois. Près de vingt ans qu'il a emménagé ici, jamais il n'a lié de relation ni n'a été un « voisin ». Pas de promiscuité. Partout où il passe, il prend les couleurs du lieu, se parfume à l'air ambiant, se fond dans le décor. Un verre de lait, un valium, une Camel. La pluie gifle les vitres, il respire profondément, le cœur relié aux viscères. Sa pause habituelle de l'après-midi. La vibration est là. Il va rester ainsi un moment, suivre le changement continu de la lumière, respirer le parfum véridique de son âme.

Le dispositif est en place. Il a reçu et décrypté les messages. Confirmé son départ, sa destination. Aucun repérage, aucun briefing de dernière minute n'ont été prévus. Une fois encore, l'indéfini et l'imprévisible sont des alliés. Seules les grandes lignes de l'opération lui ont été soufflées. Admission à l'hôpital. Constat de décès. Enregistrement à la morgue suivi d'un grand tour de passe-passe des pompes funèbres. Une voiture dans la nuit, le halo d'un aéroport, un avion prêt à décoller. Puis, sans délai, un cercueil plombé devant témoin, crémation dans la foulée. Russ, exécuteur testamentaire, légataire et pleureuse officielle, appose sa signature, ses larmes sont authentiques. Le crématorium rejette sa fumée noire de fines particules, une ombre plane sur la ville, il est déjà loin.

Son sort a été placé entre les mains de types dont le savoir-faire a fait ses preuves. Depuis longtemps ils ont infiltré l'Hôpital, la Police, l'Administration, les Douanes, leurs réseaux s'étendent jusqu'au sommet de l'État. Fonds, connexions, et moyens de pression illimités. La liste des types morts, enterrés et pleurés sous les mantilles qui dansent la tarentelle du côté de Bagheria ou Caltagirone en sidérerait plus d'un. Des hommages leur sont rendus et leurs tombes fleuries en toute occasion. Blanchis comme de l'argent merdeux. Cryptomonnaie, cryptocorruption, cryptoidentité... Dès le début, livre après livre, enquête après enquête, Nick a découvert que la véritable histoire de l'Amérique était encodée par une série de poignées de mains secrètes, celle qu'il a échangée il y a deux ans va changer le cours de son existence. Demain, à une heure précise, enregistrée, il franchira une porte, un tunnel pour entrer dans un cercle nouveau. Et prendre la piste fantôme.

— Putain, il était temps d'envoyer la face B !

Quitter ces murs ne lui arrache aucune pointe de nostalgie, ce sentiment est réservé à ce qu'il n'a jamais connu, jamais eu. Il était là pour écrire. Pour aimer. Il était là pour les bons moments. Ne rien laisser derrière soi que la mort puisse emporter a été son credo. Il a fait au mieux. Avant de claquer la porte, de tirer sa révérence, il va cuisiner une côte de porc Kurobuta, le plus fin, celui qui coûte une blinde. Il en connaît un rayon sur ses méthodes d'élevage, sur sa maturation et sa cuisson en croûte de panko. Il a connu un type, soi-disant écrivain, qui lui avait conseillé de se convertir au pranisme. Bouffer de la lumière. Siroter de l'énergie *chi*. La solution pour arrêter de boire, selon lui. Sauf que ça n'a pas vraiment le même goût, et ne favorise pas le transit. Un enflé aussi carencé que ses bouquins. Viande maturée et hauts escarpins de cuir noir ont d'autres pouvoirs guérisseurs. Puis il va se coucher avec la parole de ce bon vieux Laërce, s'assoupir ou bien convoquer le murmure délectable de Debbie, histoire de vérifier s'il a repris du nerf. Il va se réveiller à l'aube d'un jour nouveau. Vraiment nouveau. Savourer un petit-déjeuner digne de ce nom, jambon affiné, œufs de caille cuits à quarante-cinq degrés, câpres au sel de Pantelleria. Sa mère l'exhortait chaque matin à ne jamais sortir sans rien dans le ventre. Russ passera faire la vaisselle.

Il a préparé son nécessaire pour le diabète, de quoi être présentable, c'est-à-dire passer inaperçu, et ce qu'il faut de cash. Un coursier est passé prendre son bagage. Pour l'occasion, il porte son costume tout frais taillé, une cravate, un manteau croisé léger et chaud inspiré d'un tweed ancien teinté au bois de mûrier. Assis sur son lit, il compose le numéro, tire sur la fermeture Éclair de ses boots noires en même temps que sur sa clope. Très vite, on lui demande le motif de son appel, son nom, son adresse. La conversation est enregistrée. Détresse respiratoire. Urgence absolue. « Sur place dans sept minutes. » Parfait ! Pile le temps d'écouter *Blackstar*, de fumer une cigarette ou deux. David Bowie a rendu l'âme à soixante-neuf ans lui aussi, pas fou le *Thin White Duke* ! Ça doit être le bon âge. Bowie dont les cendres ont été répandues sur une plage de Bali, enfin, selon la version officielle... Lou Reed, l'autre ami sûr, s'est laissé aller en tenant jusqu'à soixante et onze ans, un excès de méditation transcendantale avant que sa femme ne livre ses cendres aux vents frais des Hamptons. Quant à Iggy Pop, il ricane du haut de ses soixante-douze balais, se défonce à l'héroïne et baise sans capote, un style de vie qu'il appelle son régime miracle.

« *On the day of execution / Only women kneel and smile...* »

L'opération est lancée.

Noire et indolore

La sirène de l'ambulance a pris le relais des chorus de Donny McCaslin, le véhicule fonce vers Broadway. Le trajet offre à Nick, allongé, un point de vue inédit sur la ville qui défile derrière la vitre teintée. Puis vient le noir d'un sous-sol. Le flash de néons fluorescents. L'escorte se charge de son admission. Des voix feutrées approchent. Les portières s'ouvrent, le brancard est sorti dans un fracas d'échos et poussé jusqu'à un ascenseur dont les portes se ferment pour se rouvrir au 5e étage. Un capteur digital indique que son état est stable. Sous le masque à oxygène, Nick sourit, ce shoot est cent pour cent naturel ! Le brancard flotte entre le linoléum gris et le plafond blafard des couloirs, il croise des silhouettes au visage masqué, uniforme bleu pour les hommes, rose pour les femmes. Il se souvient de Maria, l'infirmière qui lui a un jour sauvé la vie en le tirant d'un enfer plus terrible que celui qu'on promet aux damnés, sans cette facture du centre médical il ne l'aurait jamais maudite. Le chariot s'immobilise sous un luminaire aveuglant. La lumière au bout du tunnel est-elle plus intense encore ? Ceux qui ont fait l'expérience d'une mort imminente le savent. Ce n'est pas son cas puisqu'il ne ressent rien d'autre qu'une envie de pisser. Son médecin chinois, compétent en bien des matières, lui a survendu les effets de sa tisane *Qian lie long lang* sur la prostate.

Une porte s'ouvre, le brancard est poussé dans une chambre, au côté d'un lit surplombé d'un respirateur artificiel et de moniteurs de surveillance cardiaque. Ses deux gardes du corps le transfèrent en prenant soin de ne pas tirailler son manteau, lui enlèvent son masque, et sortent après un signe de tête. Ce petit service leur a rapporté de quoi emmener leurs mômes en vacances à Disneyland. Nick est seul. La lumière blafarde de ce dimanche de pluie et l'odeur ambiante lui soulèvent l'estomac. Mourir chez soi reste la meilleure option. On ne l'a pas déshabillé pour lui passer une blouse qui laisse le cul à l'air, une chance ! Dans la lueur des écrans, penser à ceux qui l'ont précédé, à ceux qui lui succèderont l'aide à patienter. Scorsese a acheté les droits de son *Dino* et s'est longtemps battu pour le tourner, un projet entré dans la liste « des plus grands films jamais réalisés », qu'aurait-il pensé de ce scénario ? Cette fois, Tom Hanks aurait eu l'air un peu falot pour le rôle.

Il est prêt à s'endormir, des images de l'île de Levanzo resplendissant dans les eaux calmes de Trapani, au large de la côte ouest sicilienne, l'ont assoupi. Une effervescence gagne soudain le couloir. Des bruits de pas, des voix étouffées, la poignée de la porte qui claque, trois silhouettes coiffées et masquées s'engouffrent dans la chambre, une quatrième pousse un brancard. Les moniteurs, pris en main, se mettent à biper, les écrans s'affolent. Aucun mot n'est prononcé. Quand le brancardier déplie un grand sac noir, Nick comprend. On l'aide à s'y glisser, puis on le porte sur le chariot. Une femme se penche vers lui, regard austère, doigt sur les lèvres, elle lui intime de ne pas broncher. Pas du genre à chevaucher les cadavres même aux yeux outremer. Le bruit de fermeture Éclair balaie le bleu de ses pensées et le plonge dans les ténèbres.

This is the end, my only friend! The end...

Elle est venue.

Elle reviendra.

Noire et indolore.

La balade nocturne commence.

Les roues du chariot crissent sur le sol.

Le souvenir de Sunny, des baisers irradiant ses paupières l'accompagnent un moment avant que celui d'Ava n'infiltre sa mémoire. Ava et leurs jeux audacieux. Des jeux comme on n'en a jamais vu au cinéma ni raconté dans les livres. Qui ont éclairé son âme errante. Impérissables parce que gratuits. Ce qu'une femme peut accomplir avec un tube de rouge à lèvres et une paire de collants *touch comfort*. Réduire à ce point le vide entre deux êtres. De la magie pure.

Les couloirs semblent aussi longs que la *high line* bondée de touristes.

Il doit bien se trouver au niveau de Brooklyn Bridge à présent.

Les morts sont malmenés. Au moins ils ne sont pas incommodés par ces vapeurs de plastique aussi toxiques que l'émanation d'une colle bon marché.

De la sueur perle sur son front. Mieux vaut ne pas paniquer dans cet autocuiseur.

Plutôt s'endormir. S'en remettre aux forces supérieures. Aux pulsations du cœur qui bat dans ses tympans. Laisser la vie et la paix le traverser comme le courant doux d'un ruisseau.

Bras tendus, mains ouvertes, Nick maîtrise sa respiration.

« Puisse ce souffle qui nous a été donné,
rendre la vie
à ce qui est en nous,

insoupçonné, sacré,
et qui attend de naître. »

De quand date ce poème ? On peut dire qu'il a choisi son moment pour resurgir. Du bel ouvrage ! Ce souffle commence justement à lui manquer. Ce qu'il pensait avoir écrit de plus beau à l'époque. Jusqu'à cette image qui allait lancer le roman suivant : « Louie ôta son soutien-gorge et le jeta sur le cercueil. »

Le chariot s'immobilise le temps d'une descente dans les entrailles de Manhattan. Chemin des âmes.

Le mouvement reprend, saccadé, puis régulier.

Un souffle après l'autre.

Putain, c'est comme ça qu'on l'emmène à Kennedy Airport ? Et pourquoi pas prendre le métro !

Nouveau checkpoint. Nouvelle station. Nouvelle frontière.

Qu'on le laisse griller une cigarette !

Ses convoyeurs ont dû se perdre en route, manquer la sortie du purgatoire.

Le chariot change de mains. Le rythme s'accélère. Le type à la manœuvre a dû sniffer du liquide d'embaumement, aucun sens du sacré.

Des couloirs, des portes, puis un silence de souterrain où bruits de pas et cliquetis métalliques se font plus distincts. Où est-ce le craquement de ses os ? Les décharges électriques qui crépitent sous son crâne ?

Des mains lui enserrent les chevilles, les épaules. Rien à voir avec celles d'Ava. On le porte un instant avant de le reposer. Ses bras heurtent des parois latérales. Un couvercle se referme sur lui. Il se racle la gorge.

À sa place, certains se diraient qu'une erreur humaine pourrait les envoyer dans un tiroir réfrigéré, entre les mains d'un thanatopracteur prêt à les entuber, ou sous le scalpel d'un légiste chargé de les autopsier vivants. Une erreur, ou bien un plan machiavélique. Il n'a jamais donné de noms, jamais trahi personne. Mais il sait des choses. Des choses qui ne figurent dans aucun livre.

Le bruit d'un moteur. Un véhicule approche. Des portières claquent, d'autres s'ouvrent. Celles d'un fourgon funéraire. Peut-être. On le hisse sur des glissières. Un choc le pousse en arrière. Les portières se referment. Et le fourgon démarre.

L'Italie. Ses Pouilles sauvages. Si lui n'en est jamais parti, d'autres l'ont quittée les poings serrés. C'est pourquoi il a toujours souhaité faire le chemin inverse. Venir se fondre dans des paysages de collines mauves, dans un silence qui rejoint le sien, et retourner à sa poussière. Là où sont ceux qui n'existent pas encore. Après ses essais sur la musique country, des pages de son premier roman, *Cut Numbers*, ont fait bouillonner son sang. Il s'est rendu sur place histoire de vérifier la légende. À Casalvecchio, devant son église et sa flèche en crucifix, il a compris. L'air lui a lavé l'esprit. Quelque chose de nouveau est apparu sous le soleil.

Se lever, vivre et s'endormir dans la petite ville où ils ont vu le jour.

Faire mentir le dicton mille fois entendu. *La vecchiaia è carogna*. La vieillesse est une charogne. La sienne sera une jouvence. Là-bas, le nom qu'il porte y est répandu. Des vieux lèvent la tête à peine l'ont-ils entendu. Dans le cimetière, son nom figure sur pas mal de sépultures et de croix de bois desséché. Il n'aura pas à chercher bien longtemps avant de tomber sur quelqu'un de sa famille. Sur quelques cousines éloignées et dans la fleur de l'âge. Son père lui racontait comment, sur ces terres, quand un homme meurt, les femmes l'étendent sur le sol et le lavent, tel un christ, avec leurs larmes et leurs cheveux, selon l'ancienne coutume *albanese*. Aucune partie du corps n'est oubliée. Il faudrait être con pour désirer autre chose. Vivre au soleil et mourir à l'ombre, entouré et choyé par des *ragazze* à la poitrine douce qui se lamentent et vous caressent de leurs cheveux parfumés à l'huile d'olive. D'autant qu'il n'attendra pas d'être mort pour connaître la fraîcheur de leur haleine, les bienfaits de leurs onguents. Oui, vraiment con !

Aux bruits des klaxons, Nick déduit que le véhicule est pris dans le trafic de Broadway. Mais dans quelle direction ? Les secousses régulières marquent les arrêts aux feux. Long Island pour l'aéroport JFK ? LaGuardia ? Le New Jersey pour Liberty ? S'envoler de Newark aurait du sens. Au diable le sens, il veut juste sortir de cette boîte, sortir de cette nuit, respirer à l'air libre, peu importe où. Une crampe lui mord un mollet, et il lâcherait volontiers un billet pour un club-soda. Il imagine le corbillard coincé entre un taxi et une voiture de police. Suivi par les regards, des signes de croix se forment sur son passage. Des cœurs tressaillent de battre encore. La proximité de la mort n'a pas son pareil pour vous rappeler à la vie. Mais personne n'en a rien à foutre. Il passe aussi inaperçu qu'un fourgon de livraison FedEx. Dans l'impatience, il a oublié une étape, et se marre. Depuis combien de temps est-il retenu dans ces limbes, à ravaler sa salive ? Se lever d'un cercueil et sortir d'un corbillard garé dans les bas-fonds du parking souterrain d'un terminal serait trop beau. Il étire ses jambes, ses bras, détend les muscles de sa nuque jusqu'à éprouver un certain soulagement et, passager noir de la nuit ténébreuse, esquisse un sourire. Il pense à Russ, à son communiqué à l'attention de l'Associated Press. « Nous avons l'immense douleur... » Les vibrations du véhicule s'estompent. Le moteur est coupé. Quelqu'un approche. La porte arrière du fourgon est ouverte. Il reconnaît le bruit des glissières. Le clic du couvercle qu'on soulève. Enfin, le zip de la housse est descendu jusqu'à son cou, sa première bouffée d'air lui embue les yeux. Au-dessus de lui, deux têtes de Siciliens à l'œil bovin.

L'opération est en cours.

Tiré de sa gangue mortuaire, Nick se dérouille les os dans ce qui ressemble à un hangar où des fourgons funéraires sont alignés. Il a besoin d'oxygène autant que de nicotine, il allume sa première cigarette, expansion des poumons, les alvéoles se dilatent, l'effet d'éternité est immédiat. À travers la porte du hangar, il remarque que la nuit est tombée. Il n'a aucune idée d'où il se trouve. Au mur, l'enseigne clinquante de l'« Entreprise funéraire et services de crémation PERAZZO ». Il est conduit dans un salon cosy où sont reçues les familles endeuillées. Sur une table, de l'eau pétillante, du thé glacé, et même des *cantucci*. Après avoir bu et soulagé sa vessie, il n'a rien contre une toilette de nouveau-né. Il s'inspecte dans le miroir au-dessus du lavabo, un moment qu'il n'avait pas croisé le reflet de quelqu'un. Il passe son mouchoir parfumé de Grey Flannel sur son visage, se recoiffe, ajuste le col de sa chemise, sa cravate. Son manteau est à peine froissé. Les poches sous ses yeux semblent moins marquées, sa peau repulpée. Pas mal pour une dépouille. Transpirer sous le PVC d'un sac mortuaire fait plus d'effet que l'acide hyaluronique, et personne ne le sait.

Les *cantucci* sont dignes de ce nom. — Amandes d'Avola ? lance Nick histoire de réentendre sa voix. Le plus courtaud des deux types se fend d'un clignement de paupière. Les sbires accoutrés en croque-morts se tiennent en retrait, les mains dans le dos. Ils n'ont qu'une chose en tête, respecter la consigne qui est de la fermer. Rien d'étonnant à ce que l'expression italienne pour *baccagghiu*, le dialecte mafieux, soit *silenzio profondo*. Ils ont dû regarder les *Soprano* en boucle pour essayer de choper la dégaine. Si lourds que le cuir de leurs chaussures grince malgré eux. Assis sur le canapé, Nick sirote une eau pétillante en pensant qu'installer un authentique juke-box dans ce genre d'endroit soulagerait la douleur et sècherait les larmes de beaucoup. Envoyer une ballade de

Nat King Cole des grandes années et même *Absalon, Absalon ! doo-wah doo-wah* de The Clovers n'aurait rien de sacrilège pour les défunts, au contraire.

Les deux bas du cul s'incrustent dans la moquette murale, Nick joue avec l'antique briquet en or de son père sur lequel ses initiales, gravées le jour de son mariage, sont encore visibles sous la patine. Identiques aux siennes. Il revoit la façon dont son vieux en jouait et lui faisait cracher le feu en claquant des doigts. L'objet magique de son enfance. Un dragon de poche qui obéit au doigt et à l'œil. Pour allumer une cigarette ou foutre le feu à n'importe quoi d'autre. Ce briquet que son père posait d'un geste désinvolte sur la table de la cuisine lui conférait autorité, respect, et autre chose encore. Exhiber un flingue n'aurait pas produit un tel effet. Son père l'autorisait parfois à soupeser son pouvoir et ses dangers au creux de sa main. — Il sera à toi plus tard, le plus tard possible ! Plus tard serait trop tard. Il avait dix-huit ans et venait de rencontrer Chiara, jeune fille perdue qui ne rêvait que de s'échapper, de partir ailleurs. — Depuis Port Authority, tu peux aller n'importe où, répétait-elle. Pas seulement à Times Square, mais n'importe où dans le monde ! Cette fille lui plaisait tant que pour la séduire, il a un jour emprunté ce fameux briquet, non pour s'assurer autorité et respect, mais pour dégager lui aussi cette aura indéfinissable. Il aurait tout fait pour séduire Chiara. Elle était si belle. C'était la fille la plus sexy qu'il ait jamais vue ailleurs que dans un magazine porno. Et il en avait reluqué quelques-unes ! Son regard et la calme fermeté de son corps, image de la pureté avant la profanation, l'obligeaient à se branler avant chaque rencontre, et après encore. Un enfer. Elle a fini par accepter l'invitation à passer un moment chez lui, Bergen Avenue, à Jersey City. Dès son arrivée, il s'est mis à frimer avec le briquet. — Tu es quelqu'un à part, a-t-elle dit. Quelqu'un de différent. De très seul. Sa queue était plus dure que son talisman vingt-quatre carats quand elle s'est approchée de lui pour poser ses doigts sur sa nuque et caresser son visage d'un souffle fragrant. Nick priait pour que le blanc de ses yeux révulsés ne l'effraie pas. Puis les doigts de la madone se sont refermés, ses ongles plantés dans son cou.

« Aurais-tu un couteau ?

— Euh… Un couteau comment ?

— Le plus grand. Avec une lame plate.

— Je crois bien, oui…

—Va le chercher, et baise-moi en le plaquant sous ma gorge ! »

Le zéphyr s'est changé en tempête.

Deux heures plus tard, il l'avait enfilée dans toutes les positions, par tous les orifices, et dans toutes les pièces, il avait joui en elle et sur elle quatre ou cinq fois, l'avait léchée, mordue, et menacée de l'égorger ainsi qu'elle le réclamait entre deux halètements, deux insultes, deux crachats. La piéta s'était métamorphosée en furie. Elle l'avait vidé et meurtri comme jamais il ne l'aurait cru possible, et en demandait encore, tout ça n'était que des préliminaires – il a mal aux couilles rien que d'y repenser. Comme Nick avait son compte et décrétait une trêve, elle s'était mise à l'insulter, l'humilier, à le menacer d'aller rejoindre un type qui saurait s'occuper d'elle comme un homme, qui la baiserait jusqu'à ce que du sang lui coule sur les cuisses, qui la ferait jouir au point de devenir aveugle et sourde. Nick, sonné, s'était allumé une cigarette. Il avait pensé à son père plongé en pleine dépression qui à cette heure arrachait le plancher du salon dans l'espoir de retrouver son briquet et à sa mère qui allumait des forêts de cierges, priant à genoux pour que sainte Rita abrège son calvaire. Sous le regard possédé de sa bienaimée, il avait blêmi à l'idée de faire réapparaître l'objet du délit comme par miracle, son vieux était loin d'être stupide.

Il avait blêmi en comprenant d'où venait l'autorité, ce charme mystérieux que son père dégageait. Son briquet n'avait rien à voir là-dedans.

Nick se lève avec une cigarette aux lèvres, un des types lui emboîte le pas jusqu'au hangar comme s'il allait s'échapper. La flamme jaillit de son briquet, au même instant une sonnerie de téléphone retentit. Le type resté dans le salon décroche le combiné pour le reposer aussitôt. Sous les yeux vides de son ange gardien, Nick entame un mouvement de tai-chi de style Chen, puis enchaîne les figures entre les rangées de corbillards. — Boxe du faîte suprême. « Saisir la queue de l'oiseau », très bon en cas de raideurs musculaires ! « La grue blanche déploie ses ailes »... La porte du hangar coulisse, une limousine s'avance phares allumés. Son chauffeur en descend pour lui ouvrir la portière arrière.

Tous ces hommes de main jouent la partition à merveille.

Yeux clairs, plaies ouvertes

Lumière feutrée, minibar orné de ronce de noyer, service de streaming musical et système de son Bose, on ne s'est pas foutu de lui. Sur la banquette, Nick retrouve son sac de voyage ainsi qu'une enveloppe dont il tire son nouveau passeport et une liasse de billets, dix mille euros. Un cadeau de départ pour sa seconde vie. Il feuillette le document, c'est bien sa tête sur la photo. Mais son nom modifié de deux lettres fait de lui quelqu'un d'autre. Derrière la vitre sombre, il distingue le tissu urbain, et comprendre que la limousine file vers l'aéroport international de Newark Liberty le fait sourire, les mafieux sont des sentimentaux. Le trafic est fluide, la course sera rapide, trente à quarante minutes. Il s'est promis de ne rien boire avant d'être installé dans l'avion et s'y tient. Dans le silence de la nuit, la navette glisse sur l'Interstate New Jersey, vers une autre rive. Sa perception est nette, infrarouge. Le paysage défile comme en plein jour.

Un soir, il y a longtemps, Nick traînait dans le parc de Jersey City au bord du lac lorsqu'une bouteille de *rotgut* a fendu l'obscurité pour s'écraser sur son crâne. Jeté à l'eau, il avait été laissé pour mort. Par chance, son visage, yeux clairs, plaies ouvertes, émergeait encore à la surface. Après s'être tiré de la vase froide, titubant et ruisselant sous la demi-lune, il est parvenu à regagner la salle de billard, son bar, et à commander un verre d'alcool au barman sidéré.

« Une préférence ?

— Ce que t'as de plus fort !

— Euh... Pour laver tes plaies ou pour boire ? »

Un autre soir, trente ans plus tard, des médecins l'ont reçu aux urgences de l'hôpital, ils l'ont estimé perdu. La dope et l'alcool faisaient exploser son foie. Le pronostic était sans appel, il ne passerait pas la nuit. Comme il l'avait fait trois décennies plus tôt, par une semblable nuit d'hiver, il s'est tiré de cet hôpital sordide, a chancelé jusqu'à un bar, décidé encore une fois à commander un verre.

Ces trente années n'ont été qu'une seule et même nuit d'agonie au fond de laquelle il est devenu écrivain. Une chose bien improbable parti comme il l'était. Sa voie était tracée, son destin de délinquant arrêté. Il s'était fait pincer pour vol de bouquins, et bien sûr son pote Phil était de la partie. Un larcin honorable. Les sonnets de Shakespeare étaient dans le lot. Du temps a passé avant qu'il n'ouvre ce volume, et plus encore avant qu'il ne soit saisi par cette phrase du sonnet XXIII : « Apprends à lire ce qu'écrit l'amour silencieux. » Comprendre que rien de ce qu'on écrit ne rivalisera jamais avec ce silence a tout changé.

Déjà, les lumières puissantes de Liberty Airport en approche nimbent le ciel crayeux. Les terminaux se succèdent, éblouissants, jusqu'au dernier, à l'écart, celui réservé à l'aviation d'affaires. Fixed Base Operator. Terminal privé. La limousine freine sa course pour rouler au pas à travers un dédale de voies, d'allées, de parkings, et s'arrête. La portière arrière ne tarde pas à s'ouvrir. À trente mètres, un avion floqué « Falcon 900 » luit sous les projecteurs. La limousine disparaît, Nick est accueilli par le commandant de bord et le personnel au sol. Les conditions météo sont parfaites. Décollage dans une demi-heure.

Deux hôtesses l'accompagnent dans un salon VIP, Nick se dit que voyager en leur compagnie sera agréable. L'enregistrement a été arrangé. Le passage en douane se fait sans attente. Il présente son passeport. — Bon voyage !

Le jet lui semble démesuré. Presse, snacking, open bar, chaussons en cuir souple de chez Tod's... Un moment qu'il n'avait pas goûté à la classe affaires. Depuis son exploration de Dubaï pour *Vanity Fair*, un cauchemar.

Durée prévue du vol : dix heures et vingt-cinq minutes.

Nick prend ses aises.

Les moteurs vrombissent, le jet rejoint la piste.

Il ne regarde pas vers le hublot à l'instant du décollage.

La magie de la skyline s'est éteinte depuis longtemps comme a disparu son sentiment d'appartenance à cette cité perdue. Il a brûlé ses vaisseaux. *Menefreghismo.*

Dix minutes plus tard, il déboucle sa ceinture, allume une cigarette. Une des hôtesses lui soumet l'étiquette d'une bouteille qu'il valide d'un éclat du regard. Ses *amici* n'ont pas mégoté. Sitôt servi, le vin dégage des arômes de roses séchées. Biondi-Santi 2005. Ça valait la peine d'attendre. Sylvia, enchantée, se tient à sa disposition tout au long du vol. Se pourrait-il que les dieux lui accordent des faveurs, le protègent depuis si longtemps ?

Déjà, les secondes s'approfondissent.

Chaque souffle est riche du miracle du souffle.

L'hôtesse, qui a su démontrer sa disponibilité, s'assure que son passager ne dort plus avant de l'informer, l'avion atterrira dans une heure, et lui propose un breakfast continental. Nick soulève le cache du hublot, le ciel est plein des lueurs de l'aube, il s'y baigne un moment.

La température annoncée au sol est de onze degrés. L'avion se pose en douceur.

Débarquement. Passage par un salon premium, puis clin d'œil du douanier.

« *Buona fortuna signore !* »

Nick ajuste ses Ray-Ban.

Une voiture, vitres teintées, se range à sa hauteur.

— *Requiescat in pace*, Nick ! Repose en paix !

L'opération est terminée

IX

Sa tranquillité m'apaise, sa voix me berce

C'est alors que j'ai reçu un mail que je n'attendais plus. Après avoir interrogé sa célèbre mère qui fut un temps proche de l'artiste, Stéphanie Argerich m'a rapporté des faits et des anecdotes de première main qui m'ont éclairé sur la nature profonde du pianiste touché par la grâce et la démence. Il faut dire que Martha s'y connaît pas mal en matière de psychiatrie. Son avis était qu'il avait été possédé par cette œuvre qu'il avait travaillée jour et nuit et étudiée sans cesse des années durant. Que cet enregistrement sonnait comme « le final d'un long processus de dépérissement ». L'interprète de génie « s'est retrouvé broyé entre Rachmaninov et son Steinway ». J'ai vu plus clair à l'intérieur de cet homme. Accroché à ma table de travail, je ne suis plus sorti que pour me dérouiller les jambes, le soir, le long de la rue Emilia où filait un vent froid, et pour acheter de quoi dîner avant de m'y remettre. Trois mois après mon arrivée, je touchais du doigt quelque chose, tête baissée je fonçais.

Je n'ai pas donné suite à l'invitation de Lisa malgré ses relances. Un soir, son mari m'a suivi depuis le parc ducal jusqu'à mon studio. Posté à un angle de la place, il a surveillé les allées et venues, lorgné la fenêtre d'où je l'observais. Je me suis retenu d'aller le trouver pour voir sa réaction. J'ignore ce que sa femme lui a rapporté. J'ai changé mes habitudes afin de ne plus rencontrer Zelda « par hasard », et fait en sorte de ne pas croiser son père qui passait « comme de juste » sur la place Garibaldi. Je n'ai pas remis les pieds à la librairie Fiaccadori. J'en avais assez de leurs sourires en coin qui insinuaient qu'il allait m'arriver des pépins, que je serais bientôt victime, mais de qui ? D'eux, directement ? Une conspiration qui m'échappait... Bavarder avec Nina, la pharmacienne, trois ou quatre fois par semaine le temps d'un café m'a aidé à baisser la garde. Sa tranquillité m'apaise et sa voix me berce. Attirance réciproque. D'abord évasif, je réponds maintenant volontiers à ses questions sur mon travail. Mieux encore, j'improvise pour elle des épisodes de la vie de mon pianiste qu'elle suit comme un feuilleton. Creuser son univers, avec ses personnages, ses voix, ses atmosphères m'aide à y voir plus clair. Grâce à elle, mon esprit tire le fil d'un récit que je m'empresse de consigner aussitôt de retour chez moi. Elle souhaiterait me faire découvrir la Bibliothèque Palatine dont les archives comptent parmi les plus importantes d'Italie. Sa mère, Vega, en est la directrice. Elle y accueille des chercheurs, écrivains, venus de tous horizons.

J'ai visité Modena où j'ai déposé une rose blanche sur les dizaines d'autres roses blanches qui recouvraient la tombe de Luciano Pavarotti, et sillonné le centre-ville de Reggio Emilia sous une pluie fine qui m'a décidé à acheter une parka d'occasion. Surtout, j'ai marché à travers Parme. Je me suis égaré dans sa périphérie, perdu sur des terrains vagues avec leurs lots de caddies délabrés, de sacs d'ordures, de cadres de vélo abandonnés, de carcasses de voitures calcinées enfouies dans les herbes, et j'ai passé mon chemin sous des regards hostiles. Qu'est-ce que ce type vient fouiner ici ? Que cherche-t-il ? Il n'y a rien à faire ici, on ne traîne pas là sans raison ! Flic ou camé ? Il y a, même quand il n'y a rien à voir, toujours quelque chose à voir.

J'ai parcouru la ville à pas lents jusqu'à me dissoudre dans sa pierre et son air.

Dans le centre-ville, des affiches ont annoncé l'exposition Gravleur intitulée « Gravleur / Noir et tranchant ». L'affiche dévoilait un visage anguleux dont les contours et les traits, tracés à l'encre noire sur papier blanc, étaient ceux de Pier Paolo Pasolini. Cet événement risquait de concentrer les forces en présence, j'ai décidé de m'en passer. La ville était devenue un immense échiquier dont j'étais l'une des pièces. Blancs ou noirs ? Fou ou cavalier ? Qui jouait ? Quel était l'enjeu ? Objet de manipulation ou pas, je n'avais rien à faire dans cette partie.

Peu avant l'ouverture de l'exposition, j'ai trouvé un carton d'invitation dans la boîte aux lettres de l'appartement. Je n'ai pas été surpris. Sûrement le père de Zelda. *Galleria Nazionale di Parma, Palazzo della Pilotta. Vernissage. Giovedì 11 dicembre,* 19 h 00. Valable pour deux personnes. Le carton reprenait le motif de l'affiche. Le regard de Pasolini me traversait comme un rayon X.

Les mégots juraient sur les pavés de la cour

Chaque jour, le Dôme et le baptistère veillaient sur moi

comme des sentinelles. Après avoir vu passer l'automne, gagné par la mélancolie de novembre et de ses brouillards froids et mouillés, je pensais à mon retour. N'ayant dépensé que le strict nécessaire, je pourrais tenir des semaines encore, mais Noël approchait, le moment était peut-être venu. Enfin, c'est ce que j'envisageais jusqu'à la veille encore... Je revenais de la boulangerie avec en tête des bribes de phrases que j'essayais d'assembler quand des mégots de cigarettes écrasés au sol ont attiré mon attention. Seul occupant du petit immeuble, je n'avais croisé personne depuis mon arrivée. Quelqu'un était passé durant mon absence, ou dans la nuit. J'ai inspecté la boîte aux lettres, ratissé l'escalier, le palier, sans rien trouver. Après le déjeuner, je suis ressorti, les mégots juraient sur les pavés de la cour, je les ai ramassés pour les jeter à la poubelle. Ces longs mégots blancs de la marque Parliament, bleu sur blanc, m'ont flanqué une gifle. Une grimace de panique a déformé mon visage.

J'ai défroissé et glissé le plus long dans ma poche.

Nina me trouve agréable, il faut dire que j'ai fait bonne figure jusqu'à son départ. Le fait que je n'utilise pas de téléphone portable l'amuse. Elle a tenu à me montrer des photos de ses frères et sœurs, de la maison de famille située au bord du lac d'Orta où ils se retrouveront pour les fêtes de fin d'année. Elle s'est retenue de me demander ce que j'avais prévu pour l'occasion, son regard ne disait pas autre chose. Je n'étais pas d'attaque pour improviser la suite du feuilleton qu'elle attendait, c'est une autre histoire que j'aurais préféré lui raconter. Elle m'avait apporté un tube de Doxylamine 15 mg, une molécule sans accoutumance censée favoriser le sommeil. J'étais à deux doigts de m'envoyer une pilule avec le fond de mon café. Elle m'a fait un signe avant de disparaître au coin de l'avenue, j'ai foncé vers le bureau de tabac de la rue Longhi.

« Vous auriez des Parliament ?
— Qu'est-ce que c'est ?
— Cigarettes.
— Comment vous dites ?
— Par-lia-ment... »
Le vendeur m'a fait répéter trois fois. Il entendait *Parlement*.
« Connais pas ! »
Il faisait sa *testa dura*, sa tête de con. Le patron est venu à la rescousse.
« *Sigarette americane !* »
Il m'a assuré qu'on n'en trouvait pas ici.
« Sûr ?
— Peut-être à Rome, ou en Sicile ! »

Le ciel était dégagé, j'ai dérivé au hasard des rues. Cette marque de clope m'était inconnue jusqu'à ce que j'ouvre un livre de Nick. Difficile de tourner cinq pages avant qu'il n'allume une de ces fameuses Parliament qui ont façonné son style. Gamberger de nouveau, échafauder des intrigues délirantes pour me retrouver dans les mêmes impasses était tout ce que je voulais éviter, et pourtant. J'avais les deux pieds dedans. J'étais une proie facile. Je me suis vu rejoindre mon appartement, faire mes bagages à la hâte, glisser la clé dans la boîte, et filer à la gare pour monter dans le premier train en partance. Mais pourquoi fuir comme si le choléra avait envahi la ville ? Quelle était, d'où venait la menace ? Me sauver. Mais me sauver de quoi ? Dix minutes plus tard, j'étais toujours pris en étau au milieu du trottoir de la rue Santa Lucia. Au fond de ma poche, le mégot roulait entre mes doigts. J'ai dû me faire violence pour m'arracher de là et monter dans le bus, décidé à m'expliquer avec Zelda, à vider mon sac. Assez joué ! Faute de Zelda à sa caisse, j'ai déambulé dans le supermarché avant de faire le chemin inverse, et de me diriger vers le Caffè Cavour où je me suis attablé. J'étais prêt. Résolu à en finir avec ce qui s'était insinué en moi d'une façon qui avait dépassé ma compréhension. À quitter l'état d'intensité anxieuse dans lequel je m'étais moi-même plongé. Personne ne se tenait au comptoir. Personne n'a ordonné de me faire servir un verre avant de disparaître. Aucun revenant n'est revenu. Et quand bien même, j'y étais prêt. Le charme du lieu a opéré, j'ai regretté de m'être privé de ce plaisir. La stratégie de l'évitement mise en place depuis mon arrivée m'a effaré. La tension accumulée est tombée en même temps que mes défenses. Je n'avais pas rêvé. Je l'avais vu. J'étais présent. Il était présent. C'était réel. Ce n'était pas une hallucination, et pourquoi pas un accident nerveux de l'appareil optique ? J'ignore comment c'est possible, mais il était là. J'avais gaspillé mon énergie, passé des nuits agitées sans raison, près de penser que la démence du pianiste et sa « recherche d'absolu » avaient fini par m'atteindre. À regarder derrière moi, à me tordre comme une flamme, je m'étais fait mal aux cervicales. J'avais manqué des occasions, j'étais passé à côté de rencontres, de découvertes, bref, j'avais foutu en l'air une partie de mon séjour. Mes yeux étaient devenus d'autres yeux.

Cette putain d'angoisse logée sous mon plexus a disparu.

J'ai vu clair.

D'aplomb à nouveau, le mégot blanc et bleu posé devant moi, j'ai commandé une eau pétillante. La tête froide, je réfléchissais à la situation. On avait laissé cet indice à mon intention, et je n'avais aucune idée du pourquoi. Un canular monté de toutes pièces ? Non. Je n'y croyais plus. Au contraire, le scénario imaginé après avoir vu Nick, plus extravagant encore que celui de l'évasion de la prison des Plombs par Casanova, revenait en force, toujours aussi fou, et plausible aussi. Cette histoire lui ressemblait, enfin, tel que je le percevais. C'est celle d'un type qui a décidé de se foutre de tout et de tous pour vivre et œuvrer sans filet comme seul un condamné à mort peut se le permettre. Son ultime geste de rébellion, par souci de sauvegarde, goût de son propre destin, remonter lui-même le drap sur son visage, et disparaître. Beaucoup en ont rêvé, il l'a fait. « Je vais, je viens, je m'évade ! *Vaffanculo a tutti* ! » À soixante-dix ans, plutôt que d'éteindre les lumières et de s'en aller vers une sombre sénescence, il était prêt pour de nouveaux pas de danse. Trois mois après avoir observé l'homme qui se tenait à ce comptoir, je l'admettais sans pâlir, c'était lui. Ce à quoi j'aurais eu du mal à croire dans un livre, au cinéma, ou bien si on me l'avait raconté, se produisait dans ma vie. Quelle leçon ! C'était impossible, incompréhensible, et c'est pourquoi j'y croyais. Il ne me restait pas d'autre solution non plus. J'en restais comme essoufflé.

Reconnais l'occasion favorable !

Libéré, j'ai pris le chemin de la librairie. Une vendeuse arrangeait l'imposante vitrine aux couleurs de Noël, c'est à peine si elle m'a prêté attention.

« Je vous laisse regarder.

— C'est ça, merci !

— Notre rayon nouveautés étrangères se trouve à l'étage... »

J'ai embrayé vers le rayon littérature américaine. Les livres de Nick remplissaient un casier étiqueté à son nom bien plus fourni que la première fois. J'ai commencé à feuilleter l'un d'eux, *Il mistero Sindona*, un livre qu'aucun éditeur français n'a encore eu la bonne idée de publier. Pour être fair-play, le livre, pourtant caviardé par l'éditeur américain, a fait peur à l'éditeur anglais qui a refusé de le publier par crainte de poursuites ou de représailles, d'autant que Michele Sindona a été retrouvé « suicidé » peu après ses « confessions ». Après une inspection minutieuse, déçu, j'ai ouvert un autre volume. J'espérais trouver une page cornée porteuse de message. J'attendais un signe. Aucune pliure n'épaississait les tranches jusqu'à ce que je tire un exemplaire de *Sotto Tiberio*, son ultime roman, l'histoire d'un vagabond charismatique qu'on engage à se faire passer pour le Messie. Et l'imposture fonctionne. Ce roman jugé blasphématoire avait fait quelques vagues à sa sortie. J'ai repensé à une interview piégeuse menée par un journaliste littéraire soi-disant au fait de l'histoire des religions auquel Nick avait appris deux ou trois choses au passage. Du genre, pourquoi, en dépit de l'enregistrement obsessionnel des Romains, n'y a-t-il jamais eu de référence *vérifiable* à Jésus ? Car si Tacite le mentionne, de même que Flavius Josèphe dans sa *Guerre des Juifs*, Nick avait découvert que ces mentions sont dues aux interpolations de scribes monastiques médiévaux. Et ouais, les Évangiles consacrés au récit de la vie de Jésus ont été écrits un siècle après les faits. D'où sa question : et si la plus grande histoire jamais racontée n'était qu'un ramassis de pures sornettes ? Le pouvoir de l'Église catholique repose sur des fables grossières. Son livre en forme d'évangile respecte scrupuleusement l'Histoire et reflète simplement ce qu'il connaît de la nature humaine, à savoir la peur et la cupidité. S'il a tenté de donner une version alternative de l'histoire de Jésus, ce n'est pas par volonté de choquer ou de faire le malin, mais pour s'approcher de la réalité. Le journaliste ne pouvait imaginer que son bouquin était le fruit de vingt ans d'études et de recherches approfondies. L'interview se finissait en eau de boudin, c'est-à-dire en apothéose. Après avoir été interrogé sur sa foi, Nick, qui en avait marre de devoir s'expliquer face à un conservateur ignare, avait lâché que tous les dieux ne sont que des fantômes, des émanations de l'esprit des hommes. Et que celui qui croit en Dieu ne croit pas en lui-même. « Celui qui prie Dieu prie les chiottes bouchées de son propre être insignifiant. » Je n'ai remarqué aucune pliure, mais les traits de stylo qui soulignaient des passages m'ont sauté aux yeux. Pointe fine. Noir sur noir. J'ai refermé le livre. Pas ici, pas maintenant, j'ai pensé, avant de me diriger vers la caisse le bouquin pressé contre ma poitrine. La libraire m'attendait tout sourire pour me proposer un emballage cadeau, et en français encore, j'ai accepté. Quand je lui ai demandé si le libraire à qui j'avais eu affaire était dans le coin, elle s'est contentée de me remettre le paquet.

Dehors, j'ai demandé du feu à un gamin qui fumait et j'ai tiré deux taffes sur le mégot.

La nuit était tombée, un froid humide montait des pavés luisants. J'ai marché jusqu'à la place Garibaldi qui s'étirait sous les illuminations. Spectacle de haute magie. Les Italiennes en manteau de fourrure et chapka qui sillonnaient la rue Emilia et ses boutiques donnaient vie à une gravure ancienne. Ce livre m'entraînait dans une aventure, une expérience dont l'essence m'échappait, mais dont j'étais enfin prêt à accueillir les mystères. Je me suis posé à la terrasse d'hiver de l'Orientale et, collé au chauffage extérieur, j'ai sorti mon carnet avant d'examiner le livre page par page. Les extraits soulignés n'étaient pas nombreux. Le premier d'entre eux, page cinquante et une, « Il est rare de se tromper si l'on suit l'enseignement des Sept Sages », m'a laissé de marbre. Il s'agissait là d'un collège de philosophes et de législateurs présocratiques, mais j'étais incapable de citer l'un d'entre eux. Page cinquante-trois, j'ai appris qu'un certain Pittacos en faisait partie et qu'il aurait conseillé : « Reconnais l'occasion favorable ! » Mes yeux passaient du livre à la place comme si un signe pouvait m'être envoyé à tout instant. « Que tous ceux qui ont des oreilles entendent. » Je m'efforcerai d'entendre. Enfin, « J'en ai terminé ici, c'est une vie nouvelle que je veux » me laissait sur ma faim. Je méditais ces mots, je méditais ce que je savais de l'homme qui les avait écrits. Rien ne me venait. Aucune étincelle, le feu ne prenait pas. J'avais imaginé trouver une raison, que de simples mots épars, une fois alignés, prendraient sens et me mettraient sur une piste. J'avais besoin de plus. J'attendais une date, une heure, un lieu de rendez-vous. Finis les interrogations, les doutes. Je voulais une conversation, un échange, une rencontre. C'est ça, une rencontre.

Ce soir-là, j'ai poussé la porte de L'Angiol d'Or, rue Scutellari, le restaurant chic fréquenté autrefois dont j'avais plus d'une fois reluqué la carte présentée dans son cadre à pied rococo. La salle était déjà remplie. On m'a installé à une table qui donnait sur la rue avant de me servir, comme par le passé, une assiette d'anolini au bouillon de bœuf et chapon recouverts de parmesan, une spécialité qu'on ne trouve plus une fois passé un rayon de dix kilomètres. J'attrapais au vol des bribes de conversations, ce fond sonore était agréable. Je mesurais que le charme de cette ville était de concentrer des attraits dispersés de l'Italie, été comme hiver. Détendu, je relisais mes notes, dégustais un verre de Brunello et remarquai que le motif jungle de l'abat-jour de la lampe qui plongeait la table dans une ambiance cosy mettait en scène une panthère ou un léopard se prélassant sur la branche d'un arbre. C'est alors que j'ai griffonné un message à son attention. Deux lignes. Il comprendrait ou pas.

Une fois rentré chez moi, j'ai inspecté la cour et suivi les feux clignotants des avions long-courriers dont j'inventais la destination en passant d'un pied sur l'autre. Pourquoi ne pas rester ici le temps des fêtes ? Rien ne m'obligeait à partir. J'ai plié la page arrachée de mon carnet pour la déposer dans la boîte aux lettres à moitié défoncée.

Le lendemain, comme à chacun de mes passages, j'ai jeté un œil aux pavés de la cour et au-delà. Je n'avais jamais pensé être observé, suivi à la jumelle, localisé, « contrôlé » depuis quelque part, pourtant l'impression d'une présence diffuse, un vertige infime, un tremblement de terre à peine sensible, ne me quittait pas. Comme s'il était là, tout près, et hors de portée. J'ai eu besoin d'entendre la voix qui m'accompagnait, d'écouter mon instinct. Elle m'a rappelé que « percevoir » une présence n'est pas « voir », et conseillé de laisser advenir, de laisser faire signe, de laisser exaucer. Ses derniers mots : — Suis ta trace !

Je suis retourné au Cavour où le serveur m'accueillait désormais avec le sourire réservé aux habitués. C'est dans l'odeur de café torréfié qui embaume le lieu que m'est venue la dernière phrase de mon livre.

J'étais venu pour ça, et c'était fait.

Sortir d'une histoire pour entrer dans une autre.

Peu avant Noël, la neige s'est mise à tomber pour bouleverser la vue familière qu'offrait l'appartement. Entre deux séances de corrections, j'ai contemplé la place blanchie qui grandissait à vue d'œil avant de me précipiter dehors, d'entrer dans ce point de vue, et de prendre part au changement de perspective. Après ce bol d'air, de retour chez moi, j'ai suivi le lent effacement de mes empreintes. Les flocons duveteux voletaient, le vent se collait à la fenêtre, je vivais chaque seconde, chaque battement des paupières. J'assistais à un autre lever du jour dans la journée.

La neige tenait bon, c'est elle un matin qui m'a fait prendre le bus en direction de la piste d'athlétisme. Sous le ciel poudreux, j'ai trottiné, cherché les appuis, jusqu'à atteindre mon rythme naturel. La neige crissait à chaque foulée, une odeur de fumée flottait dans l'air. Le froid gagnait mes doigts, je boxais l'air glacé. Je transpirais à cet endroit sous le soleil d'octobre il y a peu... À chaque tour de piste, longeant les tribunes vides, j'espérais distinguer un spectateur, sentir le feu d'un regard, en vain. Personne n'est apparu pour m'encourager.

Un pas en arrière et il disparaissait

Le carton d'invitation à l'exposition du peintre français était resté en évidence sur ma table de travail, et le regard de Pasolini m'apparaissait tout autre. J'ai proposé à Nina de m'accompagner à la Galerie nationale. Elle n'aurait sans doute pas découvert ces œuvres par elle-même et s'est réjouie de le faire avec moi. Elle a simplement souri, ça m'a plu. Le jeudi 11 décembre, je l'ai retrouvée à la pharmacie, après son service. Elle portait un manteau long croisé vert olive et des gants de cuir mauve pour l'occasion. Alors qu'elle traversait la rue, des cheveux se sont échappés de son chignon, elle a plissé les yeux et agité la main comme on chasse une abeille. J'ai lu dans ce geste toute la vie gracieuse qui l'animait. Un voile était tombé. La pluie glaçait les pavés, elle s'est accrochée à mon bras, et de *vicoli* en *passaggi*, on a pris le plus court chemin pour le Palazzo della Pilotta. Je lui racontais le peu que je savais sur le travail du peintre, j'évoquais les autoportraits de Rembrandt, sa main qui pressait mon bras diffusait sa chaleur. À côté d'elle, je pensais à elle dont je ne savais presque rien, rien de ses peurs, de ses chagrins, de ses rêves. Son ombre dansait sur les murs humides des ruelles, j'allais prolonger mon séjour, ces instants me le confirmaient. Nina parlait des sorties scolaires grâce auxquelles elle avait découvert les tableaux de Fra Angelico, du Corrège, de Tiepolo. J'hésitais à lui déballer les scènes troublantes vécues ici depuis mon arrivée, à lâcher qu'après des mois de déni, j'en étais venu à douter puis à croire qu'un type qui s'était fait passer pour mort, à New York, hantait cette ville. Que cette « Exposition Gravleur » pourrait ajouter un chapitre à cette étrange affaire. Sa réaction aurait été révélatrice. J'étais gêné, je crois, non par le caractère insolite de cette histoire, mais par ce qu'elle révélait de moi.

On approchait du palais. Sous le calme affiché, l'emballement de mon cœur.

« Tu n'as pas peur de te balader la nuit au bras d'un quasi-inconnu, et bien plus âgé que toi. L'époque invite à la prudence.

— Peur ? Je ne regarde pas la télévision !

— Tu ne connais pas même mon nom, je pourrais très bien...

— Je connais ton nom !

— Ah ouais ?

— Il est écrit sur la boîte aux lettres de ton studio, monsieur...

— Tu es passée chez moi ?

— La fois où je t'ai déposé l'échantillon de mélatonine !

— J'avais oublié...

— C'est peut-être toi qui devrais avoir peur...

— Ah bon ? »

Une lueur a dansé dans ses yeux pétillants.

« Puisque c'est moi qui vais me coller à toi et t'embrasser !

— Tu fais bien de me prévenir !

— J'attends pour ça qu'on passe devant la fontaine, place Murillo...

— Très *Dolce vita* ! »

Elle a souri, et murmuré quelques mots pour elle-même.

Place Murillo, Nina a tenu parole.

Paré de poteaux de guidage à cordons rouges, l'escalier monumental qui menait à la galerie était éclairé. Soirée de gala. Le hall quoique vaste était bondé. Un buffet était servi. J'ai passé silhouettes et visages au scanner, bien préparé à voir réunis les acteurs de ce faux polar. Aucun d'eux ne se trouvait là. Un parcours fléché nous a menés à la salle réservée aux expositions temporaires. Une trentaine de dessins, portraits pour la plupart, attendait les visiteurs. Des visages au regard mis à nu vous fixaient du fond de leur âme. Des silhouettes émergées du néant, ahuries d'être là ou à peine là, les yeux saturés de solitude, la bouche gonflée de cris muets qui perçaient les murs. Une armée d'ombres où figuraient Jean-Michel Basquiat, Marlon Brando en colonel Kurtz ou encore Dante Alighieri coiffé d'un linge blanc, les pupilles dissoutes à force de fixer la mer et d'espérer sa Béatrice. L'accrochage, subtil, soumettait le visiteur. Personne ne lui échappait. Dans cette galerie de miroirs tendus, où qu'il se tourne, chacun se retrouvait face à une de ses propres expressions. Je dérivais au gré des courants levés par ces transis quand il a surgi, immobile, un œil ouvert, l'autre comme cousu, noir sur blanc. J'ai retenu mon souffle et me suis approché de crainte qu'il ne regagne les limbes d'où il affleurait. Un pas en arrière et il disparaissait. Nick n'a pas bougé. Premier face-à-face, pensais-je. Ses traits étaient reconnaissables bien qu'ils soient fondus au noir. L'esquisse de ses cheveux, de ses yeux, de son nez, de sa bouche restituait sa présence. Ses joues creusées comme s'il venait de tirer sur la cigarette coincée entre ses doigts squelettiques. Gravleur avait ponctionné sa moelle pour la transfuser dans un dessin. Sous certains figurait une légende, c'était le cas ici. J'allais sortir mon carnet quand Nina a posé sa main sur mon épaule pour me guider vers une œuvre qui se trouvait dans un recoin de la salle, posée sur un guéridon doré. Il s'agissait d'une sculpture en terre bistre, une tête humaine emmaillotée de toile de jute moisie dont les orbites sombres vous toisaient alors que le trou béant de sa bouche exhalait l'haleine de l'au-delà. Nina semblait fascinée. Je suis retourné me planter devant le portrait de Nick pour reprendre notre tête-à-tête de mort et relever sa légende. Sa présence était telle que je n'ai pas résisté à coller une oreille contre la vitre de protection, j'étais préparé à sentir un souffle, à recevoir un message. La salle s'est vidée peu à peu au profit du hall et de ses festivités. Retenus par cette compagnie de spectres échappés de chez Goya ou Velázquez, on est restés un moment avant de s'éclipser sous leurs regards indulgents.

Il ne se passerait plus rien ici ce soir. Nick ne m'apparaîtrait pas un verre de vin à la main en pleine discussion avec une princesse italienne, je n'avais pas l'intention de faire de vieux os, quand Nina s'est fait mettre le grappin dessus par des amis. J'ai louvoyé jusqu'au coin librairie où se trouvaient les fac-similés des carnets du peintre ainsi que *Never Trust a Loving God*, le livre issu de sa collaboration avec Nick, sur lequel je me suis attardé. Textes et dessins, placés en vis-à-vis, faisaient bloc. « Je veux seulement enfoncer mon poing dans le vagin du monde jusqu'à ce que le sang de chaque âme dégouline comme du vin sur mon poignet » jouxtait un croquis à la démesure de ces mots. Tout comme le dessin d'un squelette coiffé d'un chapeau, une bouteille à la main, s'accouplant à une créature à peine humaine, était éclairé par trois mots qui couvraient toute la page : « L'amour conquiert tout. » Du pur Nick, je pensais, quand la lumière d'un flash m'a ébloui. Nina se tenait à deux mètres, téléphone portable en main. J'ai grimacé en signe de protestation, elle s'est approchée pour jeter un œil sur le livre qu'elle a aussitôt décidé d'acheter.

« Ça ne t'effraie pas trop ?

— Non, je trouve ça... »

Elle s'est arrêtée sur un nu, le derrière d'une femme dessiné au crayon.

« Et toi, ça ne t'effraie pas ? »

Le texte qui accompagnait le nu l'a fait marrer. « Aphrodite aux fesses divines, enfile ton slip et ton soutif et descendons vers la mer. » Elle a refermé le livre, lu le nom de l'auteur.

« Je ne le connais pas, et toi ? »

Alors qu'on traversait le hall, j'ai filé droit vers la sortie tout en inspectant l'assemblée à la dérobée. Aucun profil connu, personne pour m'aborder, me poser une main sur l'épaule. Ceux que je m'attendais à rencontrer, qui m'avaient peut-être amené jusqu'ici, s'étaient donc évaporés.

Ce que les dieux n'ont pas vu

Nina était ravie. L'exposition lui avait fait forte impression, et rencontrer des amis de longue date l'avait galvanisée. — J'ai faim ! D'un pas rapide, elle m'a entraîné vers la trattoria des frères Rossetti où elle avait ses habitudes. Nous n'avions jamais passé plus de deux heures ensemble. Cette femme devant moi, réelle, était la seule de mes rencontres ici à ne pas m'avoir ramené à ce à quoi je cherchais à échapper. On a commandé de la charcuterie, du fromage, du vin, et elle a ouvert son livre. J'observais ses réactions, ses paupières papillonnantes, la brillance d'une aile de son nez, sa bouche qui frémissait, la main qu'elle posait sur le papier glacé pour en sentir la vibration.

« Tu ne m'as pas répondu, tu connais le type qui a écrit ces textes ? Il n'a pas froid aux yeux ! »

Je n'étais pas prêt à m'embarquer dans ce récit.

« C'est un écrivain américain.

— Qu'est-ce qu'il a écrit ? Ça m'intéresse ! »

Je lui ai donné quelques titres.

« Vivant ? »

Elle souriait sans se douter de la portée de sa question.

« Je crois bien, oui !

— Tu connais un peu son histoire ? »

Bordel, est-ce que Nick faisait cet effet à toutes les femmes ?

« Comme ça... Il admirait tellement William Faulkner qu'il a un jour décidé de voler une page du manuscrit des *Palmiers sauvages*. Pour ça, il s'est rendu au département des manuscrits de la bibliothèque de Virginie, à Charlottesville, et grâce à de faux documents qui l'ont fait passer pour un chercheur, il a eu accès au manuscrit original dont il a dérobé la dernière page vite remplacée par une autre dactylographiée par ses soins. La sécurité n'y a vu que du feu. Il est rentré chez lui avec ce trésor qui irradiait comme du radium. Il l'a conservée des années, cette page sacrée le protégeait.

— Comment connais-tu cette histoire ?
— Il l'a racontée ! Et comme c'est énorme, évidemment, tout le monde a pensé qu'il l'avait inventée pour faire le malin. Un jour, pour que cette page ne se perde pas ou ne tombe pas entre de mauvaises mains, il l'a renvoyée à la bibliothèque de Charlottesville avec une lettre.
— Une lettre d'excuses ?
— Une lettre bien sentie dans laquelle il réglait leur compte à tous les pseudospécialistes qui n'y connaissent rien, à tous les prétendus experts de Faulkner incapables de différencier un manuscrit original de la pâle copie qu'il avait pissée en cinq minutes sur une machine à écrire pourrie. Leurs enfants dégénérés, leurs mères alcooliques et leurs femmes qui... Bref, personne n'a été oublié ! Une lettre signée de son nom. Les mecs n'allaient pas la ramener !
— C'est génial ! Il en a fait d'autres dans le genre ? »
Ouais, Nina, tu n'imagines pas jusqu'où il est allé...
« Il a passé sa vie à ça ! Avec cet épisode Faulkner, il a compris que l'inculture et l'incompétence règnent partout. Cet avènement de l'ersatz lui a donné des idées. Fort de ses compétences en matière de poésie ancienne, il s'est débrouillé pour faire authentifier des copies de manuscrits originaux, pour servir d'intermédiaire lors de ventes privées. Les collectionneurs du Moyen-Orient, aussi avides qu'ignares, ne sont pas difficiles à abuser. La mafia n'était jamais loin...
— Une autre ?
— Un jour, avec un ami, ils ont attaqué un flic, l'ont menotté à un poteau dans la rue, et se sont barrés avec sa voiture de fonction avant de l'abandonner sous le pont de Brooklyn.
— Mais pourquoi ?
— L'arrogance des flics parfois... Je pourrais te raconter un tas d'anecdotes drôles, étonnantes, effrayantes aussi. Ce type a joué toute la gamme. Il a passé sa vie à chercher. Détective maniaque, il a déniché des fumeries d'opium à Vientiane,

interviewé des cardinaux, des mafiosi et des cheikhs, il a déchiffré le message cryptique qu'Ezra Pound a griffonné dans son propre exemplaire des *Cantos* alors qu'il se trouvait dans la bughouse, il a retrouvé et interrogé la première femme de Phil Spector, longtemps présumée morte... Il a eu une liaison torride avec Catherine Deneuve quand il vivait à Paris avant de lui piquer le numéro de téléphone portable de Charlotte Rampling... Disons qu'il a emprunté l'un de ces chemins bordés de gouffres qui mènent à la liberté. Et accessoirement écrit des livres à la beauté unique. »

J'ai poursuivi en français.

« Il a vécu et écrit depuis son obscurité et sa lumière secrètes. De cette lumière et de cette obscurité pointe la lucidité de son regard.

— Je n'ai pas tout compris, mais c'était agréable à entendre !

— Il a mordu la ligne blanche, flirté avec la vie et la mort jusqu'à les étreindre avec fougue et élégance.

— Tu parles de lui au passé, mais tu m'as dit qu'il était encore vivant !

— Il l'est ! S'engendrer par le souffle et l'esprit a été sa seule affaire...

— C'est un maître spirituel, un philosophe...

— À sa façon... Mais si pour Heidegger " vivre est la liberté vers la mort ", c'est la liberté vers la vie qu'il a choisie. Kant parlait de *Ding an sich*. Lui parle d'alcool et de cuisses de femmes. C'est plus sûr. »

Nos plats ont été servis, on est alors passés à autre chose. Parler de nos expériences de cette ville, au cœur de laquelle on s'était peut-être croisés, était une façon de se présenter par touches légères, sans le recours aux questions habituelles. Ni C.V. ni livret de famille. Nina picorait dans son assiette avec naturel, riait à mes fautes d'italien, son regard n'était jamais fuyant et les silences ne l'effrayaient pas. Elle dégageait la douceur et le charme de celle qui n'a aucune certitude et n'émet que des vœux. Je lisais dans les intonations de sa voix, dans cette façon dont elle lissait la nappe de sa main, dans les infimes fléchissements de son annulaire qui lui servait de balancier, conscient que de son côté elle me percevait au-delà de ce que je disais à propos de la saveur des tortellini aux herbes de ma tante Tina. — Son secret : le beurre fondu parfumé à la sauge ! S'abandonner à cette heure où l'on en sait si peu l'un de l'autre, n'exiger rien de plus que ce moment, accord tacite. Ses seins moulés dans une robe de laine écrue ont dû capter mon attention, elle a croisé les bras et décoché ce genre de sourire qu'on voudrait respirer.

« Ce n'est pas tout à fait ce que tu imagines !

— Pardon ?

— Mes seins !

— Désolé, je ne voulais pas...

— On a dû m'en enlever la moitié d'un... L'un est plutôt joli, l'autre ressemble à un ballon dégonflé.

— Ça ne se voit pas.

— Il y a des " trucs " pour ça ! Tu sais, j'ai passé la soirée d'hier à me demander comment m'habiller, être à mon avantage sans paraître endimanchée...

— C'est réussi ! La coiffure aussi...

— Ma coiffeuse appelle ça un chignon *Vertigo*.

— Il fait cet effet, je te le confirme ! »

Nina a redemandé un verre de vin, et ce que j'avais prévu pour les fêtes est repassé en douce dans la conversation. Elle m'a proposé de séjourner dans sa maison du lac d'Orta. J'ai dit qu'on m'avait déjà invité à partager le réveillon de Noël et que je n'avais encore rien décidé pour la suite. Il se faisait tard, la trattoria s'était vidée, le chef a insisté pour qu'on goûte son limoncello maison. — Celui de Sorrento n'est que de la *piscio* pour touristes ! Nina lui plaisait, il nous a resservis. Posée sur sa joue, sa main tremblait.

« J'ai une idiote envie de pleurer...
— On a un peu bu.
— C'est le trop-plein de vie ! »
L'expression m'a fait sourire.
« Ce n'est jamais trop dans ce domaine. »

La situation du « Et maintenant ? » ne s'est pas présentée. Nina habitait un appartement situé près du jardin public, de l'autre côté de Parme, pourtant, sans nous concerter, nos pas ont résonné de concert sur le pavé de la ruelle sombre qui menait à mon studio. Elle m'a prévenu qu'elle devrait partir de bonne heure le lendemain demain pour réceptionner une livraison de médicaments, j'aimais voir le jour se lever, tout allait bien.

« Le seul problème c'est que je n'ai qu'une brosse à dents. »
Elle a brandi son sac à main.
« J'ai mon nécessaire de voyage.
— C'est ce qu'on appelle être prévoyante.
— Non ! C'est la première fois ! »

Avant même d'entrer dans la cour, j'ai remarqué que la cage d'escalier était éclairée. Une pression sur le bouton offrait deux minutes de lumière. Quelqu'un venait de passer ou se tenait peut-être là, tout près, dans le recoin obscur du porche. Le métal de la boîte aux lettres m'a envoyé une décharge électrique. Le message qui s'y trouvait depuis des jours avait trouvé son destinataire. J'ai joué le calme. On est montés.

Nina a été happée par la vue, la place qu'elle connaissait depuis toujours était « passée en cinémascope ». Au prétexte d'un sac-poubelle à jeter, je suis redescendu pour plonger dans le noir profond de la cour où j'ai attendu que brasille une cigarette, que s'allume un regard.

À mon retour, la lumière était éteinte. Nina, toujours devant la fenêtre, avait ôté sa robe. Ses cheveux détachés et sa peau mate l'habillaient encore dans la pénombre. Le halo bleuté venu du Dôme teintait le plafond du studio. J'ai mis de la musique à bas volume.

« C'est qui ?

— Ça te plaît ?

— C'est parfait !

— Troisième concerto de Rachmaninov... »

L'amazone s'est approchée.

« IL A VU CE QUE LES DIEUX N'ONT PAS VU ET IL S'EST TU. »

La légende qui figurait sous le portrait de Nick a pris tout son sens.

X

Tempête de bleu pur

Palerme. Grand Hotel et Des Palmes, suite 23.

À l'ombre, sur la terrasse privée qui domine le Giardino inglese, Nick, torse nu, bronzé, regard viré au vert olive, écrit depuis l'aube sur le papier à en-tête de l'établissement dont il a raflé un stock. Sa table est encombrée de documents arrivés de Londres, Paris, Florence, de tasses à expresso, d'un cendrier rempli de mégots, d'une coupe de figues de barbarie. Onze heures. On frappe à la porte, un jus de grenades pressées lui est servi, il se fout de son pouvoir antioxydant, son goût puissant et âcre lui en rappelle un autre, autrement plus suave que celui du Baclofène, *succo di fica.* Il tire sur une cigarette, à travers les anneaux de fumée, le pavillon entouré de ficus centenaires, de cactus et de buissons fleuris qui s'élève au centre du jardin ouvre en lui une brèche d'infini.

Après un séjour dans les Pouilles où il a retrouvé des traits familiers sur des visages étrangers, une certaine musique dans les voix, et renoué avec l'esprit de son grand-père et de ses frères, vieillards aux visages de pierre, dignes figures de cette noble *albanian connection*, Nick a commencé par dériver vers l'ouest, Campobasso, Isernia, Venafro, certain qu'il n'y avait rien de mieux à faire. Son instinct l'a poussé à échouer non loin de Gaète, entre Rome et Naples, dans le parc naturel Monti Aurunci, où il a loué une maison de pêcheur posée à l'abri d'une crique ouverte sur le ciel, le sable, et les vagues qui revenaient sans fin sur la mer Tyrrhénienne. Sur cette plage sauvage, enivré par les vents tièdes et le soleil flottant sur les eaux, il a vécu un ravissement fait de rêves éveillés, de visions régénérantes. Cure « bien-être » et « thalasso » haut de gamme. Jour de cristal après jour de cristal, nuit de velours après nuit de velours, il a changé de *tempo*, avec plus d'acuité encore il a perçu dans quel état il se trouvait. Lavé par les bains de mer, l'antique mer, il a lentement ouvert les yeux et repris forme humaine. Son esprit, encrassé comme l'étaient ses vaisseaux et capillaires, trempait. Il était préférable de le laisser tremper ainsi, longtemps.

Nick, désormais, avait tout le temps.

Certains matins, il faisait une apparition dans le petit village tout proche où il goûtait aux olives du Latium, aux tielles farcies de poulpes servies avec un verre de Frascati, et où on ne lui posait aucune question. Sur le marché local, il achetait les provisions nécessaires à sa retraite, et apprenait au passage de la bouche d'un maraîcher édenté que selon Virgile, Gaète, *Caieta*, était le nom de la nourrice d'Énée qui aurait été enterrée sur la plage. Le vieux était fier d'ajouter que Cicéron avait été assassiné ici même, « juste derrière la pointe rocheuse ». Nick se trouvait au bon endroit. TriBeCa était loin.

À l'aube, assis devant l'infini marin, il observait la calme luminescence couleur de perle, écoutait le silence jusqu'à percevoir derrière le jour naissant, derrière le silence. Puis il accompagnait des pêcheurs, deux frères du cru pas vraiment bavards, ça lui convenait. Après trois heures de mer, ébloui par les nuances de bleu sous le ciel blanc platine, il les aidait à décharger la *barca* avant de partager des pains garnis de sardines confites et de sécher la fiasque du vin blanc qu'ils produisaient eux-mêmes. Il avait adopté la tenue locale, pantalon de toile, débardeur côtelé, et chapeau de paille. Sa peau se tannait, sa barbe épaississait, il respirait la lumière.

La femme du propriétaire est passée pour l'informer que sa belle-sœur, pharmacienne, lui avait arrangé un rendez-vous avec un médecin. Elle a aussi apporté un hamac qu'ils ont suspendu ensemble aux deux pins qui semblaient avoir été plantés à cet effet. À l'ombre, bien à l'abri du vent qui se levait en début d'après-midi, Nick s'y est allongé, un instant plus tard, il flottait dans un demi-sommeil qui dissolvait de vieux rêves. Le vide, l'oppression dans la poitrine, s'atténuaient. Sa convalescence serait longue.

En fin de journée, il se mêlait aux habitués de la terrasse du café, écoutait une surenchère d'histoires qu'il saluait d'une tournée de Spruilli. On trinquait à sa santé. Si à son arrivée, *inglese*, *americano*, étaient murmurés dans son dos, depuis il était devenu Nicky à la sauce italienne. Après une approche prudente, que tous avaient suivie du regard, la serveuse avait osé engager la conversation. Bientôt, Ezia lui apportait *Il Messaggero*, le journal du coin dans lequel il découvrait la date, le temps des calendriers n'étant plus le sien. Deux ou trois mois plus tard, Ezia lui lisait son horoscope, rituel qu'elle prenait très au sérieux. « Restez sur vos gardes » entraînait une moue appuyée, « Aujourd'hui, rien ne pourrait vous anéantir », elle laissait éclater un grand sourire. Elle ignorait que chaque jour était pour lui *delizioso.* Que le galet du soleil déclinant était un dieu à ses yeux. Que la mer lui parlait, que son souffle, plus puissant que le valium, diffusait dans son sang ce qui ressemblait à la paix. Livré à l'opulence de la nuit, son cœur battait au rythme du pouls de l'univers. Il avait des cigarettes en réserve, le *Canto 45* d'Ezra Pound illuminait son esprit.

« Le paradis, voilà ce que j'ai tenté d'écrire / Ne bouge pas / Laisse parler le vent / C'est le Paradis. »

Deux saisons étaient passées, peut-être trois. Pour l'heure, Nick ne souhaitait rien d'autre que sentir les forces lui revenir, et parmi elles, la plus grande, la force de la douceur. Il l'a découverte le soir où Ezia se promenait sur la plage. La prédiction du jour devait être favorable, car son sourire innocent promettait un tas de choses. Promesses tenues. À la tombée de la nuit, ils marchaient le long de la côte sauvage jusqu'aux fortifications de Gaète, le plus souvent en silence. Le siroco qui balayait la plage était suffisant.

Des semaines encore ont passé. Au retour d'une balade, Nick a évoqué un certain d'Ascoli, contemporain de Dante, brûlé vif en même temps que ses écrits. Une œuvre qui ne subsiste plus qu'à l'état de vestiges. Ezia, en dégageant l'épaisse chevelure qui battait contre son oreille, l'a écouté. Il a reconnu en savoir très peu sur cette histoire, mais il venait de lui confier quelque chose. Il a parlé de la nuit de feu que le poète et encyclopédiste, enchaîné dans la puanteur froide d'une cellule de prison de Florence, a endurée avant les flammes du bûcher de l'Inquisition, le 10 septembre 1327, au petit matin. Motif de sa condamnation : relaps – catholique retombé dans ce que l'Église considère comme une hérésie alors qu'il y avait solennellement renoncé. L'espace d'un battement de cœur, Ezia a compris que Nick partirait pour en apprendre davantage. Pour savoir.

Le printemps dispensait sa lumière tendre, sa chaleur modérée, quand, un matin, Nick est entré chez le *barbiere* qui travaillait à l'ancienne. Le type a dû user de la tondeuse, des ciseaux, du rasoir, et faire mousser par deux fois son pot de crème Proraso. Nick n'était plus le même homme à sa sortie. Il laissait derrière lui bien plus que des cheveux, poils et ongles jonchant le parquet du salon. L'éclat d'un visage perdu depuis belle lurette lui était revenu. Il se ressemblait de nouveau. Quand Ezia l'a retrouvé sur la place, un voile noir est passé devant ses yeux. Mais Nick n'était pas tout à fait prêt à partir. Sa cure de soleil et de mer touchait à sa fin, elle l'avait obligé à découvrir ce qu'il cherchait et désirait vraiment, mais il ressentait encore le besoin de ses alliés, sa plage tranquille et son silence intemporel, son ciel illimité et sa douceur de rêve sans peur. Il voulait profiter de ces faveurs célestes, se coller une fois encore au petit cul de Ezia blotti au creux du hamac, lui parler de Virgile, parachever sa renaissance le nez enfoui dans sa crinière. « Ne pas bouger / Laisser parler le vent. »

La saison était avancée, la chaleur plus marquée, Nick est monté dans le car, trois quatre passagers étaient déjà installés. Le véhicule s'est ébroué avant de prendre la direction de Minturno et de Teano, première halte, puis Naples, le terminus. Les terres arides de Campanie défilaient, son regard vagabondait, Nick réfléchissait à sa situation, à la manière de procéder. Naples exhala son air poisseux dès l'entrée des faubourgs. Il a dû s'accrocher à son siège pour encaisser l'impact. Retrouver la civilisation, sa pesanteur, après quinze mois de récollection sous brise iodée, l'a fait transpirer. Son dos ruisselant était la preuve manifeste que le coton égyptien de sa chemise n'était pas adapté aux courants chauds qui semblaient venus du cœur en fusion *dal Vesuvio* dont l'ombre plane sur la ville.

Nick a pris une chambre à l'Hotel Santa Giuglia où il s'est rafraîchi avant de commander une *frittura di paranza* accompagnée d'un Lacryma Christi. Puis il a fumé une cigarette sur le balcon, face à la baie, tout en écrivant « À l'attention du chef de mes deux ». Après un commentaire sur la façon de cuire le rouget de cet enculé d'escroc, il lui précisait qu'à défaut d'aller lui ouvrir les veines dans sa cuisine comme l'aurait fait un empereur romain, acte qu'il aurait dû faire de lui-même depuis longtemps s'il lui était resté une once de fierté, il le sommait de courir se renseigner sur la recette originale de ce plat typique d'Ischia qu'il avait suffisamment insulté, sans parler des générations de cuisinières.

Devant un expresso au bar, Nick notait les adresses que lui soufflait le barista quand son taxi est arrivé. Il a réglé sa note.

Descendu dans une boutique de téléphonie du centre, il a acheté deux appareils à carte prépayée et à usage unique, a composé un numéro et reçu un code en retour avant de glisser le portable dans une bouche d'égout. À Naples, les égouts sont sans pitié. Vincenzo, son chauffeur, a surgi d'une ruelle et arrêté son Alfa Giulia à sa hauteur pour le conduire à la gare routière, place Garibaldi. Après avoir traversé le hall bondé, Nick a remonté le couloir réservé aux consignes à bagages jusqu'au compartiment recherché et tapé le code qui s'affichait en chiffres rouges dans sa mémoire. La porte s'est ouverte en un clic. Il a tiré l'enveloppe du casier. Son taxi, stationné sur le parking réservé aux « arrêts minute », lui a fait un appel de phares. Ce Rital était démerdard. Il était temps de visiter la Banco di Napoli. Siège central *per favore* ! Quinze minutes plus tard, Nick foulait le tapis carmin de la galerie baroque qui héberge une des banques les plus puissantes du monde, et pour cause... Son père aurait aimé voir ça. Il a sorti la Black Card AMEX de son enveloppe et retiré un maximum de cash. Nick avait appris par hasard que Julian Schnabel s'apprêtait à adapter *La mano di Dante* que Johnny Depp avait pourtant rêvé de tourner. Al Pacino et Martin Scorsese figuraient au casting parmi un paquet d'autres stars, c'est ce qu'annonçait le magazine qui traînait sur une table du *caffè*. Bref, la production avait les moyens, des droits avaient été cédés et acquis, des droits importants, des droits qui devaient lui échoir, sauf qu'il n'avait pas encore vu tomber le moindre dollar, le solde de son compte le confirmait. Que foutait cet enfoiré de Russ à qui était revenu l'honneur de gérer ça ? Ne voyait-il pas là l'occasion de remettre ce bouquin en lumière afin d'éclairer tous les autres ? Disparaître comme il l'a fait a pour seul inconvénient de devoir déléguer ses affaires à des putains de tocards. À la différence d'un vampire qui lâche sa proie une fois morte, son agent continuait de lui sucer le sang, c'est-à-dire de le taxer de dix pour cent sans en branler une.

Le taxi l'a déposé devant la boutique Corneliani. Son corps et son âme délabrés s'étaient raffermis dans les vagues, les *cacio e pepe*, sardines et *porchetta* lui avaient rendu son poids de forme, et la saison s'annonçait chaude, il devait adapter son plumage à son ramage. À défaut de sur-mesure, faute de temps, il est ressorti une heure plus tard, costume et chemise de lin Chambray sur le dos, habillé pour l'été. Vendeur compétent, qualité des tissus, élégance des lignes claires, le bon goût de la maison est immuable. Une expédition a été prévue à l'adresse d'un hôtel de Palerme. Nick avait encore quelques courses à faire. Le moteur de la Giulia a ronflé, direction le quartier sud tout d'abord, puis une agence de voyages du côté du port, et un bon disquaire. Le chauffeur lui a proposé toutes sortes de services, drogues, putes, armes, une marque d'hospitalité et de respect. Nick a eu le flash d'une pute napolitaine défoncée jouant avec un calibre 38, mais a répondu que « le seul véritable sauveur réside en soi-même ». Vincenzo a jeté un coup œil perplexe dans son rétroviseur avant d'écraser l'accélérateur. Un peu plus tard, il a proposé des places « premium » pour le match du *Napoli* qui jouait à domicile, une loge privée pleine de bimbos et de caviar.

« Le *Napoli* joue contre qui ?

— Ce soir, c'est au tour de l'*Udinese* de se faire humilier !

— Qui sait ?

— " ON " le sait ! Vous devriez parier ! Placez un billet de mille sur un 4-0 par exemple... Vous doubleriez la mise, c'est garanti !

— J'ai beaucoup joué autrefois... À quitte ou double... Misé sur le paradis... Plus aujourd'hui. Le purgatoire est doux. Le purgatoire est sous-estimé... »

De retour dans le centre historique et son église Santa Maria di Caravaggio en guise de bureau de poste, Nick s'est servi du portable qui lui restait pour demander une faveur. On lui a répondu que tout serait organisé selon ses vœux, qu'il serait un *ospite*, un hôte, une voiture l'attendrait. Il a donné un lieu, une date, une heure. Puis il a profité un moment de la quiétude et de la fraîcheur de l'endroit, mais putain que cette église était moche, ingrate, et puait la vieille chatte. Les poubelles surchargées qui macéraient au soleil dans les rues étaient plus accueillantes. Comment se recueillir entre ces relents fétides ? Une statue de Notre-Dame des Douleurs, Mater Dolorosa affublée de sept glaives plantés dans le cœur, trônait dans l'une des petites chapelles sombres, Nick a abandonné son portable désactivé dans les plis de sa robe, entre ses cuisses, une huitième épée ne serait pas de trop. Il est sorti, son cœur battait à la bonne cadence.

Il était près de dix-huit heures quand Vincenzo a stoppé sa Giulia à l'angle du Corso Meridionale, au plus près de la gare routière.

« Vous partez pour Gaète ?

— Teano, Minturno, Gaète... Qui sait ?

— Je peux vous y emmener ? On y sera dans une heure et demie !

— Combien vous demandez pour ça ?

— Deux cents !

— Je préfère rentrer comme je suis arrivé, enfin presque. »

Le chauffeur n'a pas insisté, il est sorti, lui a ouvert la portière, et a tiré ses paquets du coffre. Au montant de la course de l'après-midi, Nick a ajouté cent euros de pourboire. Puis il a griffonné une page de son carnet qu'il a déchirée, pliée, avant d'y joindre un autre billet.

« Sois à l'heure, Vincenzo !

— Comptez sur moi ! Ce sera pour...

— Aéroport Capodichino

— OK !

— Et ne me laisse pas traîner au moment du départ, souviens-toi !

— Compris ! »

À la sortie de la ville, la nuit a recouvert les collines, l'air s'est rafraîchi, Nick était calme. Au cœur de l'obscurité, les détails de tout un monde s'ouvraient à lui. Un monde qui rayonnait et irradiait. Quand il est descendu du car, la place était déserte, il a allumé une cigarette, scruté le ciel, des éclats de voix jaillissaient des fenêtres éclairées. Soir de match. Cette fois encore, fumer, regarder les étoiles, sentir le souffle, le soupir éternel de cette lune inchangée, était comme une première fois. La seule fois.

Il a pris le chemin de la plage, et avant même de distinguer sa bicoque, il a aperçu la braise d'une cigarette qui zébrait la pénombre, Ezia l'attendait. Elle a allumé des lampions pour les disposer de sorte que leurs halos dessinent une piste de danse. La musique diffusée par son téléphone portable se répandait sur la plage jusqu'à la mer. Sur son dancefloor de quartz doux, *zona dell'amore*, Ezia ondulait au rythme d'un vieil air italien, Nick aurait pu la contempler jusqu'à ses cent ans. Il lui a offert les disques achetés dans l'après-midi, *Heathen* de Bowie, *Avenue B* d'Iggy Pop, et *Goats Head Soup*, un vieux Stones sauvé par deux pépites. Elle l'a attiré à elle. Depuis combien de temps n'avait-il pas chaloupé ainsi ? Une telle étreinte dépassait en velouté tant de pénétrations. Bientôt, les accords de *Coming Down Again* ont retenti, d'où sortait-elle ça ? Ces enfoirés ne le lâcheraient donc jamais ? Putain, cette femme avait la beauté des âmes sans écorce, sa bouche un goût de pêche, et elle faisait fondre sur ce décor une des ballades les plus sensuelles des Rolling Stones. Ezia était une déesse, sa propre déesse, lui était un dieu, son propre dieu.

Sept jours.

Il leur restait sept jours.

Puis Nick partirait comme il était arrivé.

De l'ombre, il était sorti, et dans l'ombre il retournerait...

Ezia a compris, elle n'a posé aucune question. Ses mains se sont crispées sur les épaules du *solitario anonimo*, du solitaire anonyme, comme elle l'avait surnommé, et a continué à danser, à l'étreindre de plus belle.

Le lendemain, Nick a remisé son costume pour reprendre les couleurs locales. Il est allé à la pêche avec Luciano et Ulysse, a débarqué les caisses où frétillaient poulpes, sabres et bonites, a partagé leurs pains fourrés de sardines, bu leur vin et les a écoutés se taire avant de rejoindre la place animée et le *caffè* où Ezia lui a déclamé son horoscope. Lire dans le journal que le *Napoli* avait écrasé l'*Udinese* 4 à 0 l'a fait marrer. Puis il est rentré se glisser dans le hamac d'où il a contemplé la tempête de bleu pur qui le ravivait depuis son arrivée. À la tombée du soir, il a marché sur la plage avec Ezia jusqu'à ce que le sable et l'eau se confondent. Ainsi, jour après jour, jusqu'à son départ quand l'Alfa Giulia noire est apparue sur la place à cinq heures précises. La veille, tout en se mordillant un ongle, Ezia lui avait demandé s'il partait pour aller retrouver « le poète brûlé » ou bien était-il lui aussi... Nick lui avait posé son chapeau de paille sur la tête en guise de réponse. Vincenzo est descendu lui ouvrir la portière et prendre son bagage quand un « Nick ! » a retenti sur la place. Ezia avait veillé pour assister à son départ. Elle s'est approchée avec un journal à la main.

« J'ai trouvé celui qu'il te fallait ! Celui qui te donnera la *fortuna* ! »

Nick est resté silencieux.

« Scorpion : vous pouvez repartir sur de nouvelles et solides bases. »

Sa voix s'est fêlée.

« L'ambiance astrale va réveiller votre charme ! »

Elle l'a serré dans ses bras comme si elle essayait de l'absoudre, ou juste de lui pardonner. Le chauffeur a fait vrombir le moteur, il avait retenu la consigne, pas question de laisser traîner son client.

Qui êtes-vous sans vos démons ?

C'est dans le cadre de ce palace palermitain que Nick a vécu ces derniers mois, absorbé par le mystère Francesco Stabili dit Cecco d'Ascoli. Récidiviste, relaps lui aussi, il a remis ça, et se retrouve à nouveau perdu « dans les bois maudits des mots et de l'écriture ». Une fois encore, la curiosité s'est changée en désir, et le désir en obsession. Lancé à la recherche de faits et d'indices enfouis, il a repris sa traque du « détail lumineux » qui irradie sa prose. — Brille, obscur ! Sa quête est à la fois un défi et un processus d'illumination en soi à cause de ce qu'il découvre par accident, un fait, un détail en révèle mille autres. Ça a toujours été sa façon de faire. Pourquoi Jerry Lee Lewis a-t-il été poussé à créer son propre enfer ? Pourquoi un type comme Dean Martin connu et adulé s'est-il retiré à ce point de lui-même et du monde ? Comment un géant comme Sonny Liston a-t-il pu supporter de vivre dans une telle obscurité ? Pourquoi la musique d'Emmett Miller est-elle aussi surprenante de nos jours que lorsqu'il l'a créée ? Il a toujours pensé à ces hommes comme à des personnages centraux placés au premier plan d'une histoire plus vaste. Et maintenant, d'où lui vient cette empathie incertaine avec Cecco d'Ascoli qui toute sa vie s'est senti persécuté par la splendeur de Dante ? À chaque fois, il entre dans ce trou noir afin de le découvrir, au risque de s'y perdre. Après chaque livre, il s'est dit OK, j'ai sorti tout ce que j'avais sur le cœur. Ses démons doivent se reproduire entre eux, se régénérer. Qui êtes-vous sans vos démons ?

Il est temps d'aller faire quelques brasses, de délasser son dos avant de s'y remettre. Ici, en été, la température monte en flèche dès midi. Vêtu de son seul sarong noué autour de la taille et du panama qu'une femme rencontrée via Maqueda a tenu à lui offrir, Nick descend le large escalier qui mène aux jardins privés. Le personnel discret qu'il croise fait claquer son nouveau nom, il s'y est habitué. Seule sa prononciation a changé, il n'a même pas eu à modifier sa signature. Russ s'est foutu le doigt dans l'œil jusqu'au cul. Ce qui sépare les cendres du Nick de New York et les cellules régénérées de celui d'aujourd'hui ne se mesure pas en kilomètres. Les lignes de sa main n'ont peut-être pas dévié, mais franchir le Rubicon a changé la donne. Il n'avait plus de désir, se faisait complaisant, enclin au compromis, pas loin de rejoindre la cohorte de ceux qui ont renoncé à leur âme. À la fois semblable et tout autre, il est prêt à profiter des quelques années que la vie pourrait lui offrir. Prêt à savourer ce qu'il lui reste d'éternité.

Nick apprécie le style Liberty et le charme désuet de l'hôtel. Certains touristes, les plus lettrés, réclament la chambre où l'écrivain Raymond Roussel s'est suicidé, d'autres, mélomanes, celle où Richard Wagner a mis la note finale à son *Parsifal*; lui a été invité, et il se fout bien que Truman Capote ait fait le phoque dans la baignoire de la chambre qu'il occupe. Séjour illimité, tous frais pris en charge. Sur ces terres, il est un hôte. Autant dire qu'il n'hésite pas à solliciter le room service et que la conciergerie le soigne. Une voiture l'emmène tôt le matin sur la plage de Mondello pour un bain de mer. Un peignoir à capuche sur le bras, son chauffeur patiente le temps qu'il médite dans les vagues au lever du soleil.

Un coup de téléphone et l'affaire avait été entendue : une suite lui était réservée, une berline l'attendait à l'aéroport. Le jour de son arrivée, le directeur de la bibliothèque de la ville lui faisait savoir que ses recherches seraient facilitées, une spécialiste se tiendrait à sa disposition. L'Histoire mentionne que le 12 octobre 1957, les chefs des clans de Sicile et d'Amérique ont choisi le palace pour s'y réunir et établir des relations privilégiées entre les mafias. Il était temps de mettre fin aux guerres menées des deux côtés de l'Atlantique. Le « Yalta de l'héroïne ». Un certain Michele Sindona s'était vu charger de blanchir l'argent du trafic via sa holding créée au Liechtenstein, le cœur de son empire secret. En cas de descente de police, le passage secret qui relie le salon de l'hôtel à l'église anglicane adjacente était un atout majeur. Nick a tenu à l'emprunter avant de se retrouver au milieu d'un chœur d'enfants, le moment était charmant. Le soir, il profite de la légère brise de mer qui balaie la terrasse, lève son Bellini à la mémoire de Lucky Luciano et de ses amis.

Cet instant qui avait peut-être existé

Avant de « replonger », Nick s'est d'abord accordé quelques jours d'acclimatation. La ville qu'il a sillonnée, entre mer et montagne, n'est plus celle de ses souvenirs, celle où vingt-cinq ans plus tôt il avait passé des semaines à écumer les artères, les places, les églises et les bars pour en faire la toile de fond d'une partie de son roman *Trinities*. Pourtant, place du théâtre Massimo où l'ombre des palmiers dressés contre le ciel éthéré tremble plus fort que les palmiers eux-mêmes, au centre des Quattro Canti ou adossé à l'enceinte rénovée du palais Gangi, des sensations se sont rappelées à lui. Il était là, aussi présent qu'un homme peut l'être.

Un soir, installé à une table de fortune dans les bas-fonds du marché populaire de Ballarò, il savourait une *caponata* digne de ce nom quand un type posté au coin de la rue a attiré son attention. À chaque fois qu'il croisait son regard, ce crétin au sourire provocateur le saluait d'un signe de tête appuyé. Son petit manège – je sais bien qui tu es, je t'ai reconnu – a duré un moment, jusqu'à ce que le *coglione* se mette à l'applaudir – du beau travail, chapeau Nick ! – avant de disparaître. Un accès de paranoïa ? Derrière ses Ray-Ban, Nick est resté froid comme la cendre. Déjà, à son arrivée dans les Pouilles, les portraits publiés dans *La Repubblica* et *La Stampa* qui annonçaient sa mort lui avaient valu quelques regards interloqués, ainsi que l'humour d'une femme de chambre.

« Vous rendez mieux en vrai ! »

Il s'était procuré le journal pour le vérifier. Une pleine page avec titre accrocheur, photo, portrait de fond, lui rendait hommage. « Un géant marginal et stylé des lettres américaines... » Dommage qu'aucun de ses livres n'ait été salué de la sorte.

« Vous avez raison, je suis moins délabré que ce pauvre type. Paix à son âme ! »

Ils rient ensemble.

« Vous êtes surtout mieux vivant que mort ! »

Elle se signe la poitrine.

Une après-midi de canicule, Nick s'est réfugié dans les catacombes des Capucins, quartier nord, un temple cauchemardesque dont il a fait le décor d'une scène phare de son roman, un meurtre au *stiletto*. Ici, l'ambiance est constante, la température ne dépasse pas les quinze degrés. Le long des galeries souterraines, il a retrouvé le regard aux orbites creusées des moines momifiés par les siècles, entendu le *memento mori* de ces représentants de la bonne société vêtus tels des dandys décadents, chemise blanche, redingote, canne au pommeau d'argent. Non, il ne l'oublie pas... La méthode de conservation est simple : après avoir été éviscéré, le corps est baigné dans l'arsenic, séché durant un an, puis lavé au vinaigre, rempli de paille, et enfin mis sur son trente et un avant d'être exposé dans ces niches pour l'éternité. Dans la section réservée aux femmes, une jeune mariée dont les mains gantées de dentelle enserrent un bouquet de fleurs séchées l'interpelle. « Maria Rosalia, morte le jour de ses noces. 1741-1759. » Sous sa voilette jaunie affleurent sa peau parcheminée, une mèche de cheveux décolorés, et la cavité noire de sa bouche. De beaux restes, et même un certain charme... Il pourrait se laisser enfermer dans ce dédale, passer une nuit en compagnie des squelettes en costard et robe de fête, écouter la plainte des regrets et remords qui les tourmentent. Dans la crépitation des os, le craquèlement des lambeaux de peau, il s'allongerait au côté de Maria, plus jeune de cinquante ans, plus âgée de trois siècles. Nuit de noces au musée de la mort. Il n'hésiterait pas à embrasser la belle embaumée au parfum cuiré et aux bottines blanchies pour la tirer de son sommeil. L'écart de température est à peu près tout ce qui sépare la nécropole intranquille du biotope qui s'agite trente mètres au-dessus.

De passage dans le centre historique, Nick a acheté une carte postale à l'intention de son ami Russ, une représentation de la Trinacria, symbole de la Sicile, identique à celle qu'il avait fait figurer sur la couverture de *In the Hand of Dante*. Le message sera on ne peut plus clair : « $? » Puis, pris d'un besoin de sucre, ce putain de diabète ne le laisse pas en paix, il a coupé par la place Bellini et monté les marches du monastère Santa Caterina dont une aile abrite la pâtisserie la plus fine de Palerme. Sur un banc du cloître, à l'ombre d'un néflier, bercé par le ruissellement de la fontaine, il a savouré une *cassata* préparée selon la recette ancestrale des nonnes. Un shoot de pur glucose. Dans la poche de sa veste, il a trouvé la carte de visite glissée par *Ottavia dalla Chiesa,* qui après l'avoir invité à prendre un verre et s'être livrée à de touchantes confessions, a tenu à lui offrir le panama modèle Fedora ceint d'un ruban moka qu'il ne quitte plus. Adresse, téléphone fixe, portable, réseaux sociaux, Ottavia était joignable. Le souvenir de sa voix mélodieuse, de sa démarche langoureuse et du clic-clac enchanteur de ses hauts talons était préférable.

Dans le silence envoûtant des bougainvilliers, des orangers, deux papillons Citron tourbillonnaient dans l'air. Nick s'est revu enfant les yeux écarquillés d'émerveillement devant le ballet d'un même papillon autour d'un pissenlit qui avait poussé entre le trottoir et la chaussée devant le bar de son père. Il a retrouvé la douceur de cet instant qui avait peut-être existé. Les papillons jaunes se détachaient sur le bleu lazuli des carreaux de céramique qui couvraient le sol tel un tapis maure. « Brise sacrée dans l'océan du cœur. »

À son retour à l'hôtel, un message accompagné de larges enveloppes l'attendait à la réception. L'assistante de la bibliothèque était à sa disposition pour toutes informations complémentaires. Nick a souri. Il allait se charger des « informations complémentaires ».

***Caso freddo*, affaire non élucidée**

L'été à Palerme est propice au travail. L'affaire Cecco d'Ascoli éveille des obsessions. Comment ce type jouissant d'une renommée incontestée est-il devenu l'objet de vindicte, de complot, de vengeance ? D'abord de la part d'un certain Del Garbo humilié lors d'une « leçon », puis du duc de Calabre après avoir prédit que sa fille Jeanne, future reine de Naples, serait encline « aux débordements sexuels », de la part des intellectuels florentins qui voyaient en lui le rival de Dante et enfin de l'Église après que le poète-astrologue eut établi l'horoscope du Christ, blasphème suprême. De quoi se sentir persécuté... L'audace de Cecco qui, selon la légende, aurait choisi de ne pas renier ses croyances et convictions, et crié à chacune des accusations portées contre lui : « Je l'ai dit, je l'ai enseigné, je le crois », n'a cessé de flamber à travers les siècles au point d'être reconnu comme un prédécesseur de Giordano Bruno et de Galilée. Ainsi l'hommage de Plutarque « Tu es le plus grand Ascolan qui embrase le monde », l'admiration de Léonard de Vinci pour son bestiaire ou encore l'estime de Goethe pour avoir formulé « la question et des cieux et de l'abîme ». Devoir remuer ciel et terre, c'est la tâche qui attend celui qui s'intéresse de près à d'Ascoli s'il souhaite jongler avec autre chose que des manuscrits problématiques ou des éditions fautives. Seuls quatorze manuscrits de son œuvre principale et datés du XIVe siècle ont été recensés. L'*Acerba* a été publié pour la première fois en 1473, longtemps après que le corps de Cecco eut été calciné. Et si un colloque rassemblant les sommités en la matière s'est tenu en 1969 à Ascoli Piceno, mettre la main sur ses actes s'avère une affaire étrangement compliquée. Les sources d'études approximatives et tardives ne dévoilent que les grandes lignes de la vie d'Ascoli. La *cronica* de Giovanni Villani offre des éléments, mais le matériau le plus important est détenu par des collectionneurs aussi privés que discrets. Consulter les archives relatives au procès possiblement conservées par le Saint-Office apporterait des informations de première main. Sauf que personne n'a jamais pu y avoir accès. Fermées à la consultation. Nick ne tient pas à rejouer sa peau dans ces couloirs du Temps, il a donné. Pénétrer dans le « bunker » n'est pas le problème, car si les « chercheurs » en goguette pensent que c'est là que sont stockées les archives les plus précieuses, c'est-à-dire les plus dangereuses, ils se plantent. C'est dans une salle plus reculée encore, un espace verrouillé placé sous surveillance vidéo, que reposent, à humidité et chaleur constantes, les documents sensibles. À l'abri de toute investigation. Là où nul ne pénètre. Pas même les archivistes du Vatican. Seul le préfet en fonction y a accès. Les relations entre le Vatican et ses « amis » étant au beau fixe, Nick n'est pas sûr qu'ils montent ce coup-là pour l'aider. Parce que soumettre le Christ à la science des astres, insister sur les limites de la perception rationnelle et sur les frontières qui séparent le naturel du surnaturel, s'adonner à l'alchimie et aux arts divinatoires est une chose, mais en quoi l'acte d'hérésie est-il justifié ? Cecco, assassiné légalement ? Nick a rouvert le *caso freddo*, l'affaire non élucidée...

Anna, son historienne dévouée, s'est rendue dans les Marches, à Rome, à Salerne, à Bologne pour ses beaux yeux, et ce qu'elle a glané à la faveur de lettres de « recommandation » pourrait changer la donne. Ainsi des extraits de la correspondance entre Cecco d'Ascoli et Dante, ou encore le témoignage « off » de l'éminent professeur Luigi Vialli, assurent que Pétrarque, Dante et Cecco appartenaient à une société secrète dédiée à l'adoration d'une incarnation féminine de la sainte sagesse, Sophia, qu'ils communiquaient en langage crypté, s'adonnaient au symbolisme de la Rose mystique, s'intéressaient à la mystique islamiste et perse, tout ça jusqu'à ce que Dante trahisse ce petit monde en rejoignant les partisans du Pape et embrasse le culte de Béatrice. « *Livore invidoso*, rancœur envieuse... *L'invidia*. L'envie. Ce mélange de jalousie et de désir peut se révéler mortel. Voilà ce qui a consumé d'Ascoli bien avant les flammes libératrices du bûcher... » Avoir vécu dans l'ombre de Dante, avoir envié son génie et son sort furent peut-être son plus grand calvaire.

Voyageur du temps

L'air de la mer balaie la loggia de sa suite, la chaleur est supportable. Nick étudie, traduit, écrit jusqu'au soir, quand le soleil fond sur les arbres du jardin. Alors il s'habille comme il se doit, plaque ses cheveux en arrière, et descend boire un verre. Le barman, compétent, connaît l'histoire secrète de l'hôtel, ses anecdotes sont vérifiées, et il sait se montrer discret.

Puis Nick monte dîner sur la terrasse panoramique du restaurant, au 5e étage. Même table, chaque soir. Pas de carte, pas de baratin. Un plat, un verre de vin qu'il déguste au-dessus des toits nimbés des couleurs chatoyantes du centre historique. L'éclat rubis que diffuse son verre à pied le ramène une seconde vers un autre lieu, un lieu fabuleux, englouti comme l'Atlantide. « Il décidera où il lui faut vivre, avec qui, et comment... » Des feux d'artifice sont tirés depuis les jardins du Palazzo dei Normanni jusqu'aux hauteurs de Monreale, des fleurs jaillissent, des fontaines ruissellent sur la ligne d'horizon. Quoique se tenant à l'arrière-plan, silhouette plutôt que personnage principal, le point semble fait sur lui. — Qui est ce type qui semble sorti tout droit d'un film des années cinquante? Une femme lève une coupe en son honneur, une vieille Américaine désœuvrée, il imagine lui faire visiter le tunnel ténébreux de l'hôtel avant de l'abandonner à ses fantômes. «... Il fuira la foule et sa cruauté», Sénèque lui a donné ce conseil il y a longtemps. Un barman, un serveur, un chauffeur et une charmante historienne sont tous ses contacts. Après une cigarette, une gorgée de Nero d'Avola, Nick regagne sa chambre et, en voyageur du temps, retrouve les affres de Cecco d'Ascoli, son XIVe siècle glacial, ses méditations sur la nature de la célébrité et de l'échec, sur les démons de l'envie et de la jalousie. Le ciel est encore d'un noir profond quand il s'assoupit. Cinq heures d'un long sommeil plus tard, les lueurs du jour se posent sur son front. Aussitôt levé, il s'en va glisser dans l'eau rafraîchie par la nuit, la baie de Mondello est à lui.

Tu es son soleil couchant, son crépuscule

Après des mois d'étude et de travail approfondis, perdu dans cet outre-temps de l'écriture, sans musique, sans diversion, sept jours sur sept, quasi non-stop, comme si marquer une pause l'empêcherait d'y revenir ou que tout disparaîtrait durant son absence – Nick ne sort que pour ses rendez-vous à la bibliothèque, de rares passages à la banque –, des détails manquent encore à ses dossiers. Notamment sur la jeunesse d'Ascoli passée dans le petit monastère de Santa Croce, à Ascoli Piceno, sur cet enfoiré de Francesco da Barberino, un des six juges ayant prononcé la sentence de mort, ainsi que sur l'*Acerba*, son recueil encyclopédique écrit sous forme de poèmes didactiques composés de 4865 hendécasyllabes en septuplés, le mec crevait de jalousie envers Dante mais ne manquait ni d'ardeur ni de créativité. Le cinquième livre de cet *Acerba,* inachevé et identifié sous le titre *Acerba etas*, était considéré comme un « livre magique » en raison de références à certains événements. Avec l'aide incomparable d'Anna, Nick traduit des fragments de ce chapitre incomplet. « Ce qui commence à un moment, à un moment meurt / Les mouvements du monde, passant et se renouvelant / On s'approche ainsi des dernières heures. » — Passer et se renouveler! souligne Anna. Nick tire sur sa cigarette. — Ouais, on dirait que le ciel a perdu de son pouvoir primitif...

À la sortie de la bibliothèque municipale, muni de ses précieux documents, Nick est témoin d'une étrange scène. Il remonte la rue Paternostro, une moto se glisse à la hauteur d'une camionnette arrêtée au feu rouge, deux types casqués relèvent leur visière, captent le regard du conducteur, et vident le chargeur de leur flingue. Le pilote n'oublie pas son coup d'œil à Nick avant de mettre les gaz. La panique est immédiate. Les passants hurlent, se précipitent dans les galeries marchandes. Rappel à l'ordre et vieilles méthodes n'ont pas changé. Déjà, les sirènes des voitures de police se font entendre. Nick a souvent croisé ces yeux noirs. Cosa Nostra. Il connaît ses façons de faire. « Quand tu liquides la cible, regarde-la dans les yeux. Il n'y a rien de plus intime. Tu es son soleil couchant. Son crépuscule. Le point final à son histoire. Alors, regarde-la dans les yeux. Tu lui dois bien ça. Mais rien de plus. Et puis c'est fini. » Nick presse à peine le pas.

Un « réseau d'Ascoli » est activé. La Bibliothèque Palatine de Parme s'est manifestée, elle détient une série d'incunables où figurent nombre d'études sur l'œuvre de l'audacieux hérétique. Nick n'avait pas prévu de quitter Palerme quand on lui propose de se rendre sur place. Là-bas aussi ses recherches seront facilitées. Parme. Il se souvient d'avoir visité cette ville alors qu'il se rendait à Ravenne, c'était pour d'autres recherches alors. Il revoit son baptistère, son Dôme sous la lumière d'automne. Il est peut-être temps de se remettre en mouvement, de retrouver l'incertitude, il n'en a pas fini avec d'Ascoli. Il prend ses dispositions, prépare son séjour, et adapte son bagage. Parme l'appelle. Russ a traîné la patte, mais son compte en banque s'est vu crédité du montant le plus important qu'il ait jamais reçu. Les écrivains sont mieux payés une fois morts.

Plus tard dans la nuit à l'arrière de sa Rolls Phantom

En cette fin d'été, un chauffeur conduit Nick à l'aéroport Falcone-Borsellino du nom des deux héros antimafia tombés pour la cause. La berline longe la côte en direction de Cinisi, l'endroit où il a dansé dans les vagues le matin même reparaît, puis vient la plage couverte de transats vulgaires, et l'eau, aussi polluée que celle d'une piscine municipale.

En sourdine, la radio diffuse *Once in a While* qu'il reconnaît à la première mesure.

Il demande qu'on monte le son, tout un monde lui revient. Dean Martin et avec lui un siècle entier de l'histoire des Italo-Américains. Celle de son père et de sa famille. 1988, *Cut Numbers,* son premier roman, venait de paraître quand Doubleday lui a proposé de se pencher sur la vie du crooner. Dino était peut-être le dernier homme vivant à l'intriguer suffisamment pour se plonger dans son histoire et signer ce contrat. C'était quand même le chanteur préféré d'Elvis Presley. La voix inspiratrice du soi-disant « King ». Nick n'avait aucune idée d'où tout ça le mènerait. Quatre années d'un travail acharné, des centaines de rencontres, d'interviews et autant de voyages, des milliers de fiches noircies de vérités et de mensonges dont il a tissé un manuscrit de six cents feuillets tapés avec un seul doigt, l'index de la main droite, *Dino : Living High in the Dirty Business of Dreams.* Il a oublié les critiques élogieuses, les flatteries de James Ellroy, la reconnaissance, son portrait diffusé jusque sur les espaces publicitaires de Times Square, les sollicitations, les dizaines d'articles qu'on lui commandait à prix d'or, articles dont il ferait des nouvelles et qu'il revendrait à prix de platine, l'award prestigieux pour lequel il a été nommé à Londres où il s'est rendu en première classe, et sur place, les salamalecs du gratin de la littérature, la main qu'une célèbre lady a posée sur sa cuisse durant la soirée de réception alors que speedé par un cocktail de Prozac, cocaïne et Dewar's, il évoquait avec ferveur l'*Areopagitica* de Milton... Il a oublié cette femme dont il s'est occupé plus tard dans la nuit à l'arrière de sa Rolls Phantom garée le long des jardins de Kensington... Oublié ces jours et ces nuits de folie, défoncé dans son smoking d'un autre temps, courant les bars, les pistes de danse où il est tombé amoureux, hélant des taxis, écumant des librairies spécialisées à la recherche du Graal, le volume des *Rare Verities* de GB Sinibaldi, 1658, ou *The Art of Embalming* de Thomas Greenhill, 1705... Oublié aussi son manteau de cachemire, son pantalon de smoking, et son chèque de récompense, tous trois perdus, oublié l'avion manqué et le billet de retour pour New York payé de sa poche, impénitent, fauché, un sac plastique contenant le presse-papier en verre gravé Mappin & Webb qui accompagnait son prix, des paquets de cigarettes et une boîte de capotes pour tout bagage. L'illustration de ses priorités. Il a oublié les quinze mille malheureux dollars reçus pour *Cut Numbers* alors que le succès de *Dino* lui vaudrait une avance d'un quart de million pour son prochain roman, *Trinities,* et combien il était bon d'écrire comme il le voulait et de recevoir un salaire décent pour ça. Alors que Dean Martin roucoule de l'huile d'olive plein la voix, laissant parler son sang des Abruzzes, au large la mer miroite sous le soleil d'acier, Nick se souvient que son vieux père mourant s'accrochait dans l'espoir de lire cette histoire. Il l'a lue. Peu de temps avant de disparaître un jour de fête des Pères, il aura découvert que ce foutu bouquin lui était dédié.

Après une heure de vol, l'avion de Nick se pose à Milan. Par le train rapide, il rejoint Parme, et prend ses quartiers dans une suite au dernier étage du Grand Hotel pour aussitôt se remettre au travail, son point fixe. À l'aube, les promenades dans le parc ducal remplacent les bains de mer, le jour se lève en silence. Les baies de sa chambre ouvertes sur les frondaisons jaunies des marronniers et une bande de ciel mauve, il écrit, fait surgir les visions, laisse venir le danger.

Le cri de l'animal qui meurt

La chaleur de l'Émilie-Romagne est douce et sèche, Palerme semble une autre planète. La Bibliothèque Palatine tient ses promesses, on lui donne du *dottore*, et sa directrice dévouée ne ménage pas ses efforts. Recherches, courriers, expertises, tout est mis en place pour étoffer son enquête. Le soir, Nick dîne au pied du Dôme, dans un restaurant recommandé par Armando, le concierge. Puis il va se dérouiller les jambes dans le centre historique, il traverse les ruelles désertes et sonores, les places harmonieuses et tièdes. Quand la nuit d'été indien tombe sur la cité, il est temps de rentrer se pencher sur la folie d'Ascoli.

L'automne est pour Nick la saison des commencements. La pression atmosphérique de cette ville du Nord lui convient. L'air n'appuie plus sur sa tête. Et pas un touriste à la ronde. Séjourner ici l'automne, l'hiver, le temps nécessaire pour venir à bout de son livre lui évitera des détours. Viendra l'heure, peut-être, de retrouver le hamac qui se balance entre deux pins maritimes sur une plage sauvage, la zone d'amour et sa sirène, d'écouter une voix chantante lui souffler les heureuses prédictions du jour, et d'offrir une tournée de Spruilli à qui le voudra. Ou bien son âme entendra l'appel d'un autre méridien, alors il la suivra. Faire cavalier seul, c'est bien aussi. L'envie d'aller vivre au Laos, à deux pas d'une opiumerie clandestine, le visite parfois, comme celle de se fondre dans l'écosystème préservé d'une île sous le vent, Tetiaroa. Il entrevoit tout ça dans les volutes de fumée de la Parliament qu'il grille, accoudé au balcon de sa suite.

La directrice de la bibliothèque, Vega, fait jouer ses contacts. Un arrangement est vite trouvé avec la direction de l'hôtel. Un dimanche de novembre, Nick l'invite à déjeuner.

« Vega, vous êtes ma bonne étoile !

— On me l'a déjà faite !

— Tout en ignorant qu'il s'agit de l'étoile la plus brillante de la constellation de la Lyre. Constellation des muses...

— Mon père était passionné d'astronomie.

— Tout comme le mien qui m'a appelé... comme lui.

— Heureuse de vous savoir parmi nous quelque temps encore... »

Place du Dôme, en terrasse, Nick se laisse aller aux charmes de Vega dont il savoure l'érudition discrète. L'entendre évoquer la *Théogonie* d'Hésiode, citer « Du chaos sont nés l'Erebos et la Nuit noire » alors que le marbre rose du baptistère reluit sous le disque pâle du soleil est un moment de grâce. Il devait donc trépasser, renaître, et venir jusqu'ici pour qu'une petite Parmesane mature aux cheveux noirs en chignon lui murmure cette formule ? — Alle-*fucking*-luia ! Un lointain hiver, mal en point, K.O. au fond du chaos, confie-t-il, après être revenu cent fois sur ces vers dont le sens lui échappait, il l'a compris, il l'a saisi. Car si Homère a fait allusion à l'Erebos comme à un passage entre la terre et l'Hadès, Hésiode lui a ouvert les yeux, c'était ça et plus encore : les ténèbres elles-mêmes. Malin, l'aède a pris soin de distinguer ces ténèbres des ténèbres terrestres. En distinguant l'Erebos et la Nuit noire, le frère de la sœur, l'obscurité énigmatique de la Nuit noire, le poète a fait d'Erebos une immanence, une obscurité non pas des sens, mais de l'âme. Le cœur noir de Nick avait désormais un nom.

« J'espère que ces ténèbres sont derrière vous…

— J'ai longtemps eu peur de mon ombre. Peur de qui j'étais, quoi que ça puisse être.

— La peur est en chacun, la peur est partout.

— FEAR : Fuck Everyone And Run !

— Trinquons et Courons ! »

Nick perce le verre mercure des lunettes papillon de Vega, d'où sort cette créature ? Son attention dévie parfois sur les jambes que dévoile sa jupe fendue et sur lesquelles il poserait volontiers la joue. Comme lui a un jour chuchoté l'esprit d'Aphrodite, « les gambettes sont le seul vrai dieu ». Vega lui rappelle une autre femme, ça lui revient après un moment : elle a le charme de Miss Hillary du *Abbott & Costello Show*, la sitcom qui a illuminé son enfance. Miss Hillary qui lui a appris tout ce qu'il y a à savoir en matière d'érotisme. Ce souvenir divin l'incline à la compassion. Il est question des *Translations of Hesiod* de Chapman, 1618, de celles de Thomas Cooke, 1728, ouvrages que Vega a étudiés – un lointain hiver, mal en point, elle aussi – à l'université d'Édimbourg. Divorcée depuis des années, célibataire, elle ne jure que par son travail et sa fille. Et apparemment par le cépage local. Nick, en verve, lui récite un extrait de *Dante à Ravenne*, un poème écrit par un certain Nick, écrivain américain mort il y a peu, à New York. « Le jour pointa à l'est et l'eau d'ardoise tourna à l'or, gorgée des lumières stellaires d'en bas ; et il se tenait là, face au soleil de ses quarante ans… » Flirter avec ce feu l'amuse. Vega soutient son regard, elle voit bien de quel auteur il s'agit. Son ouvrage, *La mano di Dante*, lui avait fait forte impression.

« Commencer un livre sur la vie de Dante Alighieri par l'image d'un soutien-gorge jeté sur un cercueil, il fallait oser !

— Certains types n'ont pas froid aux yeux !

— L'image ouvre l'imagination...

— Vous trouvez ?

— À en croire les portraits qui figurent dans ses livres, l'homme ne manquait pas de prestance...

— Une pincée de poudre d'Égypte, et les photographes arrangent tout ! Mais ces vieux types maquillés comme leur mère ne font pas longtemps illusion ! »

Vega s'enquiert de son travail. Nick, d'abord vague, se prend au jeu.

« J'essaie de ressentir avec ma chair ce que d'Ascoli vit la nuit qui précède son exécution. De saisir le cri de l'animal qui meurt. Ses peurs, sa souffrance avant celles, mortelles, qui l'attendent. L'horreur avant l'horreur. Son temps est compté, mais lui promet-il l'enfer ou la délivrance ? Que faire à l'idée de savoir sa chair brûlée vive et de sentir son odeur mêlée à celle du papier de lin de l'*Acerba*, l'œuvre de sa vie ? S'ouvrir les veines sur le copeau de fer qui blesse ses poignets ? Le sang coagule si vite. Lutter pour conserver sa lucidité, être prêt à sourire au bourreau, à ces enfoirés qui le condamnent, à ce ciel qu'il n'a pas fini de déchiffrer et qui l'éblouit encore ? Tenter d'amadouer son geôlier en lui proposant une de ses prophéties à la con et la fortune qui va avec alors qu'il se chie dessus ? Il a quand même un peu déconné avec ses horoscopes, ses prévisions... Que dit le reflet de son visage sur le fond d'eau de son écuelle ? Est-il celui de son cœur ? Pense-t-il à Dante, à ce qu'ils se sont dit à Salerno avant de se serrer la main et de s'embrasser comme des frères ? Dante dont la poésie vogue vers la grande postérité alors que la sienne ne sortira jamais en format poche... Réfléchit-il au message qu'il pourrait hurler au monde alors que les fagots de bois crépiteront ? Pense-t-il à son amour de toujours, Adriana Adriano, qui assistera à son exécution agenouillée et fière. “ *On the day of execution / Only women kneel and smile / Ah-ah, ah-ah...* ” Ah, caresser ses nibards une fois encore... Les sentir peser dans sa main comme le vide écrase sa paume en cet instant... Pourquoi n'avoir pas fui ensemble ces querelles, trouvé refuge dans cette région abritée par les Apennins et ouverte sur l'Adriatique, prête à l'accueillir, Ascoli Piceno, pour y couler des jours tranquilles entre mer, montagne et les cuisses galbées d'Adriana ? Et se faire berger sous l'étoile du Berger ? Par orgueil ? Par défi ? Par folie ? Putain, quels crétins ils font, tous ces mortels ! Je veux dire, pourquoi ne pas laisser ce vieux monde s'écrouler et aller folâtrer ailleurs ? Dis, qu'emportes-tu, Cecco, la rage ou l'amour ? Rares sont les hommes en possession de leur âme avant de mourir. »

Vega avale une gorgée de vin et laisse le silence s'étendre sur la place. Puis :

« La rage ou l'amour ?

— Certains soirs, mon cœur balance !

— C'est là bien plus qu'une “ étude ”...

— Une étude, pourquoi ? J'ai une tête d'universitaire ? Les faits sont des mensonges lorsqu'on se contente de les aligner. »

Intriguée par les pierres qui ornent sa main droite, elle hésite à l'interroger sur leur origine, et se lance.

« Oh ! Celle-ci m'a été offerte par un ami de longue date, David, qui lui conférait certains pouvoirs... Il l'avait dénichée par hasard dans une petite boutique de Kyoto lors d'une tournée... Il me l'a donnée un jour où l'on s'est croisé dans la rue... Bien que malade, il m'a confié être l'homme le plus heureux sur Terre avant de s'éclipser, le doigt tirant la fermeture Éclair de sa bouche, motus ! Peut-être aurait-il dû la conserver... Peut-être que là où il allait, il n'en avait plus besoin... Et j'avais moins bonne mine que lui ! Les médias ont annoncé sa mort deux jours plus tard, la planète entière s'est mise à chialer sur *Ashes to Ashes*. Pas moi. J'ai souri en pensant à ce Lazarus. Ce jaspe léopard me vient d'une femme, une jeune étudiante sortie d'un rêve ou d'un livre d'enluminures. Elle l'a glissée à mon doigt avant de disparaître dans une brume livide, et de me changer en statue de stuc sur le banc de la Sixième Avenue où nous aimions nous aimer. Ces pierres concentrent la permanence de ces moments. »

Vega, intriguée, vide son verre de Rosso Colli et, sensible, peut-être, aux flammes qui traversent l'éclat vert de ses yeux, à la tenue de son costume de lin bleu nuit, à sa dégaine de vieil affranchi de *Little Italy* ou à quelque chose d'indéfinissable, lui propose la visite privée d'une salle d'archives confidentielles… À 16 h 30 un dimanche après-midi ? Nick se laisse entraîner à travers la ville dont l'atmosphère lui rappelle de plus en plus celle de ses livres où poésie, brise d'automne, rouge à lèvres et nylon font toujours bon ménage.

Poser son cœur contre une âme heureuse

Les jours ont raccourci, les premières pluies ont dilué les couleurs, le ciel grège a viré à l'anthracite. Un moment que Nick n'avait pas marché sous la neige. Il est sorti pour voir la chambre où Casanova a séjourné il y aura bientôt trois siècles. La citation, « Rien ne pourra faire que je ne me sois amusé », gravée sur la plaque commémorative, il pourrait la signer. S'amuser, il compte le faire longtemps encore. La veille, alors qu'il passait devant la librairie américaine, rue Emilia, le nom imprimé sur l'un des livres placés en vitrine l'a stoppé net. C'était ce nom qu'il avait longtemps porté. Il a écrasé sa Parliament, sorti ses Ray-Ban, puis est entré jeter un œil. Au fond de la librairie, un vendeur s'entretenait en anglais avec des clients, il a flotté un instant dans la musique de cette langue ancienne. Le livre en question, un recueil copieux, était la réédition d'une anthologie personnelle de ses textes, parue en 2000, histoire de célébrer la fin du monde. Même maison d'édition, même format, avec en couverture ce portrait au regard provocant de franchise, clope à la main. Son bandeau promotionnel : « Trente ans d'écrits par une voix unique de la littérature américaine. » Putain, le secret pour survivre dans cet univers, c'est d'être mort ! Traversé par un vague sentiment de satisfaction – il a voulu être seul, libre, pas oublié pour autant –, Nick n'a pas touché au livre, aucune envie de replonger là-dedans. Le regard de plus en plus insistant du libraire, troublé, indiquait qu'il n'allait pas tarder à foncer sur ce fantôme, mieux valait s'éclipser. Retrouvant le froid, il s'est dit OK ! Russ n'a pas lâché le business. 24,70 $ l'exemplaire… Des virements pourraient tomber. Alors qu'il regagne son hôtel, des images d'hivers surgissent par flashs, polaroids écornés de Central Park, de Battery Park enneigé, des empreintes de ses boots serpentant derrière lui, de la brume soufflée par l'Hudson… Des réminiscences qui se mêlent au duvet de flocons qui couvre la place du Dôme, la rue Cavour, les abords du parc ducal.

Vega et sa fille Nina, venues le kidnapper pour l'emmener au lac d'Orta, l'attendent au bar de l'hôtel. Son livre touche à sa fin, il n'est pas pressé de mettre cet inédit « posthume » entre les pattes de son agent, définir une autre stratégie serait d'ailleurs une bonne chose – chacun pour soi et dieu contre tous ! Alors passer ces jours en divine compagnie dans une maison inconnue, pleine d'inconnus, au bord d'un lac inconnu pourrait ne pas être le pire programme. Vega s'est montrée convaincante. — Laisse-toi suprendre !

Avec Nina au volant, Nick à la place du passager, et Vega à l'arrière, la Lancia noire file sur l'autoroute à travers les rafales de neige, direction Milan. Chargé de la musique, Nick

a vite fait d'envoyer *Drinkin' Wine Spo-Dee-O-Dee* de Jerry Lee Lewis. Et le « Si tu n'aimes pas mes pêches, chérie, arrête de secouer mon arbre ! » est repris par le chœur féminin. Nick tambourine sur le tableau de bord, reprend les rugissements de l'*Assassino*, raconte comment un de ses amis proches, qui a bien connu le Killer en tant qu'être humain, dans toute sa démesure et sa folie, en est venu à voir en lui le dernier personnage mythique américain et une dernière figure de l'Ancien Testament. — Un ami proche ? demande Vega. Nick sourit, ouvre et referme la portière, fait hurler et s'esclaffer ces dames. À hauteur de Muggiano, il rejoint Vega sur la banquette arrière. Poser son cœur contre une âme heureuse soulage sa mémoire. Seule aux commandes, Nina installe une autre ambiance. Nick connaît cette œuvre, cet enregistrement.
— Rachmaninov. Concerto numéro 3. *Perfetto* !

XI

Dans le même mouvement, à l'unisson

De retour d'une balade sous la neige, la chaleur du studio devenait oppressante, j'ai ouvert la fenêtre. Noël était passé, après ces jours tranquilles, je m'apprêtais à rejoindre Nina au bord de son lac du Piémont. Difficile de résister à cette invitation. — Laisse-toi surprendre ! C'est sur ces mots qu'elle m'avait quitté, place Garibaldi, peu avant de prendre la route. J'ai tiré mon sac de voyage de sous le lit en même temps que le carton de livres dont je n'avais plus peur. J'en ai attrapé un au hasard et l'ai feuilleté jusqu'à ce qu'une phrase en italique pique mon attention. Cette fois, c'est moi qui l'ai soulignée. Il était temps de préparer mon bagage. Sans préméditation, j'y ai fourré le contenu d'un tiroir, de deux, puis j'ai vidé la commode avant de passer à l'armoire de la salle de bains. J'ai rangé, nettoyé, défait le lit, descendu les poubelles, baissé le thermostat du radiateur. J'ai laissé les livres à l'intention des futurs résidents. Un dernier coup d'œil et les volets se sont refermés sur le Dôme pâle.

À la gare, figé sous les écrans indiquant les horaires de départ, j'étais à la merci du vent glacé qui fouettait ma nuque. Le train pour *Milano Centrale* était annoncé. De là une correspondance m'emmènerait à Novara, puis une autre à Orta-Miasino où Nina m'attendrait. Mon regard errait sur d'autres destinations – en deux ou trois heures, j'aurais pu marcher dans Bologne, Ferrare, Trieste... J'entendais déjà sa voix quand les lettres MILANO sont apparues sur l'écran digital de la borne automatique.

Nina m'attendait bien sur le quai, souriant sous la capuche d'une cape vermillon, touche de couleur dans la grisaille. En gare de Milan, les trains en partance pour le Sud avaient été d'autres tentations. Laisser cette histoire à l'état de prélude. Disparaître. Ou me laisser surprendre. J'avais pris la bonne décision. Mes bagages étant disproportionnés pour le séjour, son regard s'est voilé un instant, elle n'a rien dit.

Très vite, en direction d'Orta, le lac est apparu, encaissé en contrebas, immense trouée de lumière sombre et brillante. Je passais du paysage au profil de cette femme qui se dévoilait à chaque rencontre.

La maison, spacieuse, donnait sur le lac et sa promenade. Après un accueil chaleureux, je me suis installé à l'étage, dans la chambre de Nina qui trépignait à l'idée de me faire découvrir les lieux. Sa mère et son ami, encore en visite chez un caviste du coin, seraient bientôt de retour. Une dizaine de personnes étaient attendues pour la soirée. Repas, vins et musique de fête, Nina avait le cœur à danser.

Une éclaircie a percé le ciel nuageux, on est sortis.

Une nappe de brume planait sur le lac muet, avec son doigt

ganté, Nina en a dessiné le contour dans l'air. Le plus petit et le moins connu des « grands lacs ». Son préféré. Au centre de l'étendue d'eau apparaissait l'île San Giulio, un « trésor » qu'on irait visiter le lendemain à l'heure où la lumière couronne sa basilique. À l'arrière-plan, on distinguait la rive opposée surplombée par le mont Mottarone dont un des versants jouxte le lac Majeur. On a marché, captivés par les cygnes blancs qui fendaient l'eau noire, et le charme désuet des villas bordant la promenade. Les cheminées fumaient, une odeur de feu de bois flottait dans l'air. Nina s'accrochait à mon bras comme elle l'avait fait à l'instant de traverser les rues de Parme. J'aimais ça. J'ai passé ma main sous sa cape pour caresser son dos, serrer sa taille. Elle aimait ça. Un vent froid s'est levé, on a fait demi-tour, San Giulio avait disparu sous le brouillard. En chemin, Nina a reçu un appel, sa mère était rentrée et avait besoin d'elle. On a allongé le pas jusqu'au portail du jardin, la maison était illuminée, des éclats de voix nous parvenaient depuis l'entrée. Tout proche, le ponton qui s'avançait sur l'eau sombre m'a attiré, elle m'a laissé m'y aventurer. — À tout de suite !

À son extrémité, deux bancs offraient une vaste vue, je me suis accoudé à la balustrade. Les villas éclairées constellaient les rives du lac, des taches de lumière vibraient jusque sur les hauteurs des massifs alentour. L'eau clapotait contre les pilotis cernés par les joncs. Des canards s'agitaient dans le ressac quelque part sous mes pieds. Vue de nuit panoramique sur le lac d'Orta. Parme était loin. Son Dôme était loin. Le studio que j'occupais était loin, vide et froid à cette heure. Du regard, je fouillais la nuit, son ciel passé à la chaux, cherchant à discerner la basilique qui domine le rocher, vaisseau fantôme dans la brume, quand, dans mon dos, les lattes de bois se sont mises à grincer. Nina allait se coller à moi. Me demander de ne pas m'enfuir. Mais c'était une autre silhouette qui venait d'entrer dans mon champ de vision, sur ma droite, à trois mètres à peine. Je l'ai reconnu, deviné, malgré la pénombre. Je n'ai pas eu peur. Une pointe de frisson l'espace d'un battement de cœur. Je n'étais pas surpris. Pas gêné non plus. Je l'attendais sans l'attendre. Tout ce qui pouvait m'arriver serait bien. En tumulte, les épisodes des derniers mois affluaient dans mon esprit, nuits à grincer des dents, jeu de piste fantôme, rencontres cauchemardesques, soliloques délirants. L'instant n'avait rien d'un épilogue, ne sonnait pas la résolution de l'énigme, pourtant une vague de soulagement me réchauffait. Croire en mes intuitions, suivre ma trace m'avait pris du temps, j'étais prêt. Il a tiré une cigarette de son paquet, fait tinter le métal de son briquet, la flamme a éclairé la moitié de son visage, son œil-miroir. Il a relevé le col de son pardessus, ajusté son chapeau. « Traverser l'océan sans que le ciel le sache. Tromper tous ceux qui vous entourent. » La phrase qui m'avait incité à faire mes bagages et à mettre les bouts a flambé dans mon cerveau. Peut-être est-ce que je lui ai donné voix. Un rire étouffé lui a échappé alors qu'il expirait sa fumée. Je me suis marré à mon tour. Il était dégagé, *menefreghismo* au possible. Nulle part et totalement là dans sa *lontananza*. Il n'existait plus, simple apparition, et il était bien vivant. Il a ouvert les pans de son manteau et s'est collé à la balustrade, j'ai pensé qu'il allait se mettre à pisser là, mais non. Il s'est raclé la gorge, prêt à dire quelque chose, mais non. Il a posé son briquet allumé sur le garde-corps, s'est frotté les mains et a siffloté avant d'esquisser quelques pas de claquettes dans le clair-obscur. Son petit numéro a tourné court. La baie de la maison s'est ouverte, Nina a appelé, on s'est retournés dans un même mouvement, à l'unisson, il était temps de rentrer.

Merci à Maud Naud pour son travail de correction, ses conseils éclairés. À Alexandre Barry qui a vu ce que j'ai vu.

ACHEVÉ D'IMPRIMER
EN NOVEMBRE DEUX MILLE VINGT-CINQ
PAR L'IMPRIMERIE FLOCH À MAYENNE.